KB065764

오늘의 거짓말

정이현 소설집
오늘의 거짓말

초판 1쇄 발행 2007년 7월 13일
초판 29쇄 발행 2020년 3월 5일

지은이 정이현
펴낸이 이광호
펴낸곳 ㈜문학과지성사
등록번호 제1993-000098호
주소 121-894 서울 마포구 잔다리로7길 18(서교동 377-20)
전화 02)338-7224
팩스 02)323-4180(편집), 02)338-7221(영업)
전자우편 moonji@moonji.com
홈페이지 www.moonji.com

ⓒ 정이현, 2007. Printed in Seoul, Korea
ISBN 978-89-320-1798-3

* 이 책의 판권은 지은이와 ㈜문학과지성사에 있습니다.
  양측의 서면 동의 없는 무단 전재 및 복제를 금합니다.
* 지은이는 2005년 한국문화예술위원회가 지원한 창작지원금을 수혜했습니다.

정이현 소설집

오늘의 거짓말

문학과지성사
2007

차례

타인의 고독 7
삼풍백화점 37
어금니 69
오늘의 거짓말 95
그 남자의 리허설 125
비밀과외 155
빛의 제국 185
위험한 독신녀 215
어두워지기 전에 255
익명의 당신에게 287

해설 당신은 파국으로부터 안전한가?_박혜경 318
작가의 말 337

타인의 고독

스물한 살에 만난 여자와 스물여덟 살에 결혼해서 스물아홉 살에 헤어졌다.
일곱 달을 함께 산 셈인데 주희와 나에게는 충분한 시간이었다.
우리는 친하지 않은 친구 같은 관계로 정리되어있다.

재혼 전문 결혼 정보 회사의 분석에 의해 나는 B⁺의 평점을 획득했다.

　서른네 살. 나는 방 두 개짜리 아파트에 살고 있다. 큰방에는 더블베드와 컴퓨터 책상을 들여놓았고 작은방은 붙박이 옷걸이를 설치해 드레스 룸으로 사용한다. 와이셔츠는 일주일에 한 번씩 근처의 세탁소에 맡겨 다림질하며 요리는 하지 않는다. 뽑은 지 이 년 된 자동차가 있지만 출퇴근은 지하철로 한다. 주말에는 절대로 넥타이를 매지 않는다. 일상은 그런대로 평온하다. 어쩌다 가끔, 예컨대 휴일 오후 긴 낮잠에서 깨어 보니 이미 캄캄한 밤이 되어 버렸다든가 할 때에는 문득 어리벙벙한 기분이 들기도 하지만 그정도 고독이야 현대인들 누구나 느낄 만한 수준이므로 나도 견딜 만하다고 생각한다. 삶에 절정이 없다는 것쯤은 진즉에 눈치 챘다.

혼자 먹는 식사는 보통 테이크아웃을 한다. 애용하는 음식은 김밥. 통조림 참치를 곱게 다져 마요네즈 소스에 버무린 참치김밥을 제일 좋아하지만 금방 질리게 될까 봐 야채김밥, 쇠고기김밥, 치즈김밥을 돌아가며 주문한다. 뜨뜻한 국물이 생각나는 날엔 진공 비닐 팩에 설렁탕을 일인분씩 담아주는 식당에 들른다. 그대로 가져와서 대접에 국물을 쏟아 붓고 전자레인지에 데운 다음 햇반을 말아 먹으면 된다. 별식이 먹고 싶다면 가까운 패밀리 레스토랑에 전화를 걸어 구운 새우와 닭 가슴살을 얹은 샐러드의 포장을 부탁하고 삼십 분 뒤에 찾으러 간다. 휴대전화 요금의 포인트 점수나 신용카드 이용 실적에 따라 할인 혜택도 받을 수 있다.

어떤 경우든 메뉴 선택의 첫번째 기준은 일회성이다. 다음번 식탁을 예비하며 냉장고에 보관해둔 음식은 거의 언제나 잊혀진다. 구청에서 음식물 분리수거를 철저히 단속하게 된 뒤부터, 그리고 먹다 남은 라면 국물을 버리는 바람에 수세식 변기가 막히는 사건을 겪은 뒤부터는 허출한 밤 야참으로 라면을 끓여 먹는 일도 그만두었다. 어머니가 싸준 갓김치나 열무김치 같은 것들은 불투명한 밀폐 용기에 담긴 채 마냥 방치되기 일쑤다. 육 개월이나 일년, 아무튼 일정한 시기가 넘으면 뚜껑을 여는 일 자체가 공포스러운 그런 순간이 온다. 그런 때가 오면 새벽을 틈타 밀폐 용기째 내다 버리는 수밖에 도리가 없다.

1980년대 초반 「호랑이 선생님」을 시청하던 시절에는 곧잘 상상하곤 했었다. 서기 2000년이 오면 버스 대신 우주선을 타게 되겠지, 밥상 위에는 완두콩밥과 된장찌개 대신 알록달록 알약들이 올라올 거야, 그렇다면 나는 자장면 맛 캡슐과 전기구이통닭 맛 캡슐 중 무엇을 선택해야 하나. 어떤 미래도 결국 무심히 지나가 버리고 만다는 사실을 알지 못하는 나이였다. 그로부터 이십 년 뒤, 나는 냉장고 한구석에서 유효 기간 지난 계란을 발견하게 될까 봐 두려움에 떠는 어른으로 성장했다. 계란을 깨뜨리는 순간 그 안에서 반쯤 부화된 채 웅크리고 있던 병아리 한 마리가 튀어나온다면, 그 연약한 어린 짐승의 눈동자와 내 눈동자가 정면으로 마주친다면, 어쨌거나, 119에 신고하는 수밖에, 정말로 나는 다른 방법을 모르겠다.

스물한 살에 만난 여자와 스물여덟 살에 결혼해서 스물아홉 살에 헤어졌다. 일곱 달을 함께 산 셈인데 주희와 나에게는 충분한 시간이었다. 우리는 '친하지 않은 친구' 같은 관계로 정리되었다. 서로의 생일이나 연말 즈음에 안부 전화를 하고 한 계절에 한두 번 문자메시지를 주고받는 사이를, 아니면 다른 무엇이라고 부를 수 있겠는가. 이혼 진행 과정에서 별다른 금전적 트러블이 없었고 나누어야 할 아이가 있는 것도 아니었으니 남들 눈에는 우리의 이별이 참 쉬워 보였을 수도 있겠다. 키우던 말티즈 수컷은 주희가 데려갔다. 그녀가 선뜻 강아지를 맡겠다고 나섰을 때 나는 좀 놀랐다. 그 강아지는 우리의 결혼식을 기념할 목적으로 충무로 애견 센터에서 같이 고른 것이었기 때문이다. 당시 돈을 낸 사람이 그녀였으므로 뭐 내가 왈가왈부할 수 있는 사안은 아니었다. 가끔 전화 통화를 할 때면 그녀는 꼬박꼬박 개의 안부를 전해 주곤 한다. "지난주에는 장염 예방 접종을 했어. 일 년에 한 번씩은 새로 맞혀야 한대." 그럴 때는 그녀가 마치, 아들의 성장 과정을 생부에게 보고하는 미국 영화 속 세련된 전처(前妻)처럼 느껴진다.

재작년 여름, 강남의 한 극장 앞에서 우연히 마주쳤을 때 그녀는 민소매의 흰 원피스를 입고 있었다. 내가 모르는 옷이었다. "언제 밥 한번 먹어야지." "정말, 저녁 한번 먹자." 그리고 우리는 각자의 일행에게 돌아갔다. 당시의 데이트 상대였던 내 일행이 진지한 말투로 저 여자가 누구냐고 물어왔을 때 나는 '옛날 친구'라고 대답했다. 얼굴을 본 것은 그때가 마지막이었다. 제도로 묶이기 전에, 그러니까 차라리 1990년대의 어느 날에 헤어졌더라면 적어도 서로에게 첫사랑의 아슴푸레한 기억으로 남지 않았을까 생각해보기도 한다. 어느 쪽이 더 나은지는 잘 모르겠다. 그렇다고 지금의 상태가 불만이라는 얘기는 아니다. 이제는 21세기. 어쨌든 다 지나간 일이다.

부모님은 평범하고 선량한 분들이다. 지극히 상식적인 사고 체계가 때로는 타인에게 상처가 될 수도 있다는 것을 알지 못한다고 해서 그게 그분들의 잘못은 아닐 것이다. 그러므로 장남인 나는 나의 이혼과 재혼이 어머니와 아버지의 부부 싸움에 주요한 이슈로 등장하는 데 대해 당사자로서 항의할 의사가 전혀 없다. 여기는 대한민국이고, 아직도 부모들이 자식의 이혼을 당신들의 이마에 찍힌 낙인이라며 자책하는 곳이니까. 어머니는 한시가 바쁘다는 급진주의자의 입장이다.

"금세 마흔이 될 거라고요. 당신은 불안하지도 않아요?"

"아, 지가 알아서 하겠지. 사내가 능력만 있으면 마흔에도 처녀장가 드는 걸 모르나."

아버지는 한발 물러 관망하는 중도 보수파에 가깝다.

"저 무심한 양반, 자기 머리에 신경 쓰는 반의반만이라도 자식한테 돌려보라지."

어머니의 푸념대로 아버지의 관심사는 온통 자신의 머리카락에 쏠려 있다. 최근에는 홈쇼핑에서 구입한 쑥색 비누에 심취한 상태다. 인디언들이 먹었던 특수 약초 성분을 넣어 제작했다는 제품이다. 잠자리에 들기 전에 꼭 거품을 낸 머리에 비누칠을 하고는 설명서에 씌어진 대로 삼 분을 기다린 뒤 헹구어낸다고 한다. 그러고 보니 텔레비전에서 인디언은 대머리가 없습니다, 라는 광고를 본 기억이 나는 것 같기도 하다. 소용없어요, 아버지, 모든 게 남성 호르몬 과잉 때문이래요. 그 말은 차마 하지 못했다.

"우선 상담을 받아보고 등록은 안 해도 된다는구나."

어머니는 이미 회비 전액을 지불한 눈치였다. 재혼 전문 결혼 정보 회사의 담당자는 자신을 커플 매니저라고 소개했다. 피부가 하야스름하고 턱 선이 네모진 여자다. 그녀는 내 평점이 A가 아니라 B 클래스에 속하는 것은 직업과 신장에서 살짝 점수가 깎였기 때문이라고 알려주었다. 여자의 설명에 의하면, 회사원은 더 이상 안정적인 직업이 아니며 서른네 살에 과장이라는 직함을 달고 있는 것은 그만큼 퇴직의 시기가 빨라지리라는 예고로 비쳐질 수 있었다. 1미터 73센티미터의 내 키는 남성 회원의 딱 평균에 해당하지만 일반적으로 요즘 여자들은 180센티미터에 가까운 키를 선호했다. 반면 높은 점수를 얻은 항목은 주거와 과거 부분이었다. 변두리이고 소형 평수이기는 하지만 아파트를 소유하고 있다는 점, 또 지난 결혼 생활의 기간이 짧다는 점이 인정되어 나는 B군(群)이 될 수 있었다. 어머니는 내 몫의 아파트에 대해서만 알렸을 뿐 적지 않은 은행 융자에 대해서는 미리 밝히지 않은 모양이었다. 칠 개월 간의 법적 혼인 지속 기간만 알렸을 뿐 칠 년간의 연애에 대해서는 미리 밝히지 않는 것과 마찬가지로 말이다. 하긴 여기는 그런 것쯤은 찡긋 눈감아주는 세계인지도 모르겠다. 무엇보다 내가 A의 바로 아래 단계인 B⁺가 되는 데 결정적인 역할을 한 것은 아이가 없다는 점이었다. 딸린 아이가 하나면 10점 감점, 둘이면 15점 감점이었다.

"매칭 뒤에 피드백이 괜찮으면 한 단계 올려드릴게요."

사각 턱의 여자가 상냥하게 말했다. 매칭과 피드백이라는 단어가 낯설었지만 곧 맞선과 상대방의 반응을 의미한다는 것을 눈치챌 수 있었다. 매니저는 특별히 원하는 이성의 스타일이 있으면 사전에 반드시 밝혀달라고 강조했다.

"처음엔 절대로 여자 외모를 따지지 않는다던 분들이 뚜껑을 열고 보면 불만이 더 많으시죠."

나는 희고 각진 얼굴의 여자를 좋아한다고 말하려다가 그만두었다. 농담이 어울리는 자리는 아니라는 생각이 들었기 때문이다. 가입비는 어머니가 이미 선불로 지급해놓았으므로 면담은 그걸로 끝났다. 나는 앞으로 나와 동등하게 B⁺ 레벨을 선고받은 열두 명의 여자들을, 차례로 소개받게 될 것이다.

소니의 가정용 게임기 플레이스테이션2가 발명되지 않았다면 전 세계 젊은 남자들의 평균 귀가 시간은 훨씬 늦어졌을 거다. 휴대전화가 울렸을 때 나는 프랑스 월드컵 대표 팀과 일전을 벌이는 중이었다. 흘낏 곁눈질한 휴대전화기의 액정화면에 낯익은 번호가 떴다. 잠깐 망설이다가 나는 코너킥의 기회를 포기했다. 첫사랑 겸 전처에 대해서 누구나 그 정도의 의리는 가지고 있으리라.

"나야."

주희의 첫마디였다. 첫사랑 겸 전남편에게 전화를 걸면서 아직도 '나야'라는 인사가 통하리라 믿는 자만심이라니. 오래된 습관의 힘은 과연 위대하다.

"그래. 오랜만이다."

말은 그렇게 했지만 지지난달 그녀의 생일 아침, '축하해. 행복한 하루 보내라' '고마워. 너도 잘 지내'라는 문자메시지를 주고받았으니 그간 우리 사이의 거리로 볼 때 도리어 빠른 감이 있었다. 나는 약간 겁이 났다.

"무슨, 다른 일이 있는 건 아니지?"

"응. 뭐 특별한 일이 있는 건 아닌데……"

평소의 그녀답지 않게 말꼬리를 흐리는 폼이 이상했다. 나는 반쯤 누워 있던 자세를 바로잡았다.

"사실은…… 할 얘기가 있어."

수화기 너머 짧은 침묵이 흘렀다. 헤어진 뒤 주희와 나 사이에 이런 식의 긴장감이 감돌기는 처음이었다.

"몽이 말이야, 네가 데려가면 안 돼?"

나는 귀를 의심했다. 몽이. 그것은 그녀가 키우는 말티즈의 이름이었다. 몽이 어째? 꿈이라는 뜻도 되고. 유치해. 원래 개 이름은 그렇게 짓는 거야, 쉽고 가볍고 유치하게. 몽이, 몽이, 어감은 괜찮네. 근데 남들 다 멍멍멍 짖는데 저 혼자 몽몽몽 짖으면 어쩌지. 새하얗고 뭉클뭉클하던 그 강아지는 벌써 중년의 나이에 다다랐을 것이다. 나는 어쩐지 오줌이 마려워졌다.

"어디 외국이라도 나가게 된 거야?"

"아니, 아니야. 그런 건 아니고. 실은 좀 복잡해."

주희가 폭 한숨을 내쉬었다.

"요즘 만나는 사람이, 몽이를 부담스러워해. 아, 차갑거나 그런 사람은 아닌데 어릴 때 동네 개한테 물린 적이 있대. 팔에 상처가 남아 있거든."

모든 것이 분명해졌다. 남자 나이 서른이 넘으면 누가 가르쳐주지 않아도 저절로 알게 되는 것들이 있다. 비 오는 일요일 밤은 음주 단속의 사각지대라는 것. 느닷없이 연락해오는 옛 동창은 십중팔구 다단계 회원 가입 권유의 목적을 가지고 있으니 주의해야 하며 예전 여자의 애정 문제에 관여하는 일보다 더 어리석은 짓은 없다는 것. 그런 식의 사소하고도 세속적인 지혜들은 예기치 못한 화를 미연에 막아준다. 경험 법칙에 의해 나는 침묵의 카드를 선택했다.

"……"

"여보세요? 여보세요? 너, 내 말 듣고 있는 거야?"

"어, 미안한데 나 지금 중요한 전화 기다리고 있거든. 좀 이따 다시 걸게."

나는 자연스럽게, 그리고 신사적으로 말하려고 노력했다. 별로 예민한 편이 못 되는 그녀가 나의 진심을 알아챘을까. 꼭 그러기를 바랐다. 비열하다는 오해를 살 만한 방식이라 조금 께름칙하기는 했지만 나는 핸드폰의 전원을 끄고 프랑스 국가 대표 팀과의 축구 경기를 계속했다.

김해 김씨, 31세, 대졸, 대형 약국의 고용 약사, 혼인 지속 기간 4개월, 경제 상태 중상(中上), 자녀 없음. 결혼 정보 회사가 보내온 내 첫번째 파트너의 프로필이다.

"아가씨가 실패만 한 번 안 했대도, 우리한테 댈 자리가 아니라는구나."

어머니는 자못 흥분 섞인 기대감을 내비쳤다. 특히 여자가 전문직 소유자라는 데에 매우 만족스러워하는 눈치였다. 나는 어머니가 사각 턱의 커플 매니저에게 떡값이라도 슬쩍 찔러준 건 아닌지 의심스러웠지만 입 밖에는 내지 않았다.

"아, 한번 갔다 왔다면서 아가씨는 무슨. 실패라고 다 똑같은 실팬가. 남자, 여자는 처지가 엄연히 다르지."

아버지는 상대가 이혼녀라는 데 노골적인 불만을 표출했다. 아버지는 얼마 전 인디언들의 비누를 포기하고 스위스의 저명한 의약회사가 십 년 연구 끝에 개발한 액체형 발모제를 새로 장만했다. 한때 그는 억세고 빳빳한 머리숱이 너무 많아서 오히려 촌스러워 보이는 남자였다. 경기도의 한 남자 중학교 교장 직을 끝으로 공직에서 은퇴한 이듬해부터 그의 머리칼은 거짓말처럼 무서운 기세로 빠지기 시작했다. 장남의 이혼을 목도한 해에는 평년보다 약 1.5배가 넘는 머리카락들이 그의 모공을 이탈했다고 어머니는 심각하게 주장한다. 정면에서 보면 아직 괜찮은 듯하지만 아버지의 탈모는 뒤통수를 중심으로 빠르게 진행되는 중이다. 터럭이 듬성듬성 남겨진 아버지의 정수리. 처음부터 그가 숱이 많은 사내가 아니었다면 머리칼 한 올 한 올에 대한 낙담과 집착이 확실히 지금보다는 덜하리라고 추측할 수 있었다. 서른한 살의 여자 약사를 만나게 되면 스위스제 신약의 효과에 대해 반드시 물어보겠다고 나는 아버지에게 약속했다.

"저에 대해 어디까지 알고 나오셨어요?"

둥글둥글 지루해 뵈는 첫인상과 달리 여자는 꽤 공격적인 말투를 구사했다. 여자가 평점 A의 고지를 넘지 못하고 B$^+$의 문턱에서 주저앉은 것이 당연하게 느껴졌다. 명색이 맞선을 보는 자리인데도 쓰리 버튼 재킷은커녕 오른쪽 가슴에 캐주얼 브랜드의 로고가 박힌 분홍 스웨터를 입고 나와 앉아 있는 내 꼬락서니를 보고서 여자도 아마 비슷한 생각이 들었나 보다.

"그, 글쎄요."

"저는 대기업에 다니시는 분이라고 듣고 나왔는데."

"아, 대기업은 아닙니다. 매출 규모 이백 억이 안 되는 그냥 크지 않은 회사죠."

"그렇군요. 난 또 복장이 자유로운 직장에 계신가 해서요."

"아, 뭐, 쉬는 날까지 격식을 찾고 싶지는 않아서 말이죠. 오너가 보수적인 편이라 평일에 흰 셔츠밖에 입지 못하는데 휴일이라도 좀 칙칙하지 않게 보내고 싶기도 하고…… 에, 또……"

햇살이 무참히 쏟아져 내리는 일요일 오후였다. 연회색 스커트 정장을 떨쳐입은 살진 비둘기 같은 여자와 호텔 커피숍에 마주 앉아 구차한 변명을 늘어놓게 될 거라고는 예측하지 못했다. 나는 손바닥으로 이마의 땀을 눌러 닦으며 주위를 둘러보았다. 무채색 양복의 남자들과, 막 미장원에서 나온 듯한 헤어스타일의 여자들이 각각 둘씩 짝을 지어 담소를 나누고 있었다. 토끼 모양 털옷을 뒤집어쓴 채 공연하는 무명 배우의 인형극을 보는 것처럼 지극히 비현실적이었다. 내 앞의 여자는 한 시간여 만에 자리에서 일어났다. 나로서는 어쨌거나 상관없었지만, 선약이 뒤늦게 떠올랐다는 그녀의 무성의한 핑계는 좀 아쉬웠다. 지하 주차장 안으로 내려가는 엘리베이터 안에서 우리는 30센티미터 가량의 간격을 떼고 섰다. 서로 모르는 사이로 보일 거리였다. 굳이 따지자면 실제로 아는 사이도 아니었지만 말이다. B$^+$ 등급의 두 남녀는 사십오도 각도의 목례를 나누고 각자의 자동차 운전석에 올라탔다. 시동을 걸고 나서야 아버지의 대머리에 대해 상담하지 못했다는 사실을 깨달았다. 어머니와 아버지, 모두를 실망시킬 만한 결과였다.

주희는 대뜸 소리를 질러댔다.

"언제 데려갈 거야?"

무방비 상태에서의 습격이다. 침대 머리맡의 독서 등을 켜고 시계를 보았다. 두 시 오 분 전. 물론 새벽이다. 옛 와이프의 전화가 달가울 시간은 아니다. 더구나 그녀가 다른 남자와 열애에 빠진 경우라면 말할 것도 없었다.

"뭘?"

"진짜 몰라서 묻는 거야? 몽이 어떻게 할 거냐고!"

"아 씨, 뭘 어떻게 해?"

"데려가기로 했잖아. 잊어버렸어?"

정신이 퍼뜩 들었다.

"내가? 내가 그랬다는 거야?"

"그랬잖아!"

주희는 막무가내였다. 이쯤에서 꼬리를 내릴 의사도 없어 보였다. 제 버릇 남 못 준다는 속담이 이렇게 들어맞다니. 나와 한 집에 살던 시절에도 그녀가 한번 정색을 하고 빡빡 우기기 시작하면 당해낼 재간이 없었다. 그럴 때 나는 주로 두 가지 전술로 대응했다. 끝없는 침묵으로 맥 빠지게 하기, 아니면 더 강한 주먹으로 맞서기. 이런 순간에는 당연히 후자다. 일단 세게 나가야 했다.

"너 뭐 잘못 먹었어? 네 개를 왜 자꾸만 나더러 데려가라는 거야?"

"아니, 지금 몽이가 내 개라 그랬어? 잊었나 본데, 몽이는, 우리가 같이 키우던 개야."

감정이 격해오는지 전화기 너머 주희의 목소리가 파르르 떨리는 듯했다. 하지만 적의 상태를 염려하여 여기서 물러날 마음은 추호도 생기지 않았다. 우리가 같이 키우던 개라니! 지난 오 년 동안 나는 그 개의 털끝조차 본 일이 없었다.

"까마득한 옛날 일 들먹이지 마. 그때, 자진해서 맡겠다고 한 건 너였어."

"누가 아니래? 그래서 내가 여태까지 혼자 키웠잖아. 그렇지만 제발 인정해. 이젠 상황이 변했다고."

점입가경이었다. 자식의 양육권을 서로 떠넘기려는 파렴치한 부부의 대화가 꼭 이럴 것이다. 울화가 치밀어서 저절로 우렁찬 한숨이 뿜어져 나왔다. 나는 불과 네댓 시간 후면 넥타이로 목을 졸라매고 만원 지하철에 흔들리며 출근해야 하는 고달픈 신분이었다. 끝 모를 말싸움을 하고 있을 여력 따위 있을 리 없었다.

"주희야. 나는 네가 갑자기 나한테 이러는 이유를 모르겠다. 우리 그동안 각자 잘 살았잖니."

내가 정직한 직구를 던지자, 기다렸다는 듯 주희도 어깨에서 힘을 뺐다.

"종우야. 너 황당해하는 거 당연해. 그렇지만 너 말고는 진짜 내가 믿을 만한 데가 없어서 그래. 내 사정 네가 제일 잘 알잖아."

그녀의 부모는 모두 세상을 떠났다. 형제들은 많지만 샌프란시스코에서, 시드니에서, 자카르타에서 각자의 가정을 꾸리며 살아가고 있다. 물리적으로 가장 가까운 곳, 대전에 사는 언니는 쌍둥이 남자애들의 뒤치다꺼리를 하느라 무척 바쁘다.

"네가 맡아만 준다면, 우리 몽이를 떠나보내도 안심이 될 거야."

나직나직 말간 콧소리를 섞어 말할 때, 그녀가 맨 밑바닥의 진심을 드러내는 순간이다. 속삭이는 듯한 그 음성을 들으면 도저히 거역할 수 없을 듯한 불가해한 위력이 내 가슴을 옥죄어온다. 스물한 살 봄에 만난 우리가 스물아홉 살 가을에 완전히 헤어질 때, 그때도 그랬다. 돌이킬 수 없게 되기 전에 그만두자, 우리, 지금. 먼저 말해준 것은 미안하게도 주희였다. 분위기에 어울리지 않게 콧등이 시큰해져왔다. 그러나 우리는 서른네 살, 주희의 한마디가 흐물흐물해지려는 내 마음을 꽉 다잡았다.

"사실 종우 너도 혼자서 얼마나 외롭겠니."

나는 침대에서 벌떡 일어나 맨주먹을 흔들며 소리쳤다.

"내 말 똑똑히 들어. 그 개새끼의 주인은 누가 뭐래도 바로 너, 양주희야. 그리고, 야! 난 정말 개가 싫어!"

그래, 그녀가 옳을지도 모른다. 나는 혼자다. 그렇지만 고독에 몸부림치다 죽어버릴지언정 전처가 내팽개쳐버리는 개새끼를 덥석 떠맡고 싶지는 않다. 주희가 일방적으로 전화를 끊어버린 뒤에도, 그 새벽 나는 쉽게 잠들지 못했다.

사랑하는 사람을 잃었습니다.

무심코 지나치다 말고 한 번 더 뒤를 돌아보았다. 현수막이 바람에 펄럭이고 있었다. 사랑하는 사람을 잃었습니다. 2월 15일 새벽 2시경, 뺑소니 사고 목격자를 찾습니다. 사례금 300만 원. 연락을 간절히 기다리고 있겠습니다.

"어떻게 저런 발상을 다 했지. 참 끔찍하지 않아요?"

시시하다는 표정으로 내 옆의 여자가 말했다. 결혼 정보 회사가 소개한 두번째 상대는 나보다 한 살 많은, 미혼의 출판사 직원이다. 두 개의 석사 학위를 가지고 있고 고양이 한 마리와 햄스터 두 마리를 키우고 있다고 한다. 나는 고양이와 쥐를 한 공간에 둔다는 발상은 어떻게 하게 되었는지 물어보려다가 그만두었다. 타인의 사생활에 대해 과도한 관심을 가지고 있는 남자라고 오해받는 것은 내키지 않는 일이다. 여자와 나는 30센티미터의 간격을 유지하며 묵묵히 길을 걸었다.

이탈리안 레스토랑의 간판을 발견하고 반색한 건 여자였다. 나는 긍정의 의미로 턱을 살짝 끄덕여 보였다. 나는 웬만하면 데이트 상대의 의견을 존중하는 편이었다. 그게 속 편하다는 것을 대개의 남자들은 알고 있을 것이다. 연두색 톤으로 꾸며진 환한 실내에는 연인과 가족 단위 손님으로 가득했다. 일요일 저녁을 혼자 먹고 싶지 않아, 사람들은 연애를 하고 가족을 만들고 돈을 벌고 세금을 내는 게 아닐까 하는 생각이 머리를 스쳤다. 그렇다면 그것은 이 세상의 질서를 유지시키는 참으로 위대한 역할을 하는 셈이다. 좀 아까 커피숍에서 어정쩡하게 일어나려던 순간 느닷없이 내 입에서 "저녁 먹고 가실래요?"라는 말이 튀어나오지 않았다면 나는 지금 무엇으로 한 끼를 때우고 있을까. 나는 건너편에 앉아 모시조개의 껍데기를 발라내느라 여념이 없는 여자를 찬찬히 살펴보았다. 보통의 체격에 보통 수준의 미모, 매니큐어를 바르지 않은 손톱이 정갈하다. 인생은 마라톤,이라는 격언을 가슴에 품고 살아가는 타입인 것 같다. 한 침대에서 나란히 눈을 떠아침밥으로 우유를 부은 곡물 가루를 사이좋게 나눠 마신 다음 각자의 직장으로 출근한다. 저녁에는 일찍 퇴근하는 사람이 사 들고 온 음식을 이인용 식탁에 펼쳐놓고 함께 먹는다. 김밥이나 설렁탕, 코코넛 쉬림프 샐러드 같은 것들을. 가끔은 신선한 계란을 넣고 라면도 고슬고슬 끓일 수 있겠지. 여자에게 「버추얼 파이터」나 「위닝 일레븐」 같은 플레이스테이션용 게임을 가르친 다음, 설거지 내기도 하는 거다. 뭐 그럭저럭 나쁘지 않은 인생일 것 같다는 생각이 든다.

"결혼 생활이 행복하셨나 봐요."

나는 포크로 입천장을 찔린 사람처럼 멀거니 여자를 마주 보았다.

"아니, 다른 뜻은 없어요. 행복하셨으니까 그런 걸 또 하려는 게 아닐까 해서 말예요. 이런 자리에 나오기는 했지만 전 사실 결혼이라는 제도 자체를 냉소적으로 생각해요. 아시겠지만 여자한테는 특히 그렇잖아요. 물론 당사자 개개인의 잘못이 아니라 시스템 자체의 문제겠지만."

파트너가 마음에 들지 않는다면 담당 매니저에게 불만 사항을 접수시키고, 또 다른 'B⁺ 맨'을 물색해달라고 요구하는 편이 정직할 것이다. 무언가 뜨겁고 얼큰한 국물을 위장에 흘려보내고 싶다는 욕망은 크림 파스타의 느끼한 면발과 함께 포크에 둘둘 감겨져 입속으로 무참히 사라졌다.

그날 밤, 아파트 경비실 앞을 통과해 들어가려는데 누군가 불쑥 "1207호조?"라고 물어왔다. 경비원이었다. 전에 몇 번인가 건성으로 눈인사를 나눈 적이 있을 뿐인데 내가 사는 호수를 정확하게 꿰고 있다니 놀라운 직업 정신이었다. 무슨 특별한 택배 물건이라도 당도했나 보다, 라는 나의 짐작은 완전히 빗나갔다. 경비원이 턱짓으로 가리키는 저쪽에는, 세상에, 흰털로 뒤덮인 조그만 개 한 마리가 기둥에 묶인 채 나를 기다리고 있었다. 나와 눈빛이 마주치고도 녀석은 깨개갱 신음 소리 한 번 내지 않았다. 심지어 반갑다는 듯 마구 꼬리를 흔들어댔다. 나는 눈앞에 펼쳐진 광경을 도저히 믿을 수 없었다. 주희는 몽이와 함께 커다란 헝겊 가방을 맡기고 갔다고 했다. 여러 개의 하트 문양이 어지러이 수놓아져 있어 흡사 갓난아이용 기저귀 가방 같은 품새였다. 내 전처는 완전히 돌아버린 게 분명했다. 경비원의 동정 어린 시선이 뒤통수에 와 꽂히는 것을 의식하면서 나는 한 손으로 개 줄을 감아쥐고 또 한 손으로 헝겊 가방을 움켜잡은 채 엘리베이터에 올라탔다.

집에 들어서자마자 가방을 마룻바닥에 패대기쳤다. 사료 깡통 한 개가 빠져나와 데구르르 구르다가 침실 문에 부딪혀 멈추었다. 나는 애꿎은 방 문짝을 발로 쾅 걷어차다가 제풀에 삐끗하여 발가락을 감싸 쥐고 바닥에 주저앉았다. 녀석은 소파 위에 수줍게 올라앉아 이 모든 소동을 신기한 듯 감상하고 있었다. 화가 머리끝까지 치밀어 올랐다. 나는 브레이크가 고장난 불자동차처럼 주희의 전화번호를 눌러댔다. 전화는 연결되지 않았다.

　신축 소형 빌라와 원룸 주택이 빼곡히 들어앉은 변두리 주택가 언덕. 주희가 사는 동네에는 딱 한 번 가보았다. 이혼하고 얼마 뒤, 그녀가 흘리고 간 물건들을 전해주기 위해서였다. 헤어드라이어와 나비 모양 집게 핀, 살구 씨 알갱이가 박혀 있는 화장비누, 손 전용 보습 크림, 그리고 미키마우스가 그려진 실내용 슬리퍼가 떠오른다. 커다란 종이봉투에 불룩하게 담은 그것들을 받아 안으면서 주희는 연한 음성으로 고맙다고 말했다.
　"힘들게 이런 걸 왜 챙겨왔어. 새로 사면 되는데."
　나는 뭐라고 대답했던가.
　"내가 갖고 있어봐야 쓸데도 없는데 뭘."
　돌이켜보면 우리 둘 사이에 최소한의 배려, 최소한의 예의, 최소한의 순정이 남아 있던 때였다.
　"잠깐 들어올래?"
　"아니야. 나 약속 있어. 빨리 가야 돼."
　"그래. 그럼 조심해서 가."
　스틸 재질의 현관문 안에서 개 짖는 소리가 들려왔다.
　"몽이, 잘 키워라."
　입 밖에 꺼내놓고 보니 굉장히 바보스러운 대사였다. 주희가 설핏 웃었다.
　"보고 싶으면 보러 와도 돼."

개새끼를 옆에 태우고 그때 그 길을, 오 년 만에 찾아간다.

연립주택의 좁은 주차장에 주희의 빨간색 마티즈가 세워져 있다. 나는 그 꽁무니에 바짝 차를 가져다 댔다. 개를 달랑 들어 품 안에 그러안고 계단을 두 걸음씩 뛰어올라갔다. 이 층에, 서로 마주보고 있는 두 집 중 어느 쪽인지 헷갈렸지만 주희가 그새 독실한 크리스천이 되어 문 앞에 영락교회의 십자가를 붙여놓았을 리는 없으니 나머지 한 집이 확실하리라. 나는 심호흡을 하고 201호의 초인종을 연이어 두 번 짧게 눌렀다. 아무 기척이 없었다. 자동센서 전등 밑에서 개의 눈알이 까만 단추처럼 또록또록 빛났다. 성질 같아서는 문을 쾅쾅 두들겨 부숴도 시원치 않았지만 꾹 참고 다시 한 번, 두 번, 세 번 눌렀다. 갑자기 문이 확 열렸다. 눈썹이 반밖에 없는 맨 얼굴의 주희였다.

"아우 시끄러워. 벨 고장 나겠다."

기가 막혔다. 기껏 여기까지 왔는데 보자마자 하는 소리라니. 내 품 안의 개는 주희를 보더니 혀를 날름거리면서 세차게 버둥댔다. 그러나 주희는 제가 무슨 비정한 계모라도 되는지 그런 녀석을 쓰다듬는 시늉도 하지 않고 나를 쏘아볼 따름이었다.

"그래서, 못 참고 이 밤에 여기까지 쫓아온 거야?"

"잔말 말고 얘나 받아."

"미쳤어?"

"미친 건, 너야. 무슨 여자가 애를 그렇게 갖다 버릴 수가 있냐?"

뱉어놓고 보니 역시 천치 같은 대사였다.

"하, 웃기셔. 거기서 여자가 왜 나와? 남자가 개 키우면 안 되는 법 있어?"

"야, 혼자서 개 키우는 남자가 어디 있어?"

"왜 없어?"

"너 자꾸 이렇게 나올래? 빨리 애 못 받아가?"

우리의 대화는 예나 지금이나 꼬리에 꼬리를 무는 물음표들의 연속이다. 몽이는 주인을 반가워하다 못해 숫제 발버둥을 치며 흥분하고 있었다. 양손을 제 허리에 꼭 붙인 포즈로 짐짓 매정하게 녀석을 외면하는 주희에게 심한 분노가 일었다. 배알도 없는 멍청한 똥개 새끼 같으니. 저 여자는 네 엄마가 아니라고. 애인도 아니고 친구도 아니고 그 무엇도 아니라고. 제발 이렇게 발광하지 말고 냉혹한 현실을 솔직히 받아들이란 말이야. 나는 목 놓아 소리치고 싶었다. 인마, 넌 버림받은 거야!

"왓 해픈 투 유?"

주희의 등 뒤에서 이상한 음성이 들려온 것은 그때였다. 저음의 남자 목소리는 분명 영어로 말하고 있었다. 내가 채 당황할 준비를 하기도 전에 주희의 새 애인이 문밖으로 모습을 드러냈다. 구불구불한 금발이 귀를 덮고 있어 어딘지 예수의 분위기마저 풍기는 그는 전형적인 앵글로색슨이었다. 나보다 머리통 하나는 더 컸지만 비쩍 말라서 뭐 별로 힘이 세 보이지는 않았다. 대한민국 수도 서울의 어느 구석 동네, 오밤중에 눈썹도 안 그리고 제집 문간에 서서 전남편과 대치 중인 여자, 그녀의 전남편과 현 애인,

그리고 애완견까지 한데 모인 참으로 보기 드문 이 난장판 앞에서 가장 난감해하는 사람은 역시 주희였다. 제아무리 양주희라 해도, 차마 나를 엑스 허즈번드라고 소개할 수는 없었나 보다.

"으흠, 디스 이즈 마이, 마이 프렌드. 히즈 네임 이즈 종우."

중학생보다 나을 것 없는 주희의 영어회화 실력을 확인하니 저 커플이 어떤 방식으로 의사소통을 하는지 심히 걱정스러울 지경이었다. 예수를 닮은 사내가 내게 손을 내밀어 악수를 청했다. 얼떨결에 주희에게 몽이를 넘겨주고, 나는 나뭇가지처럼 앙상한 그 손을 사나이답게 마주 잡았다. 반팔 면 티셔츠 아래로 드러난 남자의 가는 팔뚝에 희미한 상처의 흔적이 길게 남아 있었다. 개의 이빨 자국인지는 미처 확인하지 못했다.

"하이. 나이스 투 미츄."

더 이상 적절한 말은 도무지 떠오르지 않았다.

주희의 이해심 많은 남자 친구 에릭은 애인의 밤 외출을 흔쾌히 허락했다. 잠깐 밖에 나가서 얘기하자는 나의 말에 웬일인지 주희는 순순히 고개를 끄덕였다. 몽이를 안고, 아까 빼꼼 얼굴을 내밀었던 모습 그대로 내 차의 옆 좌석에 올라탔다. 일단 차를 출발시키기는 했지만 정해둔 방향이 있는 것은 아니었다. 단도직입적으로 개에 관한 얘기를 하자니 어쩐지 입이 안 떨어졌다. 내가 여기까지 달려온 까닭이 고작 개 한 마리 때문이라는 게 왠지 겸연쩍게 느껴졌다. 그녀도 마찬가지일까? 툭, 라디오를 켜보았다. 어색한 공기 위로 갑자기 왁자지껄한 웃음소리가 쏟아져 내렸다.

더 이상했다. 나는 그냥 라디오를 껐다.

"요즘 나오는 연예인들은 누가 누군지 모르겠어."

주희가 뜬금없이 투덜거렸다. 그녀도 속으로 열심히 화젯거리를 찾고 있었던 게 틀림없었다.

"나도 그래. 꼭 떼거리로 우르르 몰려나오더라."

"지오디 이후로는 하여간에 헷갈려."

"난 이승환, 김건모 다음부터는 안 찾아 듣게 되던데."

"야, 너는 진짜 심각하다. 구십 년대가 언제 지나갔는데."

주희 말이 맞다. 구십 년대는 진즉에 지났다. 모든 게 다, 지나버렸다고 생각했다. 우리는 다시 입을 다물었다. 어둠 때문일까, 주희의 눈 밑에 거뭇거뭇한 그림자가 어른거렸다. 마지막으로 보았던 때에 비해 뺨도 많이 야위어 있었다. 이 년 만의 해후였다. 자정이 넘은 시간이었다. 나와 주희, 그리고 몽이가 한 공간에 실려 밤의 도로를 질주하고 있었다. 차창 밖으로 가로등 불빛이 휙휙 시속 구십 킬로미터의 속도로 스쳐 갔다. 그 옛날 왼쪽 아랫잇몸에 비뚤게 난 사랑니를 뽑다가 마취가 풀려버렸을 때처럼 곧 깰 꿈 같다. 두려움을 몰아내기 위해 나는 고백했다.

"참 멀리 왔다."

주희는 내 쪽을 돌아보지도 않고 엉뚱하게 중얼거렸다.

"……나, 사랑할까 봐."

내가 어떻게 대꾸해주기를 바라는 걸까. 그녀가 원하는 정답 정도는 알고 있다.

"……또, 그러고 싶어?"

기다렸다는 듯 그녀가 힘주어 말했다.

"걔는 달라."

"뭐가 다르다는 거야? 그렇게 믿고 싶겠지만 결국은 다 똑같아."

"비아냥거리지 마. 세상 남자들이 다 너 같은 건 아냐."

"나 같은 게 뭔데?"

"됐어. 관두자. 아무튼 난 곧 에릭을 따라 떠나게 될 거야."

뒤차의 헤드라이트 불빛 때문에 눈이 아려왔다.

"바보야. 네가 스무 살이니?"

"이 나이에는 그럼 이대로, 아무 용기도 못 내고 주저앉아야 되니?"

잉크가 마른 녹슨 만년필촉처럼 나는 무기력하게 쏘아붙였다.

"어쨌든 나한테 네 개를 맡길 생각은 하지 마."

주희는 한껏 소리를 높였다.

"이제야 본색을 드러내는구나. 하긴 넌 원래 그렇잖아. 아무것도 책임지지 않는 관계기피증 환자 같으니."

"야, 너 말 다했어? 뒷생각이라고는 안 하는 무책임한 이혼녀 주제에."

"그래, 평생 그렇게 살아. 마흔에도, 쉰에도, 환갑에도 변하지 말고 그렇게 혼자 늙어 죽어버려. 이 비겁한 대머리 피터팬."

뒤를 따라오던 차들은 다 어디로 간 것인지, 백미러 속이 온통 암흑으로 깜깜했다.

일차선이 비어 있었다. 차선을 바꾸기 위해 나는 핸들을 왼쪽

으로 돌렸다. 그 찰나, 아주 가까이 시커먼 물체의 존재가 느껴졌
다. 사각지대! 본능적으로 핸들을 휙 제자리로 꺾었다. 아스팔트
가 이마 위로 화악 달려들었다. 끼이이익, 타이어 미끄러지는 소
리가 선연히 들려왔다. 정신을 차려보니 나를 피하려던 일차선의
차가 중앙선 너머 아스팔트 위에 나동그라져 있었다. 순식간에
벌어진 일이었다. 구형 세피아는 자주색인지 감청색인지 분간하
기 어려웠다. 주희는 몽이를 꽉 끌어안고서 읍읍, 비명을 삼키고
있었다. 나는 가속 페달을 힘껏 눌러 밟았다. 우리는 사고 지점으
로부터 점점 빠르게 멀어졌다.

　제집 앞에 도착했을 때 주희의 얼굴에 충격의 흔적은 남아 있지
않았다. 그녀와 나는 좀 전의 사고에 대해 한마디도 나누지 않았
다. 거꾸로 처박힌 뒤에도 헛돌던 세피아의 낡은 바퀴를, 그녀도
나처럼 똑똑히 보았을 것이다. 우리는 이제 공통의 비밀을 공유
하게 되었을까. 유능한 공범들끼리의 결말이 대개 그렇듯 이제
주희와 나도 완전 범죄의 기억을 간직하며 각자의 길을 떠날 수
있게 된 것일까. 십 년 혹은 이십 년 뒤, 먼 객지의 선술집에서 왕
년의 무용담을 자랑하고 있는 상대의 모습을 목격한다 해도 씩 웃
으며 모른 척 해줄 정도의 예의는 간직하리라. 주희는 몽이를 안
은 자세로 차 문을 열었다. 나는 아무렇지도 않게 말하려 애썼다.
　"놔두고 가."
　"……그럴래?"
　그녀는 개를 들어 짧게 입맞춤하고는 조수석 의자 위에 내려놓

았다.

"데려다줘서 고마워."

"얼른 들어가라. 남자 친구 걱정하겠다."

"조심해서 가. 전화할게."

"그래. 연락할게."

그녀는, 몽이를 잘 키워라, 어쩌고 하는 간지러운 작별 인사는 뱉어내지 않았다. 역시 나보다는 여러 모로 나은 여자였다. 연립주택의 계단을 자박자박 오르는 그녀의 뒷모습을 물끄러미 지켜보다가 나는 문득 차창을 열고 그녀의 이름을 마지막으로 불러보았다.

"양주희!"

그녀가 뒤돌아보았다.

"근데 얘 말이야. 왜 안 짖는 거지?"

"몰랐어? 성대 수술시켰잖아."

나는 짖지 못하는 개와 단 둘이 남겨졌다. 다행인지 불행인지 혼자는 아니었다.

일상은 그런대로 평온하다. 나는 여전히 세탁소에서 다림질한 흰 와이셔츠를 입고 지하철로 통근한다. 아침마다 무슨 넥타이를 맬까 고민하기는 하지만 손이 가는 건 늘 두어 개뿐이다. 참치김밥을 좋아하는 취향도 변함없지만 야채김밥과 치즈김밥과 쇠고기김밥을 번갈아 주문하는 습관도 그대로다. 성욕 때문에 여자를 사지 않는 이유는 마스터베이션으로 해결하는 편이 훨씬 인간적이기 때문이다. 주말이면 차를 몰고 본가에 간다. 부모님은 아직 미련을 떨쳐버리지 못한 눈치다. 오늘, 어머니는 재혼 전문 결혼 정보 회사의 커플 매니저를 어떻게 구워삶았는지 다음번 맞선부터는 내 등급이 A⁻로 한 단계 상향 조정될 거라는 뉴스를 전해주었다. 아버지는 나름대로 어려운 결단을 내렸다. 탈모 방지 제품의 사용을 중단하고 가발의 바다에 투신하기로 결심한 것이다. 그 세계도 꽤나 복잡한지 아버지는 돋보기까지 꺼내 쓰고 가발 회사의 카탈로그를 읽는 데 열심이었다. 어머니는 옆에서 긴 한숨을 내쉬었다.

"너도 어서 조처를 취해야지. 시기를 놓치면 금방 아버지처럼 된다. 요즘 여자들이 그걸 받아들이겠니."

이성에게 매력적인 남성으로 보이기 위해 남성 호르몬을 죽여야 한다는 사실이 썩 내키지는 않지만 치료를 더 미룰 수 없다는 건 알고 있다. 자유의 대가로서 고독을 지불해야 하듯 이곳은 '기브 앤 테이크'의 계약으로 이루어진 거대한 네트워크니까 말이다.

집으로 오는 길을 빙 에둘러 그날 밤의 장소에 들러보았다. 즉흥적인 결정이었다. 교통사고의 목격자를 찾는 현수막은 붙어 있지 않았다. 그 운전사한테는 사랑하는 사람이 없었나 봐. 주희가 있었다면 그런 농담이라도 하며 킬킬댔겠지만 그녀에게 전화를 하지는 않았다.

열쇠로 문을 열고 집 안에 들어서니 개가 신발장 앞에 오도카니 서 있다. 내가 들어서자 건성으로 몇 번 꼬리를 흔들고는 이내 소파로 쪼르르 올라가 새하얀 털실 뭉치처럼 몸을 웅크린다. 그날 밤 녀석에게서도 무언가가 빠져나갔는지 요새 매사에 심드렁했다. 아침에 놔두고 간 사료를 다 먹은 걸로 봐서는 특별히 아픈데가 있는 것 같지는 않다. 동물 병원에서는 급격한 환경 변화로인한 우울증의 일종이라고 진단했지만, 주희의 집이나 내 집이나 종일 저 혼자 지내야 하는 것은 마찬가지일 테니 쉬 적응하리라믿는다. 나는 녀석이 선점한 소파 한구석에 털썩 주저앉는다. 녀석의 이름을 부르려다가 멈칫한다. 그러고 보니 그동안 한 번도녀석의 이름을 불러주지 않았다. 몽, 몽, 몽. 몹시 낯설다. 나는천천히 그 이름을 부른다. 녀석이 나에게 느릿느릿 다가와 안긴다. 본 적은 없지만 「세 남자와 아기 바구니」인가 하는 영화도 이러다 결국 세 명의 남자들이 좋은 아빠가 되는 것으로 끝나지 않을까. 조금 웃음이 난다.

밖은 아직도 환하다. 나는 몽이를 안고 베란다로 나간다. 볕이좋은 일요일 오후다. 행인들은 저마다 어디론가 걸어가고 있다.이럴 때 담배를 피울 줄 안다면 근사할 텐데. 장난처럼 녀석의 몸체를 내 머리 위로 높이 치켜들어본다. 따뜻하다. 파닥파닥 가쁜맥박이 느껴진다. 내가 양손에 힘을 빼고 저 밑바닥을 향해 녀석을 내던진다 해도 아무 일도 일어나지 않을 것이다. 철퍼덕 소리와 함께 녀석의 몸이 바닥에 닿아 으스러진다 해도 아무도 나를찾아오지 않을 것이다. 시체 처리의 비용을 청구하기 위해 혹여아파트 관리실 직원이 초인종을 누른다면 나는 애절하고 비통한목소리로 녀석의 실족사를 위장하리라. 군청색 점퍼를 입은 그남자가 내 어깨를 짚고 위로의 말을 건넨다면 못 이기는 척 쿨쩍 쿨쩍 울 수 있을지도 모르겠다.

관대한 용서를 그리워하면서 나는 지상의 저 먼 바닥을 오래도록 응시하였다.

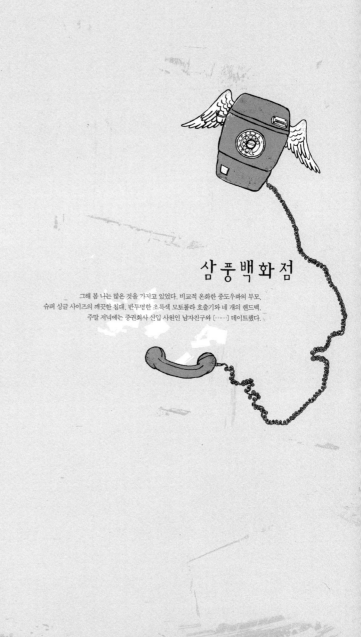

삼풍백화점

그해 봄 나는 많은 것을 가지고 있었다. 비교적 온화한 중도우파의 부모,
슈퍼 싱글 사이즈의 깨끗한 침대, 반투명한 초록색 모토롤라 호출기와 네 개의 핸드백.
주말 저녁에는 증권회사 신입 사원인 남자친구와 [……] 데이트했다.

1995년 6월 29일 목요일 오후 5시 55분 서초구 서초동 1675-3번 지 삼풍백화점이 무너졌다. 한 층이 무너지는 데 걸린 시간은 1초에 지나지 않았다.

그해 봄 나는 많은 것을 가지고 있었다. 비교적 온화한 중도우 파의 부모, 슈퍼 싱글 사이즈의 깨끗한 침대, 반투명한 초록색 모 토롤라 호출기와 네 개의 핸드백. 주말 저녁에는 증권회사 신입 사원인 남자 친구와, 실제로 그런 책이 존재하는지는 확인하지 못했지만, 『모범적 이성 교제를 위한 데이트 매뉴얼』에 나오는 방 식대로 데이트했다. 성실하고 지루한 데이트였다. 노력하기만 한 다면 무엇이든 될 수 있으리라 믿었으므로 당연히, 아무것도 되 고 싶지 않았다. 1990년대가 겨우 절반밖에 지나지 않았다는 사 실이 끔찍하게 당혹스러웠다. 참 아름다운 한 해였지, 라고 말하려다 생각해보니 마치 아무 전화번호나 눌러 부동산 투자를 권유하는 텔레마케터가 된 것처럼 무책임한 기분이 든다. 그래, 무언가 특별한 1995년이었다고, 그렇게 기억해두기로 하자.

제도 교육의 장에 진입한 것은 1995년으로부터 약 이십여 년 전. 대한민국 유아 교육의 현실에 대해 낙관적인 기대를 품었던 모친은 네 돌이 지나지 않은 딸의 손을 잡고 동네 어린이집을 방문했다. 지역사회에서 가장 명망 높은 곳이었다. 나비 모양의 뿔테 안경을 코끝에 걸친 여자 원장이 내 얼굴을 유심히 들여다보았다. 아직 아기처럼 보이는군요. 엄마는 기분이 상했다. 그런가요? 하지만 보기보단 야무진 아이랍니다. 엄마를 실망시키고 싶지 않아서 나는 조가비처럼 입술을 꼭 다물고 눈동자에 바짝 힘을 집어넣었다. 처음 보는 어른으로부터 스스로를 지키고 싶을 때 지금도 나는 종종 그렇게 한다. 원장은 입학을 허락하면서 다음과 같은 저주를 남겼다. 이제 슬슬 공동생활의 질서를 배워가야 하는 시기이지요. 위대한 공동생활의 질서. 똑같은 꿈에서 깨어나 똑같은 모양의 가방을 메고 똑같은 시간에 등교하여 똑같은 노래와 율동을 배운 다음 똑같은 메뉴의 간식을 먹는 것.

네 살. 지각은 필연적이었다. 왜, 매일 매일 타인에 의해 강제로 달콤한 아침잠에서 깨어나야 하는지 나는 절대로 이해할 수 없었다. 받아들일 수도 없었다. 아침마다 엄마는 나를 둘러업고 골목길을 달려야 했다. 당대의 톱스타 남진을 추앙하던 식모 숙자 언니가 내 엉덩이를 손으로 떠받치며 함께 뛰었다. 담당 교사는 반복되는 지각 사유를 궁금해했다. 그건요, 선생님, 제 잘못이 아니에요. 저는 둥근 해가 뜨면 자리에서 일어나요. 선생님이 가르쳐주셨잖아요. 둥근 해가 떴습니다, 자리에서 일어나서 제일 먼저 이를 닦자, 윗니 아랫니 닦자. 그리고 세수하고 머리 빗고 옷을 입고, 다음 차례인 밥을 먹으려고 했죠. 그런데 아뿔싸, 엄마랑 숙자 언니는 아직도 쿨쿨 자고 있는 게 아니겠어요? 아무도 제 밥을 차려주지 않는 거예요. 선생님도 아시겠지만 저는 아직 네 살, 혼자 힘으로 밥상을 차리기엔 너무 어리잖아요. 그래서 엄마를 깨우고 아침 식사가 완성되는 것을 기다려 꼭꼭 씹어 먹고 오느라 늦었답니다. 반찬은 콩자반과 멸치볶음, 그리고 미역국. 전부 제가 좋아하는 것들이에요, 선생님. 상습 지각생의 보호자 자격으로 엄마는 즉각 소환되었다. 억울하기는 했겠지만 그렇다고 딸을 뻥순이로 낙인찍히게 할 수는 없었으므로 엄마는 앞으로는 천지개벽이 난대도 애보다 일찍 일어나 식사 준비를 마치겠다는 약속을 했다고 한다. 입만 열면 신들린 것처럼 술술술 거짓말이 흘러나오던 시기였다.

불행히도 게으름이나 거짓말 같은 사회 부적응자의 징후들을 부모는 별로 심각하게 받아들이지 않았다. 오히려 또래 아이들에 비해 언어 구사력이 뛰어난 편이라는 것을 자랑스러워했을 가능성이 높다. 서른다섯의, 당시로서는 꽤 늦은 나이에 첫 아이를 낳았던 부친의 경우가 특히 그랬는데 일찍이 그는 돌상을 짚고 겨우 일어서는 딸내미를 올림픽 마라톤 우승자에 비유하여 칭찬함으로써 돌잔치에 참석한 일가친척들을 기함시킨 전력이 있었다. 미처

학 시절, 손님이 방문했을 때면 아빠는 나를 마루로 불러내어 큰 소리로 신문을 읽게 했다. 아니, 이렇게 빨리 한글을 깨쳤단 말인 가요? 손님이 예의상 놀라는 척하면 그는 겸손하게 반문했다. 아, 요즘 아이들 다 이렇지 않은가요? 나는 '어쩌면 신동'답게 입을 가리고 호호 웃었다. 손님이 지금 몇 시냐고 물어올까 봐 가슴이 몹시 두근거렸다. 나는 한문을 제외한 조간신문의 사설을 또 랑또랑하게 읽을 줄은 알았지만, 시계는 보지 못하는 어린이였던 것이다. 숫자가 개입되면, 철분결핍성 빈혈 환자처럼 갑자기 어지러워지고 세상이 빙글빙글 돌았다. 1 다음에 왜 5나 8이 아니라 2가 와야 하는지 아무래도 불가해하기만 했다. 왼손과 오른손 역시 오랫동안 구별하지 못했으나, 그 문제는, 여덟 살, 유리문에 왼쪽 팔목을 베이면서 자연스럽게 해결되었다.

손톱만큼만 옆으로 비켜 찔렸으면 동맥을 건드렸을 텐데, 운이 참 좋은 아이네요. 산부인과에서부터 내과, 소아과, 이비인후과, 정형외과에 이르기까지 일당백으로 진료하던 동네 의원의 의사가 벌어진 피부를 얼기설기 꿰매주었다. 왼쪽 팔에는 세로 방향의 길고 거친 흉터가 남았다. 여자애 몸에 저걸 어쩌니. 엄마는 울었지만 나는 하늘을 날듯 기뻤다. 모두 왼손을 드세요, 라는 말에 더 이상 쭈뼛거리며 옆의 아이를 훔쳐볼 필요가 없다니. 이제 흉터가 있는 팔을 번쩍 들기만 하면 되는 것이다! 훗날, 친구 S의 애인이던 남자가 전국의 성형외과 전문의를 대표하여 분노를 사그라트리지 못했을 만큼 서툰 바느질 자국이었지만, 이상하기도 하지, 단 한 번도 나는 그 상처를 부끄러워하지 않았다. 심심하기 그지 없던 1990년대의 어느 날엔가는 줄자로 재어보기도 했는데 상처의 총 길이는 팔 센티미터에 달했다. 당시 유행하던 통굽 구두의 높이와 비슷했다. 길에서 그만한 구두를 신고 가는 여자와 마주칠 때면 엷은 친근감과 예기치 못한 슬픔이 한꺼번에 밀려왔다.

1995년 6월 29일 숨이 턱턱 막히도록 더운 날씨였다. 오후 5시 3분, 나는 삼풍백화점 정문에 들어섰다. 죄송합니다, 손님, 백화점 전체의 에어컨이 고장입니다. 내일까지는 꼭 수리할 거예요. 엘리베이터 걸이 상냥한 미소를 띠며 말했다.

'myself'라는 피시 통신 아이디, 대학 재학생이거나 휴학생이거나 졸업생인 스물네 명의 친구들, 서태지의 1, 2, 3집 앨범과 르모쓰리 기종의 워드프로세서를 그해 봄 나는 가지고 있었다. 책상 서랍 속에는 민병철과 정철, 파고다어학원의 직인이 찍힌 중구난방의 수강증들이 굴러다녔다. 1990년대 초반, 성북구의 캠퍼스보다는 확실히 강남역 인근의 영어회화 학원에서 보낸 시간이 많았다. 시간이 절대적인 것이 아니라 상대적인 것이라면 더욱 그렇다. 나는, 나를 위해 샐리라는 닉네임을 지었다. 회화반의 클래스메이트들은 「해리가 샐리를 만났을 때」라는 영화에서 따왔느냐고 물었지만 사실은 '요술공주 새리'의 변형이었다. 본명으로 불리지 않을 수만 있다면 새리, 캔디, 이라이자, 하다못해 삐삐라고 해도 아무 상관없다는 심정이었다. 바야흐로 서태지가 된, 정현철의 시대였으므로.

제도 교육 과정으로부터 밀려난 것은 1995년. 서태지와 동갑이라는 사실은 그때나 지금이나 나에게 자긍심과 열패감을 동시에 선사한다. 1992년 3월에는 「난 알아요」가, 1994년 8월에는 「발해를 꿈꾸며」가 발표되었다. 진정 나에겐 단 한 가지 내가 소망하는게 있어 갈려진 땅의 친구들을 언제쯤 볼 수 있을까 망설일 시간에 우리를 잃어요. 문득 정신을 차려보니 대학에서의 마지막 가을이 깊어가고 있었다. 이제 우리도 본격적으로 늙은 여자가 돼가고 있구나. 친구 S가 한숨을 몰아쉬었다. 나는 아까부터 반짝거리는 S의 입술만 쳐다보고 있었다. 그녀가 바른 립스틱의 브랜드가 궁금했다. 취업과 남자 친구를 양손에 기머쥔 아이는 금메달감이지만 아무것도 이루지 못한 아이는 목매달감이라는군. 다른 친구 W가 으스스한 농담을 했다. W의 분류법에 의하면, 4학년 2학기가 시작되는 것과 동시에 굴지의 투자금융회사에서 인턴사원으로 일하고 있는 데다, 국립대생 남자 친구를 가진 W 자신은 월계관을 쓴 금메달리스트였다. 밤이면 잠이 오지 않았다. 직업을 기입하는 곳에 망설임 없이 '학생'이라고 써온 세월이 이십년에 가까웠다. 고등학교를 졸업하면 대학생이 되거나 재수학원의 학생이 되는 방법 말고 다른 길이 있다고는 생각해보지 못했다. 대학 졸업도 다를 바 없었다. 피시 통신의 게시판을 샅샅이뒤져 서울 시내에서 증명사진을 가장 잘 찍는다는 사진관을 찾아냈다. 온순하고 건실하며 서글서글해 보이도록, 카메라 앞에서나는 위스키, 하고 웃었다. 얼마 전 국적 항공기의 여승무원 시험에 합격한 과 동기가 알려준 방법이었다. 치아를 반쯤 드러낸 채 입 꼬리를 치켜 올리고 있는 이력서 속의 나를, 내가 아니라고 우기기는 어려웠다.

열 통이 넘는 자기소개서는 르모쓰리로 작성했다. 저는 단단한 사람입니다. 벽돌회사에 제출하는 자기소개서는 그렇게 시작했다. 문구회사의 자기소개서에는, 제 옆에는 지금 귀사의 볼펜 한 자루가 놓여 있습니다. 회사를 위해 잉크를 다 바쳐 제 몸을 헌신하는 볼펜 같은 사람이 되겠습니다, 라고 적어 넣었다. 도무지 뭘하는 곳인지 파악이 안 되는 회사를 위해서는 할 수 없이 이렇게썼다. 저는 자애로우신 부모님 아래 태어나 평범한 환경에서 성장하였습니다. 제 젊은 날의 꿈과 열정을 이곳에서 불태우고 싶습니다. 부디 기회를 주십시오. 한 군데에서 호출이 왔다. 영화사였다. 그곳에다가는 뭐라고 쓴 자기소개서를 보냈는지 기억나지않았다. 면접을 보러 가서야 내가 왜 서류 전형을 통과했는지 알게 되었다.

영화사는 엘리베이터가 없는 오 층 건물의 꼭대기에 있었다. 동네 복덕방처럼 낡은 가죽 소파와 철제 캐비닛, 싸구려 사무용 책상들이 다닥다닥 붙어 있는 사무실을 지나니 대책 없이 호화스러운 사장실이 나왔다. 사장은 작고 여윈 사십대 남자였다. 그가 내 얼굴을 빤히 들여다보았다. 눈 밑에 점이 있네요? 그거 빼야 시집가는데. 아, 예. 만약 결혼과 직장 중 뭘 선택하겠느냐는 질문을 받는다면 현대 여성에게 결혼과 직업은 택일의 문제가 아니라고 생각합니다, 라고 대답하리라 결의를 다졌지만 그런 질문은 나오지 않았다. 영어 능통이라고 되어 있네요? 아, 예. 영어 실력 '상·중·하' 가운데 아무 데나 동그라미를 쳐야 한다면 누구라도 '상'을 택했을 것이다. 어쨌거나 나는 파고다어학원 인텐시브 코스의 수료자였던 것이다. 그런데 말이야. 사장이 갑자기 반말을 했다. 자기, 글은 좀 써? 글을 좀 쓴다는 것이 의미하는 바가 얼른 와 닿지 않았다. 나는 멍청한 표정을 지었다. 아, 답답해. 어렸을 때 백일장 같은 데 나가고 그래본 적 있느냔 말이야. 영어와 문장력. 우리는 이 두 가지 재능을 겸비한 사람을 찾고 있거든. 저, 고등학교 때 문예반에 들긴 했었는데, 시를 써서 상을 탄적도 있긴 하고요. 거기까지 말하자 어쩐지 스스로가 매우 구차하게 느껴졌다.

사장이 못 미덥다는 눈빛을 감추지 않으며 다시 질문했다. 좋아, 그럼 가장 감명 깊게 본 에로물이 뭐지? 예에? 에로물 몰라? 남녀상열지사! 아, 네, 저기…… 「나인 하프 위크」하고 「레드슈 다이어리」요. 사장의 입가에 미소가 번졌다. 오호, 나름대로 계통이 있군. 그는 내가 입사해서 맡을 임무에 대해 장황히 설명함으로써, 나를 채용하고 싶다는 의사를 비쳤다. 떡영화라고 들어봤지? 떡으로 시작하는 세 음절의 단어라곤, 떡볶이와 떡라면밖에 몰랐지만 나는 감히 고개를 젓지 못했다. 궁극적으로 우리 회사가 지향하는 건 제3세계의 숨겨진 아트무비를 들여와 한국 관객 앞에 소개하는 거야. 지금은 때를 기다리고 있지만 곧 아트무비 전용관도 열 거고. 그러려면 우선 뭐가 제일 급하겠어? 그렇지, 안정된 자금력. 사회생활이라는 게 나 하고 싶은 것만 하고

46

살 수는 없는 거거든. 꿈을 이루기 위해 움츠려야 할 때도 있는 법이지. 일개 구직자에게 에로물 수입업자로서의 소회를 비장하게 토로한 끝에 사장은, 나의 할 일이 극장에 걸리지 않고 바로 비디오로 출시되는 수입 영화들— 주로 18금 에로물—의 일차 번역본을 감수하고 매끄럽게 윤색하는 것이라는 사실을 알려주었다. 신음이 태반이니까 별로 어렵지는 않을 거야. 다음주부터 출근할 수 있지? 엉, 왜 대답이 없어? 저기, 생각할 시간을 좀. 사장의 눈이 휘둥그레졌다. 주눅이 잔뜩 든 내 목소리를 그는 백작의 프러포즈를 거절하는 시골 처녀의 그것으로 받아들였다. 쯧쯧, 아직 어리군. 배가 덜 고프거나. 경리 사원이 챙겨주는 흰 봉투를 얼떨결에 받아 들고 영화사를 나섰다. 겉면에 면접비라는 굵은 글씨가 씌어 있었다. 안에는 빳빳한 만 원권 두 장이 들어있었다. 원래 이런 건가. 면접이란 걸 처음 봤으니 알 턱이 없었지만, 놀라웠다. 오 층 계단을 걸어서 내려오는 동안 이렇게 훌륭하고 양심적인 직장에서 일할 기회를 내 발로 걷어차 버린 데 대한 후회가 밀려들었다. 그때나 지금이나 나는 전형적인 조변석개형 인간이다.

Q브랜드의 매장은 숙녀복 매장 오른쪽 끄트머리에 위치해 있다. Q매장 앞을 스쳐 지났지만 R은 보이지 않았다. 분홍색 유니폼을 입은 다른 직원만 한가로이 계산기를 두드리고 있었다. R은 간식을 먹으러 갔을지도 몰랐다. R은 삶은 계란 반 개를 넣은 매콤한 쫄면을 좋아했다. 백화점 직원 식당의 간식용 쫄면에는 언제나 계란이 빠져 있다고 투덜거리곤 했다.

새로운 친구.

그해 봄 내가 가졌던 그녀에 대하여, 아무도 몰랐다.

R과 나는 Z여자고등학교의 동창생이었다. 학교에 다니는 동안 이야기를 나누어본 적은 거의 없었다. 특별한 까닭은 없었다. R은 있는지 없는지 모르게 조용한 아이였다. 우리는 1학년 때 한 반이 었지만, 가까운 번호도 아니었고, 키나 성적이 비슷하지도 않았고, 친한 친구들도 전혀 겹치지 않았고, 등하굣길도 달랐다. 한강 북단에 위치한 Z여자고등학교에서는 전교생의 삼십 퍼센트에 달하는 강남 거주 학생들을 위해 다섯 대의 스쿨버스를 운행했다. 8학군에 전입한 지 만 삼십 개월이 되지 않아 부득이하게 다른 학군에 배정받았다는 사실을 학부모들은 받아들일 수 없어 했고, 단체 전학 움직임이 일었고, 이를 무마하기 위해 학교 측에서는 최선의 성의를 보여야 했다. 안전한 등하교는 저희가 책임지겠습니다. 올 때보다 갈 때가 더 문제 아니겠습니까. 엉뚱한 데 새지 못하도록 집 앞까지 확실히. 야간자습이 끝나자마자 스쿨버스를 놓치지 않기 위해 나는 부리나케 달려야 했다. 나중에야 알게 되었지만 R의 집은 학교 후문에서 스무 발짝 떨어진 곳이었다. R과 나는 눈이 마주친 순간 서로를 알아보았다. 1995년 2월이었다.

대학 졸업식까지 일주일 남짓 남은 어느 날이었다. 친구 S에게서 전화가 왔다. 큰일 났어, 우리 회사 무조건 정장이래. W네 회사는 금융권이라 유니폼 입는다는데, 옷값 안 들고 좋겠지? 대답할 말이 마땅치 않았다. 글쎄, 뭐, 다 똑같은 옷 입는 것보다는 그래도 자유복이 나을 거 같다. 그래, 그렇긴 하겠지? 참, 넌 졸업식 날 뭐 입을 거야? 글쎄, 뭐, 어차피 검은 가운으로 다 가릴 텐데 무슨 옷 입었는지 보이겠냐. 아우 야, 그래도 그런 게 아니지. 우리 옷 사러 가자. 내가 삼풍으로 갈게. S를 만나기로 한 백화점은 우리 집에서 오 분 거리였다. 아파트 단지를 천천히 걷는 내내 나는 코트 주머니 속의 삐삐를 만지작거렸다. 진동은 느껴지지 않았다. 그때 나는 화장품 전문 잡지사와 맞춤형 부엌 가구 회사의 최종 연락을 기다리는 중이었다. 면접비를 찔러주는 회사는 아무 데도 없었기 때문에 먼젓번의 영화사가 새삼 그리워졌다. 맥주 몇 잔에 취한 며칠 전 밤에, 헤어진 첫사랑 대신 영화사 사무실에 전화를 걸어봤는데 오 분 동안 신호음만 울렸었다. 야근도 하지 않는, 아주 좋은 회사임에 틀림없었다. 이렇게 일주일이 지나면 내가 무소속의 인간이 된다는 게 믿기지 않았다.

S는 여성복 매장의 마네킹이 걸친 모든 옷들을 입어보고 싶어했다. U브랜드의 벨벳 원피스는 통통한 편인 S에게 어울리지 않았지만 S는 기어이 그것을 샀다. 정장 바지는 Q가 예쁘더라. 우리는 Q매장으로 갔다. 거기, 분홍색 유니폼을 입은 R이 있었다. 어머, 안녕? R이 먼저 나에게 인사했다. 어, 그래, 안녕? 내가 대답했다. 우리가 나눈 첫 대화였다. 나, 여기서 일해. 말하지 않아도 이미 알고 있는 것을 R은 굳이 말했다. 그렇구나, 몰랐어. 나 여기 자주 지나다니는데. 응, 명동 롯데에서 옮긴 지 얼마 안 됐거든. 꽤나 어색했다. S가 눈빛으로 누구냐고 물어왔지만 못 본 척했다. 마땅히 설명할 말도 없었거니와, 고등학교 때 같은 학

교를 다녔던 애야, 피차 얼굴만 아는 사이라고 할 수 있지, 그렇게 귓속말을 해줄 수도 없는 노릇이었다. S는 카키색 정장 바지를 골라 들고 탈의실로 들어갔다. 다른 손님은 없었다. R과 나 둘뿐이었다. 멋쩍어서 나는 좀 웃었다. R이 말했다. 넌 하나도 안 변했구나. 웃는 모습이 똑같이 예쁘다. 내가 웃는 것을 R이 전에 본적이 있었던가. 나는 날 때부터 도시인이었다. 상대방에게 칭찬을 들으면 칭찬으로 대응해주어야 한다고 배워왔다. 그래서 말했다. 너는 예전보다 훨씬 더 예뻐졌는걸. R이 쑥스럽게 미소 지었다. 학교 다닐 때 내가 좀 뚱뚱하긴 했었지. 그러고 보니 살이 많이 빠진 것 같았다. 우리는 다시 침묵 속에 놓였다. 이상하다, 바지 디자인이 변했나 봐. 나 너무 짧아 보이지 않아? S는 전신거울 앞에서 이리저리 옷태를 보았다. 아니에요, 손님. 잘 어울려요. 기장이 길어서 그런가, 잘 모르겠네. S는 거울 속의 자신이 영 마음에 들지 않는 눈치였다. 기장을 한번 잡아봐드릴게요. 바짓단을 잡기 위해 R이 S의 발치에 무릎을 꿇었다. 돌돌 말아 올려 검은색 망사 그물 속에 집어넣은 R의 머리 묶음. 목덜미에 잔 머리칼들이 몇 가닥 흩어져 있었다.

S는 결국 그 바지를 사지 않았다. 나 갈게, 오늘 반가웠어. 그래, 오늘 쇼핑 잘 하고 담에 여기 지나갈 때 꼭 놀러와. 그래 다음에 만나자. 저기, 잠깐만. 뒤돌아서는 나를 R이 불러 세웠다. 삐삐번호 하나 적어줘. 세일 정보 있으면 미리 알려줄게. 예의상 나도 R의 번호를 물었다. 015로 시작하는 삐삐번호와, 5로 시작하는 매장 전화번호를 R은 삼풍백화점의 동글동글한 마크가 찍힌

메모지에 적어주었다. 일주일이 흘렀지만 화장품 전문 잡지사와 맞춤형 부엌 가구 회사에서는 연락이 오지 않았다. 졸업식 날에는 학교에 가지 않았다. 겨울방학은 길었지만 방학이 아닌 첫날은 또 다른 기분이었다. 아주 어린 시절 잠깐 '어쩌면 영재'로 오인 받았으나 지금은 대졸 실업자가 된 장녀에 대하여 부모는 복합적인 감정이 들었겠지만, 채근하지는 않았다. 그들은 딸의 월급을 생계에 보탤 필요가 없을 만큼의 경제력은 가지고 있었다. 졸업식에 초대해 학사모를 씌워주며 사진을 박는 대신 나는 맞선 제안을 묵묵히 수락함으로써 최악의 불효를 면할 수 있었다.

미국에서 치과대학에 다니는 남자는 신붓감을 찾으러 귀국했다고 했다. 그는 자신의 전공이 손상된 치아의 복원이라고 소개했다. 길을 걷다 말고 그는 십 층 높이의 건물을 가리켰다. 하루에 환자 세 명만 받으면 저런 빌딩은 금방 올릴 수 있어요. 그런 말을 진심을 담아 하는 사람을, 텔레비전 드라마 안에서가 아니라 직접 본 것은 처음이었다. 그는 나의 경멸을 산 동시에 엄마를 솔깃하게 했다. 엄마 미쳤어? 말도 통하지 않는 곳에 가서 어떻게 살라는 거야? 너 계속 영어학원 다녔잖아. 기껏 비싼 돈 처들여 학원 보내줬더니 말이 왜 안 통해? 아무튼 안 돼. 난 절대 다른 나라에서는 못 살아. 왜? 왜냐면 나는 고급 한국어를 구사하는 사람이니까. 그제야 내가 떠나기 위해서가 아니라 남아 있기 위해서 영어 공부를 해왔다는 걸 알게 되었다. 3월이 코앞이었다.

아침에 눈을 뜨면 정오가 훌쩍 지나 있었다. 나는 가죽 배낭을 메고 집을 나서 서초동의 국립중앙도서관으로 갔다. 도서관 입구에서는 주민등록증이 아니라 학생증을 내보였다. 출입증 나누어 주는 아저씨는, 학생증의 유효 기간 같은 것에는 관심이 없어 보였다. 정기간행물실에는 국내에서 발행되는 엔간한 잡지가 죄다 구비되어 있었다. 『행복이 가득한 집』과 『워킹우먼』, 이름도 모르는 문예지들을 번갈아 읽다 보면 머릿속이 먹먹해지는 것 같았다. 감자와 당근으로만 이루어진 도서관 식당의 멀건 카레라이스는 딱 한 번 시도하고 말았다. 늦은 점심으로는 김치사발면을 먹거나 포카리스웨트를 뽑아 마셨다. 겨울 코트를 벗지 않았으니 아직 봄이 온 것은 아니었다. 그렇게 닷새째 되던 날이었다. 구내 매점에서 사발면에 뜨거운 물을 붓고, 나무젓가락을 반으로 쪼개는 데 불현듯 등줄기가 서늘해졌다. 도서관은 너무 추웠다. 사발면을 그대로 쓰레기통에 넣고 나는 도서관을 나왔다. 마을버스를 타고 삼풍백화점으로 갔다.

　백화점 오 층의 비빔냉면은 기가 막히게 맛있었다. 시뻘건 면발 속에 겨자를 듬뿍 넣어 휘휘 섞었다. 매워서 눈물이 찔끔 났다. 육수를 마시다가는 입천장을 데었다. 오 층에서 에스컬레이터를 타고 한 층씩 아래로 내려갔다. 사 층의 스포츠용품, 삼 층의 남성복, 이 층의 여성복 매장을 꼼꼼히 구경했다. 무료한 시간을 짜릿하게 보내기에 역시 백화점만큼 좋은 공간은 없었다. 이 층의 오른쪽 모퉁이 매장에서 손님을 응대하고 있는 R의 모습이 보였다. 66사이즈까지밖에 나오지 않는 Q브랜드와 어울리지 않아 뵈는, 덩치 큰 중년 여자를 앞에 두고 R은 친절히 웃고 있었다. 나는 매장 안으로 들어가 R의 어깨를 툭 치려다 발길을 돌렸다. 일 층에서는 화장품 진열대의 아이새도 신제품을 테스트했고, 헵번 스타일의 알 굵은 선글라스를 만지작대다 내려놓았다. 지하 일 층의 팬시점에 들어가 아기곰 푸의 캐릭터가 그려진 빨간색 헝겊 필통을 샀다. 그 옆의 서점에 서서, 지금은 내용도 잊어버린 문학상 수상 작품집을 처음부터 끝까지 읽었다. 한참 뒤에 고개를 들었는데도 시간이 얼마나 흘렀는지 알 수 없었다. 그때나 지금이나 백화점 안에는 시계가 없으니까. 뱃속에서 꼬르륵 소리가 났다. R이 준 메모지를 찾느라 배낭을 뒤집어엎었다. 파리의 거리처럼 멋 부려 만들어놓은 백화점 일 층 로비의 공중전화 부스 속에 들어가 이 층의 R에게 전화를 걸었다. 응, 너구나. R은 내 이름을 정확하게 댔다. 두 시간만 기다려봐. 서두르면 여덟 시엔 나갈 수 있어. 그 1995년이 한참 흘러간 뒤에, 나는 가끔씩 궁금해지곤 했다. 그때 R은 왜 내 전화를 그렇게 담담하게 받았던 걸까. 내가 먼저 연락해올 줄 예상했던 걸까. 아니면 R에게도 그때, 자신에 대해 아무것도 모르는 새로운 친구가 필요했던 걸까.

여덟 시가 넘자, 옥외주차장 쪽으로 한 무더기의 여자들이 쏟아져 나왔다. 유니폼이 아닌 평상복 차림의 그녀들은 어둠 속에서도 뽀얗고 생기발랄해 보였다. R이 먼저 내 어깨를 툭 쳤다. 오래 기다렸어? 청바지와 모자 달린 점퍼를 입은 R은 고등학교 때와 똑같았다. 배고프다, 가자. R이 너무나 자연스럽게 내 팔짱을 꼈다. 우리는 고속터미널 방향으로 걸어 내려갔다. 칼국수 집에 들어가 주문을 하고 나서야 점심으로도 면을 먹었다는 게 생각났다. 어머, 나도 면이라면 환장하는데 너도 그렇구나. 그래도 밀가

루는 한 끼씩 건너뛰며 먹어야 해. 안 그랬다간 나처럼 속 다 버린다. 이쪽 일 하는 사람들은 불규칙하게 먹으니까 다들 속이 안 좋아. 나는 단무지를 씹으며 물었다. 백화점 일을 오래 했나 봐? 스무 살에 시작했으니까 올해가 오 년째가. 고등학교를 졸업한 뒤에 바람결에라도 R의 소식을 들은 적이 없었으니 R이 대학을 가지 않았다는 것도 당연히 몰랐다. 그렇구나, 일은 재밌어? 그냥저냥, 먹고사는 게 다 그렇지 뭐. 유통 일은 마약 같다고들 해. 너무 힘들어서 관두겠다고 입버릇처럼 떠들고 다녀도 또 이 언저리를 못 벗어나거든. 칼국수가 나왔다. 김이 무럭무럭 나는 칼국수를 우리는 묵묵히 먹었다. R은 나더러 무슨 일을 하느냐고 묻지 않았다. 학교를 졸업했느냐고도 묻지 않았다. 식당에서 나갈 때 R이 계산서를 들었다. 나는 얼른 지갑에서 천 원짜리 넉 장을 꺼냈다. 내 몫의 칼국수 값이었다. 동전 하나까지 정확히 나누는 더치페이가 1990년대 초반 여대생들의 일반적인 계산법이었다. R은 한사코 그것을 뿌리쳤다. 할 수 없이 나는 천 원짜리 넉 장을 도로 집어넣었다. 그럼 내가 커피 살게. R이 다시 내 팔짱을 꼈다. 나는 카페 가는 거 솔직히 너무 돈 아깝더라, 차라리 우리 집 갈래? 요 앞에서 버스 한 번만 타면 되는데.

우리는 Z여자고등학교 앞 정류장에서 버스를 내렸다. R을 따라 미로처럼 어둠침침한 골목길을 헤치고 들어가니 낯익은 Z여고 후문 담벼락이 보였다. 지름길로 온 거야. 삼 년 동안 다니고도 모르는 길이었다. 우리 집 학교랑 되게 가깝지? 나는 고개를 끄덕였다. 아마 내가 전교에서 제일 빨리 등교하는 학생이었을걸. 텅 빈 교실에 앉아 있으면 그제야 해가 뜰 때도 있었어. R이 수줍게 웃었다. R의 집으로 가기 위해선 대문을 들어서서, 안채 옆으로 길게 뻗은 시멘트 계단을 올라야 했다. 어두웠고, 층계의 한 칸 사이가 멀어서 좀 힘들었다. R이 마루의 전등 스위치를 올렸다. 실내는 단출했지만 창 너머 내려다보이는 서울의 불빛들은 근사했다. 와아아, 야경 끝내준다아. 나는 조금은 과장된 감탄사를 뱉었다. 이래봬도 여기가 남산이잖아. R은 쑥스러운 듯 덧붙였다. 네가 좋아할 줄 알았어. 앉은뱅이탁자에는 보라색 천이 덮여 있었다. R이 탁자를 창가 옆으로 끌어다 놓았다. 달착지근한 커피가 부드럽게 혀에 감겼다.

R이 돌아오기 전에 나는 에스컬레이터를 타고 지하 일 층으로 내려갔다. 삼풍백화점의 구조라면 눈 감고도 다닐 수 있을 만큼 훤했다. 팬시 코너로 가, 하드커버의 일기장을 골랐다. 물방울무늬와 얼룩말무늬 표지 중에 갈등하다가 마지막 순간에 얼룩말무늬로 결정했다. 숨쉬기가 힘들 만큼 후텁지근했다. 유니폼을 입은 판매원들 서넛이 계산대 근처에 모여 웅성거리고 있었다. 들었어? 아까 오 층 냉면집 천장 상판이 주저앉았대. 웬일이니, 설마 오늘 여기 무너지는 거 아니야? 오늘은 죽어도 안 돼! 나, 새로 산 바지 입고 왔단 말이야. 그녀들이 까르르 웃었다. 그것은 정말로 까르르 소리가 나는 웃음이었다. 손님, 사천구백 원입니다. 나는 백 원짜리 동전을 손에 쥐고 그곳을 떠났다.

그해 이른 봄, 나는 새 친구와 급속도로 친해졌다. 스물네 명의 친구들은 모두 바쁜 모양인지 내 초록색 모토롤라 호출기는 여간

해서 울리지 않았다. 나 역시 R 말고 다른 친구들에게는 먼저 연락하지 않았다. 3월의 볕은 여전히 짧았다. 나는 국립중앙도서관의 열람실에서 하루에 한 통씩 이력서를 썼다. 입 꼬리를 치켜 올리고 찍은 증명사진이 모자랐다. 서울 시내에서 사진을 가장 잘 찍는다는 사진관에서 찍어준 원본 필름을, 삼풍백화점 안의 즉석 사진관에 맡겨 열 장 더 인화해야 했다.

도서관에서 하루 종일 뭘 해? R이 물었다. 그냥 책 읽고 공부도 하고, 그러지. R이 눈을 둥그렇게 떴다. 넌 안 지겹니. 무슨 공부를 자꾸 해? 미안하지만 지겨울 정도로 공부를 해본 적은 단 한 번도 없었기 때문에 양심에 좀 찔렸다. 낮에 가 있을 데 없으면 우리 집 열쇠 줄까? 지금껏 그런 방식으로 말했던 친구는 없었다. 나는 그냥 웃었다. 어차피 비어 있으니까 라면도 끓여 먹고 책도 읽고 편하게 있어도 돼. 너 먹은 설거지만 해 둬. 집을 대여해주는 계약 조건치고는 참으로 소박했다. R이 은색 열쇠를 꺼내는 순간 형언할 수 없는 부담감이 느껴졌다. 나는 마구 고개를 흔들었다. 아냐, 괜찮아. 너도 없는 네 집에서 나 혼자 뭘 하니. 그래도 받아, 혹시 또 모르잖아. 내가 자다가 심장마비로 죽으면 네가 이 열쇠로 따고 들어와서 나를 발견해줘. 야, 끔찍하게 왜 그런 말을 해? 그럼 목욕탕 바닥에 미끄러져 넘어져 있으면 구해줘, 알았지? 알았어, 그래도 119 부르기 전에 먼저 옷은 입혀줄게. 으하하, 꼭 그래줘야 돼. R의 손바닥에서 내 손바닥으로 넘어온 열쇠는 작고 불완전해 보였다.

그 열쇠를, 열쇠 구멍에 밀어 넣고 나 혼자 R의 집에 들어간 기억은 없다. 도서관이 문을 닫으면 나는 삼풍백화점으로 갔다. 대개는 마을버스를 탔고 기온이 좀 올라간 날이면 걸었다. 어떤 날엔 도서관 오른쪽으로 방향을 잡아 서초역 사거리의 향나무를 지났고, 또 어떤 날엔 도서관에서 길을 건너 강남성모병원을 가로질렀다. R을 기다리는 두어 시간 남짓은 금세 흘렀다. 책을 보거나, 음반을 고르거나, 옷을 구경하거나, 아이스크림을 먹거나, 나는 그곳에서 무엇이든 다 했다. 백화점은 원래 그런 곳이다. 그러다 심심해지면 Q매장으로 가서 R을 거들었다. 탈의실에서 옷을 입고 나온 고객들은 판매원인 R의 말보다, 같은 손님처럼 보이는 나의 코멘트를 더 신뢰했다. 솔직히 언니한테는 무채색 계통보다 파스텔 계열이 훨씬 잘 어울려요. 지금 입으신 회색 재킷 말고 아까 그 연두색 바바리가 열 배는 더 예뻤어요. 좀 비싸도 나 같으면 당연히 그걸 살 거예요. 손님이 한 팔 가득 파란색 쇼핑백을 끼고 나간 다음에 R과 나는 마주 보고 찡긋 웃었다. 내가 보기에 너는 이쪽으로 비상한 재능이 있는 것 같아. R이 나를 칭찬했다. 네 백으로 나 좀 취직시켜달라니까. 나는 킥킥거렸다.

폐장 시간이 다가올수록 손님이 줄어들었다. 폐장시간이 되면 스피커에서 「석별의 정」이 흘러나왔다. 빠르고 경쾌하게 편곡된 「석별의 정」은 매일 들어도 귀에 설었다. 오랫동안 사귀었던 정든 내 친구여 작별이란 웬 말인가 가야만 하는가 어디 간들 잊으리오 두터운 우리 정 다시 만날 그날 위해 노래를 부르자. 가사를 빠르게 흥얼거리면서 나는 먼저 백화점 바깥으로 나와, 청바지로 갈

아입고 나올 R을 기다렸다. 밥은 R과 내가 번갈아 샀다. 네가 무
슨 돈이 있다고? R은 만류했지만 타인에게 일방적으로 얻어먹는
다는 것은 상상해본 적도 없었다. 사실 내 재정 상태는 나쁘지 않
았다. 피자나 패밀리레스토랑의 스테이크라면 몰라도, 쫄면이나
김밥 같은 메뉴는 매일이라도 살 수 있었다. 아직도 집에서 용돈
을 받는다는 사실을 R에게 말하지 않았다.

밥을 먹은 다음에는 R의 집에 가서 같이 비디오를 보거나 맥주
를 마셨다. 안주는 땅콩이나 양파링이었다. R은 오징어 맛이 나
는 과자는 절대로 사지 않았다. 마른 오징어구이도 먹지 않았다.
온몸이 뒤틀린 채 가스 불 위에서 타들어가는 오징어의 모습을 차
마 눈 뜨고 볼 수 없다고 했다. 안 보면 되잖아, 내가 구울게. 그
렇게 말해보았지만 R은 들은 체도 하지 않았다. 깊은 바다 속에
살던 오징어가 육지로 끌려 나와, 몇 날 며칠 동안 땡볕 아래 바
짝 말려진 걸로도 모자라, 뜨거운 불에 구워지는 건 너무 잔인하
지 않니? 듣고 보니 그럴듯했다. 오징어를 마요네즈에 푹 찍어
어금니로 잘근잘근 씹고 싶다는 욕망이 사라졌다. 늘 양파링보다
맥주가 먼저 떨어졌다. 맥주가 떨어지면 나는 자리에서 일어났다.
버스정류장까지 R이 따라 나와주었다. 며칠이 다르게 밤공기가
훈훈해져가고 있었다. 남산 순환도로의 개나리들이 하나 둘 망울
을 터트리는 중이었다. 가로등 불빛에 어룽거려서 개나리 빛이
얼마큼 샛노란지 알아볼 수 없었다. 개나리가 아니라 진달래였는
지도 모른다. 그리고 보니 대낮의 햇빛 아래서 R의 얼굴을 본 적
이 없다.

물어봤으면 대답해주었겠지만, R에게 왜 혼자 사느냐고 묻지는 않았다. 내 기준에서는 그것이 예의라고 생각했기 때문이다. 혹시라도 R은 그걸 섭섭하게 느꼈을 수도 있겠다. 마음과 마음 사이 알맞은 거리를 측정하는 일은 그때나 지금이나 내겐 몹시 어렵기만 하다. 책꽂이에 꽂혀 있던 시집들에 대해서도 궁금했지만 입을 닫았다. 캐러멜 색 표지의 '文學과 知性 詩人選 80 기형도 詩集' 『입 속의 검은 잎』은 나도 가지고 있는 시집이었다. '오랫동안 글을 쓰지 못했던 때가 있었다. 이 땅의 날씨가 나빴고 나는 그 날씨를 견디지 못했다. 그때도 거리는 있었고 자동차는 지나갔다.' 그렇게 시작하는 뒤 표지의 시작 메모를 R의 집에서 다시 읽었을 때, 내가 견디지 못하는 것은 이 땅의 날씨가 아니라 나 자신이라는 것을 알았다.

일 층의 공중전화 부스에 들어가 R의 삐삐번호를 눌렀다. R은 그 흔한 인사말조차 녹음해두지 않았다. 흠흠. 목소리를 가다듬고 나는 음성메시지를 남겼다. 나야, 지나가다 들러봤는데 네가 안 보이네. 간식 먹으러 갔니? 잘 지내지? 나도 잘 지내. 연락도 자주 못하고, 미안해. 회사 다니는 게 그렇더라. 들어오면 씻고 자기 바빠. 오늘은, 그냥 중간에 나와버렸어. 나오기는 했는데 갈 데가 없네. 잘 있어, 나중에 또 올게. R이 나의 메시지를 들었을까. 아직도 나는 모른다.

토요일이었다. 느지막이 일어나 세수를 하고 오니 Q매장의 전화번호가 삐삐에 찍혀 있었다. 너 오늘 하루만 아르바이트 해라. 우리 매니저 언니네 할머니가 갑자기 돌아가셔서 언니 급하게 시골 내려갔거든. 본사 지원은 내일이나 되어야 나온다고 하고, 세일이라 손님 많을 텐데 하루만 도와줘. 나는 알았다고 대답했다. 옷장을 열어보았다. 아무래도 Q브랜드의 옷을 입는 편이 좋을 것 같아서 작년 봄 시즌에 산 Q브랜드의 흰색 남방셔츠를 찾아 입었다. 밑에는 이대 앞 보세 가게에서 산 블랙 스커트를 입었는데 언젠가 R이, 이거 우리 옷이구나, 라고 착각했던 치마였다.

Q매장에는 R과 처음 보는 남자가 함께 있었다. 대리님, 오늘 저희 매장 일일 지원이에요. R이 나를 소개했다. 남자는 내 주민등록증을 받아 몇 가지를 베껴 적었다. 그리고 말했다. 제복으로 갈아입으세요. 나보다 더 당황한 것은 R이었다. 아니, 애는 오늘 하루 알반데 유니폼을 왜 입어요? 원래 규정이 그렇잖아. 그동안 안 그랬어요. 안 입었던 사람들이 잘못한 거야. 그래도 애는 학생이고 제 친구라서 그냥 오늘 하루만 잠깐 도와주는 거예요, 한 번만 봐주세요. 학생이 아니었으므로 나는 움찔했다. R의 태세는 강경했다. 지나는 사람이 봤다면, 그 대리가 나에게 입히려는 것이 삼풍백화점 판매원 유니폼이 아니라 죄수복이라고 짐작했을 것이다. 내가 R을 말렸다. 나는 괜찮아, 그냥 입지 뭐. R이 나를 보았다. 어린 소처럼 어글어글한 눈망울이었다. 너 진짜 괜찮아? 나는 피식 웃어 보였다. 당연하지, 그게 뭐 어때서. 대리님, 그럼 애 가슴에 명찰 하나 달아주세요, 지원 아르바이트라고요. 유니폼은 내 몸에 딱 맞았다. 나는 완벽한 교복 자율화 세대였다. 국민학교 때 걸스카우트 단복을 입었던 이래로 아주 오랜만에 입어보는 제복이었다. 유니폼은 생각보다 무거웠다. 이상하게, 그렇

게 느껴졌다.

아무렇게나 입고 서서 아무런 말이나 툭툭 던지며, R의 일을 도와주던 때와는 모든 것이 달랐다. 정오가 지나자 손님들이 밀려들어오기 시작했다. 할 건 많은데 몸은 굼뜨고 일은 서툴렀다. 손님들에게 어울리는 옷을 골라주기는커녕 사이즈를 찾아달라는 주문에도 땀이 뻘뻘 흘러내렸다. R이 열심히 커버해주었지만 그녀가 재고를 찾기 위해 창고에 들어가거나 다른 손님을 응대하고 있을 때에는 내가 어떻게 해야 하는지 알 수가 없었다. 먼저 들어온 손님의 소맷단을 핀으로 표시하고 있으면 나중에 들어온 다른 손님이 버럭 신경질을 내기 일쑤였다. 삼십 프로 디스카운트해서 이 블라우스 얼마야? 십오만 원도 아니고 십사만팔천오백 원의 삼십 퍼센트가 얼마인지 까마득하기만 했다. 더구나 나는 아라비아 숫자만 보면 머리가 핑핑 도는 인간이 아닌가. 나는 R을 쳐다보았다. 저편의 R은 손님이 마음에 들어 하는 흰 바지에 어울릴 웃옷을 골라주기에 여념이 없었다. 계산대의 캐셔도 정신없이 바빠 보였다. 아가씨, 뭐 해? 얼른 계산 좀 해줘. 이렇게 네 벌 할 거고. 삼십 퍼센트로 계산해봐. 나는 신중하게 전자계산기를 두드렸다. 바빴던 캐셔가, 내 엉성한 산수를 재확인하지 않았던 것이 문제였다.

백만 원 권 수표를 내고 거스름까지 받아 돌아갔던 손님이 다시 나타난 건 얼마 지나지 않아서였다. 이 계산 어떤 년이 한 거야? 년, 이라는 발음을 그녀는 눈 하나 깜짝 않고 했다. 그 욕이 지시하는 대상이, 나라는 것이 실감나지 않았다. 왜 그러시죠? R이

나를 막고 나섰다. 아까 아가씨가 아니었잖아, 저기 쟤가 계산했는데. 저 사람은 우리 아르바이트생이구요, 저한테 말씀하시면 돼요. 아니, 무슨 저런 기본도 안 된 아르바이트생을 써? 중학교도 못 나왔어? 이깟 덧셈 뺄셈도 못 해? 어쨌거나 기본도 안 된 아르바이트생이 틀림없었으므로 나는 머리만 푹 수그리고 있었다. 죄송합니다, 제가 얼른 다시 계산해드리겠습니다. R이 몇 번이고 머리를 조아렸다. 사만 원 가량이 어디서 보태졌는지 알 수 없는 노릇이었다. 나머지 돈을 돌려받은 손님은 나를 한번 째려보더니 마네킹의 목에 걸린 스카프를 벗겨냈다. 화가 나서 그냥은 못 가겠어. 내가 저 멍청한 애 때문에 여기서 허비한 시간이 얼만데 이거 보상금 대신 가져가는 거야. 쟤 일당에서 까든지 알아서 해. R이 손님 손의 스카프를 낚아챘다. 손님, 이건 정품이라서 곤란하구요. 저희가 다른 사은품을 드릴게요. 손님이 다시 스카프를 뺏으며 언성을 높였다. 누가 허접한 사은품 받고 싶대? 난 이게 마음에 들어서 가져가겠다는데 왜 이래?

소동은 아까의 그 대리라는 남자가 달려오고 나서야 종결되었다. 손님은 결국 그 스카프를 쇼핑백 귀퉁이에 밀어 넣은 채 당당히 사라졌다. 대리의 가시 돋친 잔소리를 듣는 동안 R은 입술만 꼭 깨물고 있었다. 나는, 나는 거기서 도망쳐버리고만 싶었다. 대리가 돌아간 뒤 R이 나에게 말했다. 나 때문에 괜히 미안해. 지나고 보니 내가 먼저 했어야 할 말이었다. 나는 겨우 입을 열었다. 너 괜찮아? R의 눈동자가 잔잔하게 흔들렸다. 그럼, 이런 건 일축에도 안 끼는걸. R이 내 유니폼 어깨에 묻은 먼지를 툭툭 털어

주었다. 오늘은 수고했어, 이제 바쁜 시간 대충 지났으니까 그만 가라. 나는 대답을 하지 못했다. 지금까지 일한 건 내가 나중에 따로 정산해줄게, 얼른 옷 갈아입어. 혼자 있어도 돼? 응, 나 혼자가 편해, 빨리 갈아입어. R이 나를 고객용 탈의실로 떠밀었다. 탈의실에서 나는 삼풍백화점 판매원의 제복을 벗고, 내 옷으로 갈아입었다. 흰 남방셔츠와 검은색 치마. 유니폼이 아닌데도 그 옷들은 참 무거웠다. 철근이 어깨를 내리누르는 것 같았다. Q매장에 온 지 고작 네 시간이 지나 있었다. 나는 R을 남겨두고 황급히 백화점을 떠났다. 분홍색 삼풍백화점 건물이 쿵쿵, 나를 따라오는 것 같았다.

한때 가까웠던 누군가와 멀어지게 되는 것은 드문 일이 아니다. 어른이 된 다음에는 특히 그렇다. 그 일이 있은 뒤, 오래 지나지 않아 나는 취직을 했다. 동물 사료를 수입하는 회사였다. 이 세상에 그토록 많은 동물이 있다는 게 놀라웠다. 나는 마케팅 팀에 배속되어 연구용 실험 동물을 위한 사료를 팔았다. 햄스터는 하루 10~14그램의 열량을 섭취해야 하고, 랫은 15~20그램을 먹어야 한다. 토끼에게는 적어도 120그램 이상이 필요하다. R과 나는 서로에게 삐삐를 치지 않았다. 회사 복도 자판기의 밀크커피는 R이 타준 커피에 비해 형편없었다. 우리 회사 제품을 사용하는 서울 경기 지역의 병원과 대학 실험실에 인사를 도느라 봄이 어지러이 깊어가는 것도 몰랐다. 안국동의 회사까지는 지하철을 타고 다녔다. 평일엔 정장을 입어야 했지만 토요일엔 청바지도 입을 수 있었다. 그거 하나는 마음에 들었다. 몇 번인가 전화기를 들었다가 그냥 내려놓았다.

남자 친구도 생겼다. 증권회사의 신입사원인 그와 만나면, 주로 서로의 회사 생활에 대해 얘기했다. 그는 내가 귀여워서 좋다고 했다. 귀엽다는 게 무슨 뜻이야? 말 그대로야, 너 예쁘지는 않지만 귀엽게 생겼잖아. 피부도 하얗고, 웃을 때 양쪽 눈가에 주름이 세 개씩 잡히거든. 그는 기형도가 한려수도쯤에 있는 외딴섬 이름인 줄 알 것이 틀림없었다. 하지만 선하고 밝아서 나쁘지 않았다. 그해 봄 나는 많은 것을 가지고 있었다. 비교적 온화한 중도우파의 부모, 슈퍼 싱글 사이즈의 깨끗한 침대, 반투명한 초록색 모토롤라 호출기와 네 개의 핸드백. 구태의연한 것들이었다. 봄이 가고 무기력하게, 여름이 오고 있었다.

1989년 12월 개장한 삼풍백화점은 지상 5층, 지하 4층의 초현대식 건물이었다. 1995년 6월 29일. 그날, 에어컨디셔너는 작동되지 않았고 실내는 무척 더웠다. 땀이 비 오듯 흘러내렸다. 언제 여름이 되어버린 거지. 5시 40분, 1층 로비를 걸으면서 나는 중얼거렸다. 5시 43분, 정문을 빠져나왔다. 5시 48분, 집에 도착했다. 5시 53분, 얼룩말무늬 일기장을 펼쳤다. 나는 오늘, 이라고 썼을 때 쾅, 소리가 들렸다. 5시 55분이었다. 삼풍백화점이 붕괴되었다. 한 층이 무너지는 데 걸린 시간은 1초에 지나지 않았다.

그리고 많은 일들이 일어났다. 내 초록색 반투명 모토롤라 삐삐에 안위를 묻는 메시지들이 가득 찼다. 저녁을 짓다 말고 찌개에 넣을 두부를 사러 삼풍백화점 슈퍼마켓에 간 아랫집 아주머니가 돌아오지 않았다. 도마 위에는 반쯤 썬 대파가 남아 있었다고 한다. 장마가 시작되었다. 며칠 뒤 조간신문에는 사망자와 실종자 명단이 실렸다. 나는 그것을 읽지 않았다. 옆면에는 한 여성 명사가 기고한 특별 칼럼이 있었다. 호화롭기로 소문났던 강남 삼풍백화점 붕괴사고는 대한민국이 사치와 향락에 물드는 것을 경계하는 하늘의 뜻일지도 모른다는 내용의 글이었다. 나는 신문사 독자부에 항의 전화를 걸었다. 신문사에서는 필자의 연락처를 알려줄 수 없다고 했다. 할 수 없이 나는 독자부의 담당자에게 소리를 질렀다. 그 여자가 거기 한 번 와본 적이나 있대요? 거기 누가 있는지 안대요? 나는 하아하아 숨을 내쉬었을 것이다. 미안했지만 어쩔 수가 없었다. 내 울음이 그칠 때까지 전화를 들고 있어주었던 그 신문사 직원에 대해서는 아직도 고맙게 생각한다.

콘크리트 잔해 속에서 230시간을 버틴 청년이 구조되는 것을 텔레비전으로 보았다. 285시간을 버틴 소녀도 있었다. 나는 아무것도 하지 않고 TV만 보았다. 남자 친구가 나를 걱정했다. 태어난 이상 누구나 죽는 거야. 군대에서 의무병으로 근무할 때 나는 여러 죽음들을 보았어. 외삼촌이 육군 장성이라 손을 쓸 수도 있었지만 아버지는 억지로 나를 그곳에 보냈지. 꼭 그것 때문만이라고 할 수는 없지만 그와는 곧 헤어졌다. 이내 그는 나보다 네 살이나 어리고 일본 인형처럼 깜찍하게 생긴 여대생과 사귀기 시작했다. 6월 29일 이후 한 번도 출근하지 않은 회사에서, 등기우편으로 해고통지서를 보내왔다. 사유가 무단결근이라고 되어 있었다. 정확한 표현이었다. 붕괴 377시간 만에 열아홉 살의 여성이 발견되었다. 그녀의 첫마디는, 오늘이 며칠이에요, 였다. 1995년 6월 29일 발생한 삼풍백화점 붕괴 사고의 사상자 수는 실종자 삼십 명을 포함하여 사망자 오백일 명, 부상자 구백삼십팔 명으로 최종 집계되었다. 십 분만 늦게 나왔으면 어쩔 뻔했니. 사람들은 나에게 운이 참 좋다고 말했다.

　작고 불완전한 은색 열쇠를 책상 서랍 맨 아래 칸에 넣어둔 채, 십 년을 보냈다. 스카치테이프나 물파스 같은 것을 급히 찾을 때 무심코 나는 그 서랍을 열곤 했다. R에게서는 한 번도 연락이 오지 않았다. R과 나의 삐삐번호는 이미 지상에서 사라졌다. 사람들은 호출기에서 핸드폰으로, 아이러브스쿨에서 미니홈피로 자주 장난감을 바꾸었다.

　이 글을 쓰기 시작하면서 나는 싸이월드의 '사람찾기' 기능으로 R의 미니홈피를 찾아보았다. R과 같은 이름을 가진 1972년생 여자는 모두 열두 명이었다. 그 이름들을 하나하나 클릭해보았다. 열두 명의 R들은 대부분 바쁜 모양인지 미니홈피를 꾸미지 않고 있었다. 만 서른셋. 우리가 한창 현실적인 시절을 통과하고 있기는 한가 보다. 열한번째 미니홈피에 들어가니 대문에 여자 아이의 사진이 걸려 있었다. 서너 살쯤 되어 보이는 꼬마였다. 나는 사진을 확대하여 한참 동안 들여다보았다. 아이의 눈이 착하게 커다랬다. 잘 보니 둥그런 턱선도 R을 닮은 것 같았다. 더 선명하게 나온 다른 사진들을 보고 싶었지만 사진은 달랑 그것 한 장뿐이었다. 그 아이가 R의 딸이기를, 나는 진심으로 바랐다.

많은 것이 변했고 또 변하지 않았다. 삼풍백화점이 무너진 자리는 한동안 공동(空洞)으로 남아 있었으나, 2004년 초고층 주상복합 아파트가 들어섰다. 그 아파트가 완공되기 몇 해 전에 나는 멀리 이사를 했다. 지금도 가끔 그 앞을 지나간다. 가슴 한쪽이 뻐근하게 저릴 때도 있고 그렇지 않을 때도 있다. 고향이 꼭, 간절히 그리운 장소만은 아닐 것이다. 그곳을 떠난 뒤에야 나는 글을 쓸 수 있게 되었다.

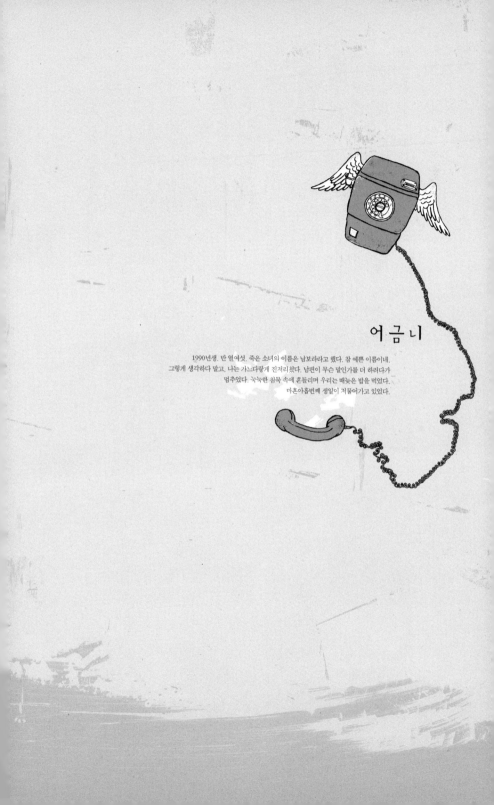

어금니

1990년생. 만 열여섯. 죽은 소녀의 이름은 남보라라고 했다. 참 예쁜 이름이네.
그렇게 생각하다 말고, 나는 가느다랗게 진저리쳤다. 남편이 무슨 말인가를 더 하려다가
멈추었다. 눅눅한 침묵 속에 흔들리며 우리는 때늦은 밥을 먹었다.
마흔아홉번째 생일이 저물어가고 있었다.

마흔아홉번째 생일 아침, 평소보다 삼십 분 일찍 눈을 떴다. 남편은 혼곤히 잠들어 있다. 침실을 나와 서재로 간다. 일기장으로 사용하는 가죽 다이어리를 펼치고, 오늘 날짜에 '生日. 날씨 흐림. 30분 일찍 기상할 것'이라고 적는다. '시간이 많지 않다'라고 쓰려다가 너무 감상적인 것 같아 그만둔다. 해마다 태어난 날이 돌아오면 새로운 다짐 한 가지씩을 하고 그것을 지키려 노력하는 것은 오래된 습관이다. 작년 일기에는 '날씨 맑음. 과도한 동물성 지방 섭취를 주의할 것'이라는 문장이, 재작년 일기에는 '가랑비. 하루 50분 빨리 걸을 것. 일주일에 닷새 이상 반드시'라는 문장이 각각 기록되어 있다. 마흔여덟 살이나 마흔일곱 살의 여자에게 썩 잘 어울림 직한 결심들이다. 마흔아홉 살 여성의 평균 기상 시간에 비하여 여섯 시는 이를까, 이르지 않을까. 늦는 것보다는 빠른 것이 나을 거라는 결론에 도달한다. 그편이 안전할 테니까.

여느 때처럼 아침 식사로 우유 한 컵과 토마토 한 개, 호밀로 만든 빵과 계란프라이 반숙, 채끝등심 몇 점을 먹는다. 치커리와 상추도 함께 먹는다. 물기가 남아 있는 상추 이파리 한 장을 쳐들었을 때, 작고 검은 벌레 한 마리가 꼬물꼬물 기어가는 모습을 발견한다. 「생로병사의 비밀」이라는 프로그램이 방영된 후부터 남편은 유기농법으로 재배하지 않은 야채는 거들떠보지 않는다. 상춧잎을 한 손에 쥔 채로 새끼손톱 거스러미만 한 녀석의 움직임을 한동안 물끄러미 지켜본다. 나는 서울 사대문 안에서 나고 성장했다. 느닷없이 출몰한 낯선 생물의 명칭을 알아맞힐 만한 능력이 없다. 식물의 잎을 뜯어먹고 사는 벌레이니 '잎벌레'라고 할지도 모른다. 아주 어렸을 적, 쇠줄에 종일 묶여 있던 옆집 개의 이름을 붙여주었던 기억이 난다. 노랑이,라는 이름은 털 색깔 때문이었다. 그렇다면 이 녀석은 검둥이라고 불러야 하나? 아마 그럴수는 없을 것이다. 명명은 책임질 수 있을 때나 하는 것임을, 나는 이제 어렴풋 알고 있었다.

샤워를 마친 남편이 식탁 건너편에 와 앉는다. 아무 무늬도 없는 흰 와이셔츠 차림이다. 남편은 심드렁한 동작으로 티슈 한 장을 뽑아 녀석을 압사시킬 것이다. 나는 상춧잎으로 얼른 검둥이를 덮어버린다.

—미역국 끓이지 그랬어, 왜.

호밀 빵을 한입 크게 베어물며 남편이 말했다.

—괜찮아.

—저녁은 어디로 예약하지? 중국집 갈래? 아니면 생선?

─음, 다 좋아.

─야마모토 스시에 자리가 있으려나.

─글쎄.

─하긴 그 집 주인 바뀐 뒤론 확실히 예전만 못해.

─그런가.

─그렇다니까. 지난주에 손님들하고 갔었는데 양식 도미를 내놓더라고. 품위 없이 말이야.

남편의 식사 속도는 언제나 몹시 급하다. 말을 하면서도 나보다 훨씬 빨리 접시를 비웠다. 그는 유리잔에 남아 있는 우유를 남김없이 입 안에 들이붓고서야 자리에서 일어섰다. 나는 늙은 노파처럼 식탁에 팔꿈치를 괴고는 오른쪽 턱으로 느적느적 토마토 껍질을 씹었다.

─그래도 강남에선 거기가 제일 나아. 그치? 처제도 올 테니까, 비서한테 세 명으로 예약하라고 한다?

─알았어.

─현우는 오지 말랬어. 수업 여섯 시에 끝나는데 괜히 오며가며 정신없잖아.

─잘 했어.

─참, 현우가 전화했니?

내가 아니라고 하자 기다렸다는 듯 남편은 이맛살을 찌푸렸다.

─이 자식이 정말. 엄마 생신이니까 하루 전에 꼭 축하 전화 드리라고 몇 번이나 일렀는데.

대통령을 비난할 때와 골프에 관한 이야기를 할 때, 그리고 현우에 대해 말할 때 남편의 목소리는 돌연 활기를 띠었다.

—바빴나 보지.

—그래도 잊어버릴 게 따로 있지 말이야. 거, 당신은 제발 아무 때나 애 역성 좀 들지 마.

—······

—항상 그게 문제야. 애한테 잘못이 있으면 따끔하게 야단을 쳐야지. 물에 물 탄 듯 술에 술 탄 듯 넘어가버리잖아. 엄마란 사람이 이래도 예스, 저래도 예스. 그러면 애 입장에서는 올바른 판단 기준이 뭔지 헷갈릴 수밖에 없어. 하나밖에 없는 아들을 나약하게 키우고 싶어?

대꾸하지 않았다. 뭐라고 대응해봐야 불필요한 언쟁으로 이어질 따름이었다. 생일에 대단한 의미를 부여하고 싶지는 않지만, 한 여자의 자궁 밖으로 쭈글쭈글한 머리통을 내밀기 위해 안간힘을 쓰고 있었을 그 시간을 이런 방식으로 소모해버리기는 싫었다. 자신의 아들이 올바른 판단 기준 따위에는 아무 관심도 없는 아이라는 걸 남편도 모르지 않을 터였다. 현우가 꼭 해야 할 일을 하지 않는다면, 그 이유는 단지 '하고 싶지 않기 때문'이었다. 그것이 남편과, 남편의 정자를 빌려 태어난 남자 사이의 치명적 차이점이었다.

남편이 나가자마자 꽃바구니가 배달되어 왔다. 동생 승희가 보낸 것이었다. 흔한 장미나 백합이 아니라 한눈에도 고급스럽고 값나가 보이는 이름 모를 꽃들로 구성되어 있었다. 고맙다는 전화를 넣으려다 말았다. 금융 회사의 펀드매니저인 승희는 오전 시간이 가장 바쁘다고 했다. '고맙다. 저녁 야마모토 스시. 꼭 와라'라고 문자메시지를 넣었다. 점심시간이 되어서야 답장이 올 것이다.

식탁을 치우고, 간밤에 자고 난 침대를 정리하면서야 오늘 치과에 가기로 했다는 사실이 기억났다. 열 시에 예약이 되어 있었다. 그리고 어쩌면 왼쪽 아래 어금니를 영원히 몸에서 떼어낼 것이다. 저녁 식사는 생선회가 아니라 죽으로 해야 할 것 같았다. 그저께 오후 백화점 한복판에서 별안간 왼쪽 아래 어금니에 한줄기 예리한 통증이 느껴졌다. H브랜드에서 새로 출시된 리프팅에센스를 구입하고 막 돌아서던 참이었다. 치아 한가운데를, 끝이 가느다란 쇠꼬챙이로 푹 찌르는 것 같았다. 오래전 아말감으로 때워 넣은 자리였다. 통증은 점점 묵직하게 퍼져 하악골을 내리눌렀다. 귀갓길에 동네 치과에 들러 엑스레이를 찍었다. 젊은 의사가 미간을 모으고 엑스레이 필름을 들여다보았다.

—참을성이 대단하십니다. 상당히 불편하셨겠어요.

—아니요. 그동안은 괜찮았어요.

나는 진지하게 말했으나 의사는 별 관심 없이 제가 하려던 말을 계속했다.

—흠, 아말감 밑으로 우식이 심합니다. 아, 충치가 생겼다는 말이에요. 뿌리까지 침범해서 잇몸을 누르는 겁니다. 혹시 평소에 왼쪽 머리가 쑤신다거나 하는 증상 없으셨어요? 이 치아 때문일 가능성도 있습니다.

간혹 편두통을 느낀 적이 있었지만 그게 왼쪽이었는지 오른쪽이었는지 아니면 머리꼭대기의 통증이었는지 가물가물했다.

—일단 뜯어봐야 확실히 알겠습니다. 신경 치료를 해서 살릴 수도 있고, 불행하지만 살리지 못할 가능성도 있고.

—살리지 못한다면요?

—발치하게 될 수도 있습니다. 아예 뽑기에는 좀 아쉬운 연세일 수도 있는데, 한편 치아 상태로만 보면 쓸 만큼 쓰신 것 같기도 하고요. 어떻게, 오늘 치료하시겠습니까. 아니면?

선뜻 그러마고 하지 못한 건, 이를 뽑아야 할지 모른다는 말보다 쓸 만큼 썼다는 말에 충격을 받아서였다. 안내데스크의 여직원이 시키는 대로 이틀 뒤로 날짜를 잡았다. 생일이었다. 의사가 처방해준 진통제를 삼키자 통증은 바로 잦아들었다.

약속은 열 시. 그러나 아홉 시 오십오 분에 맞추어 치과 문을 연다. 더도 덜도 아닌 딱 오 분 먼저 도착하는 습관이 몸에 뱄다. 부주의로 타인에게 폐를 끼치는 건 싫으니까. 마스크로 얼굴의 절반을 가린 의사가 진료실로 들어선다. 그가 시키는 대로 나는 아아— 입을 크게 벌린다. 조명이 몹시 밝다.

—자, 조금 따끔합니다.

의사는 나직나직하고 다정한 목소리로 통증을 예고한다. 끝이 날카로운 금속 바늘로 아랫잇몸을 찌르는 느낌은 그러나 예상보다 미약하다. 조금 전, 간호사가 바르는 마취약을 이미 도포한 자리이기 때문이다. 고통의 강도를 줄이기 위해 사람들은 기꺼이 고통의 분산을 택한다. 오래지 않아 턱 전체가 벙벙하게 마비되어왔다. 고속 핸드피스가 요란한 소리를 내며 치아에 씌운 아말감을 갈아냈다. 시큰시큰한 감각을 감지한 것은 뇌가 아니라 귀였다. 머금었던 양칫물을 뱉어내자 입 안의 은색 가루들이 간이 세면대에 점점이 흩뿌려졌다.

—자, 다시 벌려보세요…… 와우.

의사가 커다란 감탄사를 뱉어냈다. 그가 예후를 짐짓 과장하려 들지 모른다는 것을 나는 알아챘다. 갈수록 맑아지는 눈치가 면구스럽다는 생각이 들었다.

—안타깝지만 신경 치료로 어떻게 해볼 시기는 지난 것 같습니다.

의사는 여전히 부드럽고 다감하다. 민망해서, 나도 모르게 열렬히 끄덕여주고 싶어진다. 그러나 있는 힘껏 입을 벌리고 있으므로 의지대로 얼굴 근육을 움직일 수 없다.

—제 소견으로는 우선 발치를 하고, 인공 치아를 심는 방법이 가장 합리적인데요.

그의 진단은 어쩌면 과장이 아닐지도 몰랐다. 그에게 놓여난 틈을 타 겨우 물었다.

—임플란트요?

아둔하고 뚱한 발음이 새어나왔다.

—예. 그렇습니다. 신경 치료해서 금이나 레진 같은 재료로 덮어봐야 임시방편입니다. 속이 또 금방 썩어 들어가거든요.

—……

—어금니를 오늘 일단 뽑고, 곧 임플란트 스케줄을 잡아보죠.

—지금 뽑나요?

—그래야지요. 벗겨냈으니까요.

—저, 오늘은.

오늘은 제 생일이라서요,라고 해버리면 마스크 위로 드러난 이 의사의 눈빛에 어떤 표정이 어릴 것인가 궁금해진다. 그런데요? 라고 되물을 터다. 그때, 보조의자에 놓아둔 내 가방에서 전화벨이 울렸다. 움찔 시선이 그쪽을 향하자 의사가 조명을 껐다. 간호사가 뒤로 젖혀져 있던 진료의자를 일으켜 세워주었다. 액정에는 모르는 번호가 깜빡였다. 042로 시작하는 지역 번호다. 현우의 학교가 있는 도시였다. 전화를 걸어온 사람은, 그러나 현우가 아니었다.

—장현우 어머니 되십니까?

처음 듣는 음성이었다. 전화를 끊자마자 나는 황황히 진료실을 나섰다. 의사와 간호사가 등 뒤에서 내 이름을 불렀겠으나 귀에 들리지 않았다.

사고는 아침 아홉 시 십오 분경에 일어났다. 배달되어온 꽃바구니를 들여다보고 있었을 무렵이다. 아니, 아침 먹고 난 접시들을 식기세척기에 집어넣었을 때인가. 아니, 다섯 가지 종류의 비타민 알약들을 차례로 삼키고 있던 바로 그 순간인지도 모른다. 가시에 손가락을 찔리지도 않았고, 접시가 손에서 미끄러져 산산조각나지도 않았으며, 엄지손톱만 한 크기의 비타민 C가 목에 걸려 사레가 들리지도 않았다. 그 어떤 불길하고 끔찍한 징조도 느끼지 못했다. 구름만 조금 끼었달 뿐 대체로 맑은 편이던 서울 날씨와 달리, 그 시간 중부고속도로 T인터체인지 부근에는 안개가 짙었고 가늘지 않은 비가 주룩주룩 내리고 있었다고 한다. 빗길을 과속으로 달리던 자동차의 타이어가 미끄러져 중앙분리대를 들이받는 것은 흔하디흔한 교통사고였다.

T시의 종합병원까지는 남편의 차를 타고 갔다. 평일 오전이라 고속도로는 비교적 한산했다. 남편의 운전기사는 평균 시속 백이십 킬로미터를 유지했다. 이따금 앞차를 추월하기 위해 가속페달을 밟을 때마다 나는 창문 위 손잡이를 간신히 움켜쥐어야 했다. 가만히 있어도 무르팍이 오슬오슬 떨려왔다. 남편 역시 넋이 반쯤 나간 얼굴이었다. 아내의 손을 잡으며 달래거나 다독이는 행동 같은 것은 하지 않았다.

부랴부랴 들어선 응급실에서 현우를 보자마자 나는 울음을 터트렸다. 무의식적이고 본능적인 눈물이었다. 현우는 주사약을 맞은 뒤 잠들었다고 했다. 응급실 의사의 말로는, '지켜봐야 알겠으나 아주 위급한 상황은 아니'라고 했다. 만신창이가 되어 누운 새끼의 병상 앞에서 나는 오래 울었다. 사춘기 이후 나는 스스로가 무신론자에 가깝다고 생각해왔다. 인간의 삶을 관장하고 다스리는 절대자의 존재를 부러 부인한 건 아니었지만, 특별히 긍정할 만한 까닭도 없었다. 그렇게 오만했다. 누구인지 모를 신에게 간절한 기도를 올리면서 나는 어느새 저절로 뇌까리고 있었다. 고맙습니다. 살려주셔서. 그것은 절실한 간구의 기도, 그리고 뜨거운 감사의 기도였다.

내가 몸서리치는 불안감과 은밀한 안도감 속에서 숨죽여 흐느
끼고 있을 때, 남편은 보다 현실적으로 움직였다. 응급실 원무과
에서 적절한 수속 절차를 밟고, '김경사'라고 자신을 소개한 담당
경찰과 한참 동안이나 이야기를 나누었다. 나는 오직 현우의 머
리맡을 지키고 앉아 있었다. 종합병원의 응급실은 대낮임에도 어
둑신했다. 어디선가 날아온 매캐한 연기가 코끝에 닿는 듯했다.
두 발을 땅에 붙이고 있다는 사실이 문득 어지러웠다. 동시에, 왼
쪽 아래턱에 벙벙하게 마취된 감각이 새삼 느껴졌다. 아말감을 벗
겨낸 자리에 슬며시 혀를 대보았다. 마취가 풀리려면 네댓 시간이
지나야 한다고 했다. 그 네댓 시간 뒤에 닥칠 시간이 아득했다.

턱의 마취가 풀리기 전에 현우가 먼저 깨어났다. 어쩔 수 없이
또 눈물이 났다. 현우는 어리벙벙한 듯 몇 번이나 눈을 끔뻑였다.
간신히 정신을 차리고 나서 어, 엄마, 라고 외마디에 가까운 신음
을 뱉었을 뿐이다. 그는 사고에 관련된 이야기는 한 마디도 하지
않았다.
　―허리가 아파요.
　제 아비를 보고는 그렇게 말했다. 간단한 검사 결과가 나온 바
에 의하면 발목의 염좌, 인대 손상 외에 요추간판탈출증이 의심
된다고 했다. 심하면 장애진단을 받게 될지도 모를 병이라고 했
다. 정밀 검사 결과를 확인하려면 사흘을 기다려야 했다. 남편은
현우를 서울로 옮겨야 한다고 주장했다. 남편의 지인들이 꽤 여
럿, 서울의 내로라하는 대학병원의 교수로 재직하고 있었다. 그

러나 김경사는 조사가 끝나지 않은 사건이라 불가능하다고 했고 남편은 의지를 꺾어야 했다. 현우는 정형외과 일반 병실로 옮겨졌다. 육인실 병상도 있었지만 남편은 일인실을 선택했다. 김경사가 현우에게 몇 가지를 물었다.

—몇 킬로로 달리고 있었지?

—기억이, 안 나요.

—어디에 가던 길이었고?

—……잘 모르겠어요 ……특별히 어디 가는 길은 아니었던 것 같아요.

현우는 언어장애를 앓는 사람처럼 한마디 한마디 작고 어눌하게 대답했다.

—그럼, 동승자는 어디서 태웠어?

차에 현우 혼자 타고 있던 것이 아님을, 나는 그제야 알았다. 현우는 입술을 앙다물었다.

—아무래도 힘든가 봅니다.

남편이 슬쩍 끼어들었다. 아닌 게 아니라 내가 보기에도 현우는 몹시 지쳐 보였다. 거의 보름 만에 마주 대하는 아들의 얼굴이었다. 병원 이름이 영문으로 프린트된 청색 환자복은 사람을 더욱 피로해 보이게 만들었다. 빛바랜 환자복에 감싸인 현우가 안쓰럽고 또 낯설었다. 그새 더 마르고 키가 쑥 자란 듯도 했다. 스물인데 아직도 더 자라는가. 재작년 겨울, 대학에 합격한 아이를 데리고 생애 첫 양복을 사러 갔었다. 그때 현우의 키는 181.5센티미터였다. 우리 부부의 신장은 각각 백칠십 센티미터와 백육십 센티미터가 간당간당했다. 우리의 열성유전자가 아이의 성장판에 영향을 미칠까 봐 어릴 때부터 내심 걱정스러웠다. 아이는 무탈하게 커주었다. 축구보다는 컴퓨터게임을 좋아했으며 남의 일에는 별 관심을 보이지 않는 성품이었다. 갖고 싶은 것이 있으면 꼭 가져야 했고 하기 싫은 일이 있으면 죽어도 하지 않았으나, 외동으로 귀하게 큰 요즘 아이들이 대부분 그러리라 여겨졌다. 무엇보다 현우는 공부를 잘 했다. 중학교 1학년 때부터 전교 5등 안에 꼬박꼬박 들었고, 어렵잖게 외고에 들어가더니 과기대에 합격했다. 남편은 몇 년 뒤 현우가 유학 갈 아이비리그의 학교와 전공 분야의 석학 교수까지 꼼꼼히 물색해두고 있었다.

남편과, 나, 현우. 우리 가족을 향해 친척이나 지인들이 질시 섞인 부러움의 눈초리를 보내는 것을 잘 알고 있다. '너희는 대체 부족한 게 뭐니?'라는 질문을 면전에서 받아보기도 했다. 그럴 때마다 나는 겸손하고 사려 깊은 태도를 유지하려고 노력하며 손사래를 치곤 했다.

—그렇지 않아. 고민 없는 집이 세상에 어디 있다고.

그 말은 허위가 아니었다. 결혼 생활 이십삼 년 동안 자질구레한 갈등들과 너저분한 근심거리들은 언제나 상존해 있었다. 심각하진 않았대도 남편은 잊을 만하면 한 차례씩 소소한 여자 문제를 일으켰고, 위암 선고를 받은 시아버지의 긴 투병 과정에서 이래저래 마음고생도 심했다. 차고 무덤덤한 아들이 아니라 애교 넘치는 딸내미가 하나 더 있으면 좋겠다고 바라면서 현우 하나만을 낳고 단산해버린 것을 후회하기도 했다. 순식간에 비일상적 세계에 접어들고서야, 내가 살았던 세계가 잔잔하고 평화로운 바다였음을 깨닫는다.

저녁이 깊을 때까지 현우의 병실을 지켰다. 김경사를 따라 나간 남편은 늦도록 돌아오지 않았다. 일곱 시 무렵에 승희에게서 전화가 왔다.

—미안해, 언니. 갑자기 야근이네. 아무래도 오늘 못 가겠다.

—어, 어딜?

—어디긴. 오늘 언니 탄신일 기념 디너파티라며?

생일임을 까맣게 잊었다. 승희에게 현우의 사고 소식을 전하면서 바보처럼 다시 눈물이 그렁그렁해졌다.

—어머, 세상에. 하늘이 도우셨네.

—……

—내 후배 하나는 재작년인가 고속도로에서 차 뒤집혀서 즉사했잖아. 언니, 그 사고에 그만하기가 정말 다행인 줄 알아.

내가 그렇게 생각할 때와, 남의 입에서 나오는 그 말을 들을 때의 기분은 전혀 달랐다. 마흔이 넘도록 결혼하지 않은 승희에게 현우는 단 하나뿐인 조카였다. 한달음에 당장 이곳까지 달려와주길 바란 건 아니지만 이 사건에 대해 금세 객관적인 분석을 내릴 수 있는 그 마음자리가 못내 섭섭했다. 숨겨둔 내 속내를 정통으로 들킨 듯 고약하기도 했다. 남편이 병실 문을 들어선 것은 아홉 시 뉴스가 한참이나 진행되고 나서였다. 현우는 약 기운으로 잠들어 있었다. 남편과 나는 구내식당으로 내려갔다. 식당에는 손님이 없었고, 락스 냄새와 밥 냄새가 한데 섞여 후각을 자극했다. 허기 때문인지 피로 때문인지, 목울대 깊은 곳으로부터 텅 빈 구토가 치받혀 올라왔다.

—현우 엄마.

남편이 갑자기 정색을 하고 나를 불렀다. 안경 너머 그의 진갈색 눈동자는 움직임이 전혀 없었다.

—아무래도, 당신도 알고 있는 게 좋을 것 같아서……

말꼬리를 흐리는 폼이 그답지 않다. 어쩔 수 없이 가슴이 턱 막혔다.

—문제가 좀, 복잡해.

왜 그래, 당신, 당신답지 않게,라고 말할 수가 없었다. 나는 그의 다음 말을 기다렸다.

—……옆에 탔던 아이가, 죽었어.

나도 모르게 젓가락 한 짝을 떨어뜨렸다. 허리를 굽혀 천천히 그것을 주웠다. 테이블 밑에서 본 남편의 윤나는 검정 구두가 그로테스크했다. 죽었어. 그것은, 슬픔이나 애도 없이 말하기에 어색한 문장이었다.

—처음부터 상태가 위급했는데 결국 그렇게 되었나 봐.

—……그렇구나……

왜 더 이상의 말이 나오지 않는지 모를 일이었다.

—자세한 건 아직 나도 잘 몰라.

군대처럼 칸칸이 나뉜 식판에서 보리쌀이 드문드문 섞인 밥과 쇠고기무국이 서서히 식어가고 있었다.

―현우 친구야?

나는 겨우 입술을 달싹여 물었다.

―음…… 친구는 아니고. 그냥 좀 아는 사이인가 봐.

내가 잘못된 질문을 선택했음을 알았다. 남편이 손바닥으로 제 입가를 쓰다듬었다. 그는 변명처럼 덧붙였다.

―……여자 아이야.

현우는 장난으로라도 여자 친구의 이야기를 꺼낸 적이 없었다. 맘에 드는 애 있으면 엄마 몰래 이모한테만 데려와보라는 승희의 농담에 픽 웃고 말았고, 오랜만에 만나는 친척이 '대학생인데 여자 친구 없나?'라고 묻기라도 하면 '없는데요'라고 건조하게 대답하곤 했다.

―그리고…… 나이가 좀 어려.

1990년생. 만 열여섯. 죽은 소녀의 이름은 남보라라고 했다. 참 예쁜 이름이네. 그렇게 생각하다 말고, 나는 가느다랗게 진저리쳤다. 남편이 무슨 말인가를 더 하려다가 멈추었다. 눅눅한 침묵 속에 흔들리며 우리는 때늦은 밥을 먹었다. 마흔아홉번째 생일이 저물어가고 있었다.

남보라의 소지품에서는 경상남도 M시 소재의 여자중학교 학생증이 나왔다. 작년 것이었다. 주민등록증은 없다고 했다. 아직 주민등록증을 발급받지 못하는 나이인 것인가. 현우가 자신의 생활 반경과 전혀 공통점이 없는 아이를 어떻게 만나게 되었는지에 대해 남편과 나는 아무런 정보도 가지고 있지 않았다. 남보라의 보호자는 다음 날 아침까지도 나타나지 않았다. 시신은 영안실 냉동고에 안치되었다.

가장 중요한 것은, 사망 유족과의 형사 합의라고 보험사 직원은 몇 번이나 강조했다.

—피해자 사망 사곱니다. 합의가 안 되면 실형을 살 수도 있어요.

실형이라는 단어를 듣자, 깨진 유리 화병 조각으로 심장을 긋는 느낌이 들었다.

—진짜야, 여보?

남편을 돌아보는 내 눈빛에 애통한 간절함이 깃들어 있었을 것이다.

—괜찮아. 별일 없어.

남편이 또박또박 읊조렸다. 그의 강인한 어조가 미미하나마 위로가 되었다. 남편은 보험사의 담당자에게 제 명함을 건넸다.

—본사에서 곧 전화가 갈 겁니다.

남편이 그 보험회사의 전무이사 이름을 대는 모습을 보면서, 나는 슬그머니 눈을 돌렸다. 남편은 비평준화 시절 명문이라 일컬어지던 K고등학교와 S대 상경대학을 졸업했다. 동창의 인맥은 차마 짐작하기 힘든 곳까지 구석구석 연결되어 있었다. 웃겨, 정말. 그 알량한 학연이 뭐라고들 그러나 몰라. 평소 마뜩잖게 여기곤 했지만 이런 경우 어쩔 수 없이 와락 의지가 되는 것도 사실이었다.

어미로서, 나는 지금 무엇보다 현우를 걱정해야 했다. 자신이

낸 사고에 의해 동승자가 죽었다는 사실을 알면 아이는 돌이킬 수 없이 커다란 상처를 받을 것이다. 육체적으로도 힘들고 정신적으로도 충격을 받은 상황에서, 자칫 되돌릴 수 없을 만큼 커다란 죄책감에 사로잡힐까 염려되었다. 일부러 그런 게 아니잖아. 괜찮아. 괜찮아, 현우야. 화장실 변기에 앉아 되뇌어보았다.

―현우한텐 모르는 척해.

남편의 말을 듣고서 나는 눈만 끔벅였다. 남편이 재차 강조했다.

―그 아이 그렇게 됐다는 말, 하지 말라고.

―그럼 어떡하려고?

―지금 알아서 좋을 거 하나 없어. 확실한 결과 나오고 현우도 좀 제정신 차렸을 때, 그때 내가 얘기할게. 잘 알아듣도록.

남편이 오른손으로 넥타이를 느슨하게 풀었다. 저 사람, 이틀 동안이나 목을 꼭 조여 매고 있었던 것인가. 별안간 왼쪽 아래 어금니가 다시 쿡쿡 쑤시기 시작했다.

그날 오후 두 시 무렵, 남보라의 가족이 도착했다. 아이의 빈소가 차려졌다. 화장실 거울을 보고서야 내가 오렌지 색 원피스를 입고 있음을 발견했다. 어제 치과에 갈 때 입었던 차림 그대로였다. 문상을 위해서는 검은 정장을 걸쳐야 할 텐데 이 판국에 어디서 구해야 할지 막막했다.

―현우 아빠. 당신은 차에 검은 타이 있지?

―왜?

―……가봐야 되잖아. 그 애 부모가 왔는데.

우리는 서로의 눈을 피했다. 병원의 긴 복도 벽에 드문드문 뚫린 좁은 창으로부터 저릿한 햇살이 비추어 들었다. 남편은 빛을 등지고 선 채 말했다.

— 당신은 일단 돌아가 있어.

— 응?

— 급히 오느라 아무것도 못 챙겨왔잖아. 언제까지 여기 있어야 될지 모르는데 집에 돌아가서 더운물로 목욕하고 정신 좀 추스르고 와.

— 현우는 어쩌고.

— 내가 있을게. 그리고 당신보다 전문 간병인이 하는 게 현우도 훨씬 편할 거야.

남편의 설득은 진심 어렸다. 나는 그의 의도를 파악할 수 없었다.

— 그래도 얼굴은 비추고 가야지. 그쪽에서 합의 안 해주면 큰일이라며?

— 왜 이렇게 말이 많아!

남편이 느닷없이 버럭 소리를 질렀다. 휠체어를 밀며 복도 끝을 지나가던 사내가 흘긋 뒤돌아보았다. 남편은 목소리를 낮게 깔았다.

— 그냥 시키는 대로 해라. 복잡하게 만들지 말고.

강경한 태도에는 변함이 없었다. 옷을 다 입고서야 단추를 한 칸씩 밀려서 채운 걸 알았을 때처럼 무력한 느낌에 나는 뒤로 물러설 수밖에 없었다. 주차장 바로 옆이 장례식장이었지만 들르지 않았다. 남편의 운전기사가 은색 벤츠의 뒷문을 열어주었다. 차

88

는 빠르고 부드럽게 달렸다. 뒷좌석 유리창으로 고속도로의 풍경들이 무심히 흘러갔다. 방배동 집에서 T시 외곽의 학교까지, 그동안 현우가 수없이 오갔을 길이었다. 이 길을 달리면서 현우가 무엇을 사랑하고 무엇을 견디고 무엇을 그리워했는지 나는 전혀 알지 못했다.

제 아버지가 대학 입학 기념 선물로 자동차를 사주겠다고 했을 때 나는 질색을 했었다. 겉으로는 위험해서라는 이유를 댔지만 그보다는 남의 눈에 어떻게 보일까 하는 우려가 더 컸다. 영업소에서 계약을 확정 짓던 날 현우는 대학 합격을 확인한 순간보다 더 기뻐했다. 외동으로 자라서인지 어릴 적부터 물건에 대한 애착이라곤 없는 성격이었는데 새로 생긴 자동차에 대해서만은 유별나게 굴었다. 기계식 세차를 하면 차 표면에 흠집이 생긴다면서 항상 손수 세차하기를 고집했고, 내 눈에는 조잡해 보이기만 하는 각종 스티커들을 차체 여기저기 붙여대느라 열심이었다.

현관 앞에 떨어져 있는 아침신문을 주워 들고 집 안으로 들어선다. 저녁 어둠이 어정쩡하게 몰려와 있다. 거실의 전등은 켜지 않기로 한다. 발걸음이 저절로 현우의 방을 향한다. 맨 먼저 눈에 들어온 건 벽에 걸린 아이의 유치원 졸업 사진이다. 학사모를 비뚜름히 머리에 걸친 일곱 살의 현우. 우리가 함께 지나온 그 시간들이 소진돼버리지 않고 어디엔가 그대로 쌓여 있을까. 방 안에는 침대와 컴퓨터 책상만이 덩그마니 놓여 있을 뿐이다. 현우의 책들과 옷가지들은 거의 다 T시의 오피스텔에 내려 보냈다. 몇 남지 않은 현우의 물건들을 나는 손바닥으로 가만히 쓸어보았다.

지금 보기엔 좀 작다 싶은 크기의 LCD 모니터는 현우가 고등학교를 졸업할 때까지 사용하던 것이다. 컴퓨터의 파워 버튼을 누른 것은 무심결의 행동이었다. 다른 의도는 없었다. 윈도 부팅 소리가 들려왔다. 곧 메신저 프로그램에 자동 접속되었다. 누군가 말을 걸어왔다.

　—들어왔네. 변태 새끼. 어제 잘 만났냐? 좋았냐?

모니터의 글자들이 눈앞에서 빙글빙글 돌았다.

　—몇 번 했어? 얼마에?

그 물음표들을 나는 오래 바라보았다. 다른 도시에 사는 열여섯 살짜리 소녀…… 신의 테스트는 예기치 못한 방식으로 참혹하다. 희끄무레한 의혹들이 솟구쳤다 곤두박질쳤다. 또렷한 사실은 한 가지뿐이었다. 어떤 어미도 제 새끼를 지킬 수밖에 없다는 것. 그건 이미 윤리의 차원이 아니었다. 나는 천천히 자판을 두드렸다.

　—아니야. 안 만났어.

남보라의 빈소는 초라했다. 검은색 바지 정장을 아래위로 맞춰 입은 내 모양새가 이곳에서는 도리어 낯설어 보일지도 몰랐다. 일고여덟 시간 뒤 새로운 해가 뜨면 발인이었다. 삼일장의 마지막 밤인데도 문상객이 거의 없었다. 상주는 열두어 살이나 되었을까 말까 한 소년이었다. 희고 기름한 얼굴이 영정 속 소녀와 많이 닮았다. 내 자식이 피 흘리는 모습을 보았을 때와는 달리 눈물은 흘러나오지 않았다. 소년과 맞절하면서 나는 손톱으로 애꿎은 손등만 쥐어뜯었다.

피해자 남보라는 할머니와 동생과 함께 살고 있었다. 그 아이의 죽음 앞에서 가해자 장현우의 아버지는 형사합의금으로 적지 않은 금액을 흔연히 내놓았다. 소녀의 고향인 M시 시내에 30평짜리 아파트를 살 수도 있는 돈이었다. 장례 절차가 끝나기도 전에 소녀의 할머니는 형사합의서에 도장을 찍었다. 어떠한 이의도 제기하지 않겠습니다,라고 씌어 있는 문서였다. 그리고 장현우의 어머니는 예의를 다해 문상을 왔다. 피해자의 영정 앞에 머리를 조아려 용서를 빈다. 스스로에게, 혹은 내 자식의 앞날을 헤아리실 신에게 면죄부를 받고 싶은 마음만은 남편과 내가 똑같을 것이다.

소년에게 내가 누구인지 밝힐 까닭은 없었다. 구두를 찾아 신고 그곳을 떠나려 할 때 젊은 여자 하나가 부랴부랴 도착했다. 영안실에 들어서자마자 그녀는 무너지듯 바닥에 주저앉았다. 그리고 울기 시작했다. 창자를 쥐어뜯는 울음이었다. 굴건을 쓴 어린 소년은 그녀를 멀뚱히 바라보기만 했다. 이제 그네들끼리 해결할 문제가 남아 있을 터였다. 타인들의 삶이었다. 나는 조용하게 발길을 돌렸다.

현우는 병실에 혼자 있었다. 아이는 만화책을 보는 중이었다.

—왜 아직 안 자?

—자다 일어났어. 심심해서 이거 조금만 보려고.

현우는 눈을 떼지 않은 채 대답했다. 나는 그를 말리지 않았다. 어제 문병을 다녀간, 제 이모가 가져다준 책들이었다. 책 속에 눈을 처박고 있던 현우가 갑자기 킥킥, 웃음을 터트렸다. 동승자의 안위에 대하여 남편은 아직 아무 언질도 주지 않았을까. 나는 조심스레 아들의 이름을 불렀다.

—현우야.

—왜요?

대꾸 소리가 건성이다. 병실 형광등의 어스레한 불빛 탓인가, 아이의 텁수룩한 머리칼이 일순 어룽어룽 흔들려 보였다.

—……아니야. 눈 나빠지겠다.

—알았어요. 이거만 다 보고.

—……힘들지? 우리 아들.

—괜찮아.

현우는 다시 만화의 세계 속으로 빠져들었다.

현우의 서울 이송은 곧바로 결정되었다. 고속도로를 달리는 구급차 안에서 우리 세 식구는 별다른 대화를 나누지 않았다. 현우는 우래옥의 불고기와 물냉면이 먹고 싶어 죽겠다고 했고 남편은 퇴원하자마자 먹으러 가자고 약속했다.

문제가 되는 허리는 우선 두어 주 동안 물리치료를 하고, 경과를 지켜본 후 수술 여부를 확정할 예정이었다. 현우가 새로 입원한 병원은 집에서 차로 15분 거리였다. 국내 굴지의 대기업에서 운영하는 병원 로비는 여느 호텔 못잖게 꾸며져 있었다.

학교에는 병가휴학계를 내야 했다. 남편은 아쉬워했지만, 한편으론 이것으로 군대 문제를 해결할 수 있다면 전화위복이 되리라 기대하는 눈치였다. 현우는 자동차가 폐차되었다는 소식을 듣자 이마를 우그러뜨렸다.

—보닛이 완전히 박살났다는구나.

나는 은근한 말투로 일러주었다. 과장은 아니었다. 남편이 짐짓 엄격하게 거들었다.

—이제 다시는 운전하지 마라.

—허, 말도 안 돼.

현우가 입속으로 툴툴거렸다.

그날 저녁, 남편과 오랜만에 식탁에 마주 앉았다. 제법 평화로운 분위기였다.

—고생 많았어.

—당신이 애썼지.

우리는 하나마나한 덕담을 주고받았다. 다 지난 일이라는 듯 남편이 입을 열었다.

—다행히 가출 신고가 안 되어 있어서.

—그랬구나.

—응. 부검을 막은 게 천만 다행이야. 딴 건 몰라도 부검 결과는 어떻게 손쓰기도 어렵잖아. 개한테서도 알코올 꽤나 나왔을 거야. 미친 새끼. 아침부터 혈중 농도 0.38이 뭐야? 가만있어도 무조건 구속인데.

나는 다급히 그의 입을 막고 싶었다.

—고기 더 할래?

—아니야. 조절해야지. 요새 불규칙적으로 먹고 운동도 못했더니 체중이 금방 확 느네.

남편이 손바닥으로 제 배를 쓰다듬는 시늉을 했다.

―미성년자 건드리는 게 얼마나 복잡한데. 하필이면……

아무래도 그는 무용담을 함께 나누고 싶은가 보았다. 나는 와인 냉장고를 열어 1999년산 샤토 탈보를 꺼냈다. 스크루를 코르크 중간에 깊게 박았다. 이내 코르크가 슬슬 딸려 올라오기 시작한다.

―술을 다 하자고 하고, 웬일이야?

아무 말 없이 남편의 유리잔에 포도주를 따른다. 일을 수습하기 위해 그가 자행했을 여러 가지 '노력'에 대하여 얼마든지 짐작할 수 있었다. 용서할 수도 있었다. 그가 현우의 아버지이듯 나는 그 아이의 엄마이므로.

농협 하나로마트에서 특상등품으로 사온 한우 꽃살은 육즙이 풍부하고 부드러웠다. 사고 이후, 내가 오른쪽으로만 음식물을 씹고 있다는 사실을 아무에게도 말하지 않았다. 아말감을 벗겨낸 자리는 공허했다. 유기농 상추를 몇 번이나 빠득빠득 씻었기 때문일까. 이름 모를 벌레는 더 이상 나타나지 않았다.

쉰번째 생일까지는 삼백오십여 일이 남아 있었다. 그사이에 닳아빠진 어금니를 빼게 될지, 인공 치아를 박아 넣게 될지 지금으로선 확신하기 어려웠다. 쉰번째 생일 아침에 또 어떤 대단한 결심을 일기장에 적게 될지도…… 와인 잔을 입술에 가져다 대며 쓴웃음을 삼켰다.

―자, 건배.

남편이 다정하게 잔을 부딪쳐왔다. 아마도 나는, 나와 영원히 화해하지 못할 것이다.

오늘의 거짓말

벨을 힘껏 누르고 한참을 기다려보았지만 아무도 나오지 않았어.
다시 한 번 누르려는 찰나 스륵 문이 열렸지. 누군가 얼굴을 내밀었어. 덩치가 작고
깡마른 남자였지. 얼굴 절반을 가린 새까만 선글라스가 맨 먼저 내 눈에 들어왔어.
한밤에, 실내에서 선글라스라니.

당신이 믿을지 모르겠지만 나는 함부로 거짓말을 하는 사람이 아니야. 거짓말은 다만 내 밥이지. 밥은 하루에 세 번 먹고 거짓말은 하루에 스무 번 정도 하니까, 거짓말은 내 밥일 뿐만 아니라 커피이자 담배이며 맥주이고 또한 교통카드인지도 몰라. 나는 하루에 스무 번 거짓말을 하여 스타벅스의 아이스 모카를 마시고, 마일드 세븐을 사 피우며, 술집에서 친구들 눈치를 보지 않고 국산 맥주보다 이천 원 더 비싼 벨기에산 호가든을 주문하지. 교통카드를 꽉꽉 채워 충전하지만 어떤 날 아침엔 칠 센티미터 구두굽이 유난히 무겁게 느껴지기도 하거든. 그럴 땐 오지 않는 버스를 하염없이 기다리는 대신 오른팔을 척 올려 택시를 세워. 기본요금 거리의 지하철역 앞에서 택시를 내리는 순간에는 항상 관자놀이가 얼얼해지도록 갈등하지. 회사까지, 그냥 타고 가버릴까, 그럴까, 이대로 쭉.

삼십 여분 남짓 중형차의 뒷좌석을 나 혼자 점유하는 대가는 만원 가까운 현금과 교환될 거야. 하고 싶은데 하지 못하는 것과, 할 수 있는데 하지 않는 것은 완전히 다르지. 택시의 뒷문을 소리 나게 닫고 지하철 역사 계단을 걸어 내려가는 동안 내가 느끼는 뿌듯함에 대해 당신은 알까? 내 힘으로 내 욕망을 조절할 줄 아는 사람이 된 것 같은 그 자부심을 말이야. 신이라는 존재가 정말로 있다면, 왜 내게 건네준 패는 옐로카드밖에 없는 걸까 궁금해하던 시절도 있었어. 하지만 이제는 아니야. 나는 나를 벌어 먹이는 사람이 되었고, 적어도 그건 내일과 모레도 어제와 오늘처럼 반복되리라는 공포를 견디는 것만큼이나 경이로운 일이잖아. 안 그래? 그 정도면 족하다고 나는 생각해왔어.

지금의 회사에 취직한 건 일 년 전이야. 인터넷 홍보회사라는, 애매모호하면서도 뭔가 있어 보이는 이름 때문에 입사를 결정한 건 아니야. 입사를 결정한 건 어차피 내 쪽이 아니라 회사 쪽이었는걸, 뭐. 학점 평점 2.5에 토익 700점대, 끗발 좋은 친척 하나 없는 가련한 여성 구직자를 그쪽에서 구제해줬다고 표현해야 옳을지도 모르지. 이곳은 세번째 직장이야. 맡겨진 임무에는 곧 적응했어. 홍보해야 할 상품은 때마다 달라. 가스오븐레인지, 조립식 책꽂이, 코미디 영화, 현상공모에 당선된 장편소설, 지중해 크루즈 여행…… 회사에 의뢰된 그 상품들을 판매하는 사이트에 들어가서 나는 간곡하게 후기를 쓰지.

얼마나 오랫동안 망설이다 바꿨는지 몰라요. 제가 워낙 까다로운 편이라 선뜻 마음 가는 제품이 없었어요. 그러다가 주변에서 하도 좋다는 말에 속는 셈치고 Y전자의 새 오븐레인지를 구입했죠. 그런데 이럴 수가…… 한 달 간 써보았는데 정말로 나무랄 데가 하나도 없었어요. J전자 물건 쓰는 친구들이 잔고장 때문에 고생하는 모습 보면서 가슴을 쓸어내린답니다. 솔직히 별 다섯 개가 아깝지 않아요.

저는 평소에 한국 영화를 보지 않습니다. 항상 그 얘기가 그 얘기고 스케일도 작고 상상력도 빈곤하기 때문이죠. 그러나 한국 영화에 대한 편견을 한순간에 날려준 것이 바로 이 작품입니다. 영화가 끝나자 나도 모르게 눈물이 흘러나왔습니다. 오랜만에 맛보는 감동에 가슴이 벅찹니다. 돈이 아깝지 않은 영화, 다른 분들도 꼭 극장에 가서 보라고 강력 추천합니다.

구태의연하고 촌스러울수록 좋아. 소비자들이 그런 데 마음을 움직이고 지갑을 연다는 가설을 회사 임원들은 굳게 신봉하고 있거든. 회의 때마다 팀장이 직원들을 닦달하면서 하는 소리가, 진정성에 호소해야 한다, 제발 진심을 담아서 써라, 라는 게 재밌지 않아? 책상 위에 놓인 두툼한 A4용지 묶음 속에는 깨알 같은 글씨로 주민등록번호와 이름들이 줄줄이 박혀 있어. 각 사이트의 회원 가입을 위한 그 수많은 필수 항목들이 누구의 것인지 나는 알지 못해. 그 목록에서 이따금 79로 시작하는 번호를 만나면 조금 반가워져. 낯선 별들로 뒤덮인 밤하늘에서 어쩐지 전에 본 적이 있는 듯한 별자리를 발견한 것과 비슷한 기분이라고 할까. 의

외의 장소에서 동갑내기와 마주쳤을 때 하긴 누군들 그렇지 않겠어? 1979년생의 주민등록번호로 글을 쓸 때는 조사와 맞춤법에 유난히 주의를 기울이는 것으로 나는 동갑내기들에 대한 자그마한 애정을 표현하곤 하지. 너의 진정성의 방식이 고작 그거냐고 비웃어도 하는 수 없어.

내 주민등록번호와 앞 여섯 자리가 같은, 즉 나와 생년월일이 똑같은 경우는 그동안 딱 한 번 만나보았어. 뒷자리가 1로 시작했으니 그의 성별은 남자였지.

—생일이 같은 사람은 처음이야. 뭐 하는 앨까?

하얀 비키니를 입고 와이키키 해변에 누워서 여행사 가이드의 친절에 감격하고 있던 옆자리의 동료가 퍼뜩 현실로 돌아와 내 얼굴을 멀거니 바라보았어.

—너 바보니? 아무렴 이런 게 진짜일 리 없잖아.

우리는 다시 묵묵히 각자의 일에 몰두했어. 타닥타닥 옆자리에서 자판 두드리는 소리가 규칙적으로 들려왔어. 이 세상에 존재하는지 안 하는지 모르는, 나와 같은 날 태어난 그 친구를 대형 인터넷 쇼핑몰의 회원으로 가입시켰어. 그게 나한테 주어진 일이니까. ID는 언제나 하던 것처럼 그의 영어 이니셜로 지었어. 보통 때는 4444나 0987 같은 별 뜻 없는 네 자리 숫자를 함께 붙이지만, 그에게는 보다 의미 있는 숫자를 첨부해줘야겠다는 생각이 들더라. hsc7977. 어때? 내 생일은 1979년 7월 7일이야. 그 ID로 나는 방수용 등산바지와 여행용 트렁크, 러닝머신과 어린이 미끄럼틀에 대한 리뷰를 공들여 작성했어. 그러곤 별 다섯 개씩을 선사했지. 금화처럼 반짝반짝 빛나는 밤하늘의 별 말이야.

*

당신에게도 사랑하는 사람들이 있었어? 당신의 가족? 두 명의 여자 아이와, 한 명의 사내아이? 전에 어디선가 그들과 함께 찍은 당신의 사진을 본 적이 있어. 한일자로 꾹 다문 입매는 그대로였지만 당신의 눈, 그래, 눈은 미소를 띠고 있더라. 도토리처럼 여물어가는 자식들을 병풍처럼 등 뒤에 두른 채 사진기 앞에 앉은 사내의 내면에 대해 내가 알 턱이 없지. 그때 느꼈던 내 이질감의 정체에 대하여 어떻게 설명하면 좋을까.

아, 물론 나 역시 사랑하는 사람들을 가지고 있어. 우리 엄마와, 내 남자 친구. 둘은 서로를 별로 좋아하는 것 같지는 않은데 두 가지 측면에서 놀랍도록 닮은꼴이지. 놀고먹는 인간을 혐오한다는 것과, 허투루 돈 쓰는 행위를 죄악으로 치부한다는 것. 그러고 보니 당신과 비슷한 취향을 가진 것 같네. 삼 년 넘게 만나오는 동안 남자 친구에게서 가장 자주 들은 말이 '너는, 너는. 무슨 애가 어쩌면 그렇게 물정 모르고 개념이 없냐'고, 이십칠 년 가까이 엄마랑 같이 사는 동안 귀에 못이 박히도록 들은 소리가 '저 가시나, 또 화장실 불 안 껐네. 땅 파면 돈이 나오는 것도 아닌데 계집애가 저리 헤퍼서 어따 쓰려고'였으니 확실히 일맥상통하는 데가 있긴 하지? 이 두 사람이 날 사랑하고 있다는 것을 나는 잘 알아. 그렇지 않다면 된장찌개를 가운데 놓고 모친과 마주 앉은 식탁이나. 연인과 오붓하게 영화 상영 시간을 기다리고 있는 멀티플렉스 극장의 휴게실에서 불쑥 '네 인생의 목표는 뭐냐?'라는 질문을 받고도 웃으며 넘어가는 여자가 흔하지는 않을 테니까 말이야. 짐작대로 별로 유쾌한 상황은 아니었어. '네 인생의 목표는 뭐냐'라는 물음의 속뜻이 '네 인생은 참 한심해 보인다. 목표라는 게 없잖아'라는 걸 어느 누가 짐작하지 않을 수 있겠어. 안 그래? 솔직히 나는 인생의 목표 같은 건 한 번도 세워본 적 없는 인간이거든. 당신 시대의 그 유명한 표어 '하면 된다!'라는 말도, 미안하지만 전혀 믿지 않아.

그날은 토요일이었고, 오후에 데이트가 있었어. 끈 없는 브래지어와 돼지갈비 체인점과 디지털카메라에 대한 후기를 쓰느라 퇴근이 좀 늦었지. 남 기다리는 시간을 치 떨리게 아까워하는 남자 친구를 위해 나는 택시를 탔어. 그러나 내 남자 친구는 멀쩡한 대중교통수단 놔두고 택시를 타는 행위 또한 납득할 수 없어 하는 사람이거든. 그래서 나는 약속 장소 오십 미터 전에서 택시를 내린 다음 냅다 달려야 했어. 하이힐을 신고서 말이야. 다행히 늦지는 않았어. 남자 친구는 진지한 표정으로, 내 인생에 대한 플랜을 한번 짜보자고 했어.

—금방 서른이야. 더 늦기 전에 평생 직장을 잡아야 되지 않겠냐. 너한텐 미안하지만, 너 비정규직인 거 알면 부모님이 우리 결혼 허락하실 리가 없어. 그래서 생각해봤는데, 아무래도 9급 공무원 시험 준비를 하는 게 제일 나을 것 같다.

시험 준비를 하는 주체는 나인데 그는 '너'라는 주어를 생략한 채 말했어. 익숙한 어법이었지.

—나, 공부 잘 못하잖아. 그리고 요즘 회사 사정이 안 좋아서 그렇지, 조금만 있으면 정규직으로 전환시켜준댔어.

—휴, 너 세상 물정 모르고 개념 없는 건 익히 알았지만, 어떻게 갈수록 심해지냐. 그 구멍가게만 한 데서 비비적대다가 인생 종칠래? 알량한 월급 몇 푼 오르는 데 만족하면서? 모름지기 사회생활은 크고 안정된 조직에서 하는 거야. 거친 풍랑이 이는 바다를 돛단배 타고 건너겠냐 아니면 철갑 거북선 타고 건너겠냐?

그가 설득력 있는 어조로 덧붙였어.

—공무원 시험 넘겨버리기에는 네 조건이 너무 아까워. 국가유공자 가산점만 해도 그게 얼만데. 한번 잘 생각해봐.

국가유공자 가산점이라니. 나는 아무 대꾸도 할 수가 없었어. 그래, 내 남자 친구는 우리 아버지가 근무 중 지뢰 사고로 돌아가신 줄로만 알고 있었어. 사귀기 시작하고 얼마 지나지 않았을 때 술의 힘을 빌려 내가 그렇게 말해버렸거든. 그는 뭘 좀 안다는 듯 심각한 얼굴로 중얼거렸었지. '최전방에서 가끔 일어나는 사건이지.' '……울 아빠는 사고를 피할 수도 있었는데 수색 나갔다 돌아오지 않는 부하들 찾으러 간 거래.' '책임감이 굉장히 강한 분이었나 보다.' '……그랬다나 봐.' '괜찮아. 걱정하지 마. 이제부터 내가 지켜줄 테니까.' 그러고 나서 우리는 두 손을 굳게 맞잡고 처음으로 같이 자러 갔어. 책임감이라는 게 과연 뭔지 아직도 잘 모르긴 하지만, 내 남자 친구가 가진 책임감의 유전자가 아

버지의 것보다는 적어도 열 배쯤 더 강력할 것이라고 나는 믿어왔
어. 그리고 그것이 내가 그를 사랑하는 이유겠지. 9급 공무원이
라. 남자 친구의 시선을 비스듬히 외면하면서 나는 한번 잘 생각
해보겠다고 대답했어.

 집에 들어서는데 눈앞에서 꽃분홍색 헝겊 조각이 마구 흔들렸
어. 엄마가 공중에다 흔들어댄 건, 한꺼번에 빨려고 모아둔, 그저
께 벗어놓은 내 속옷이더군.
 ―하루 종일 어깨 빠지도록 김밥 말다 들어온 이 어미가 네 빤
스 빨래까지 해다 바쳐야겠냐?
 ―이제 좀 설렁설렁 사세요. 알바생 하나 더 쓰는 데 얼마나
든다고.
 ―어이구, 남의 손이 내 손하고 같은 줄 알아? 어떡하면 꾀피
울까 궁리나 하지, 주인의식을 가지고 남의 집 일 하는 위인이 있
는 줄이나 알아? 말 나온 김에, 이제 네가 가게 좀 나와라. 퇴근
하고 들러서 카운터도 보고, 게으름 떨거나 뻥땅치는 년들 감시
도 하고.
 이게 우리 모녀의 적나라한 대화지. 엄마는 김밥으로 나를 키
웠어. 단무지, 계란, 시금치, 당근, 소시지, 게맛살을 넣고 꼭꼭
눌러 싼 김밥. 입에 넣는 순간 단무지, 계란, 시금치, 당근, 소시
지, 게맛살이 밥과 김과 한데 엉켜 씹자마자 꿀떡 넘어가는 김밥.
한 줄만 먹어도 허기진 속이 금세 든든해지는 김밥. 까만 양복과
흰 셔츠에, 단무지, 계란, 시금치, 당근, 소시지 빛깔 넥타이를

맨 광화문통 직장인들이 출근길마다 전투식량처럼 소중히 받아들고 가는 은박지로 여겨진 김밥. 엄마는 그 김밥들을 하루 동안 혼자서 이천 줄이나 만 적도 있다고 해. 이젠 번화가에서 번듯한 김밥 체인점을 두 개나 운영하고 있는 엄마.

지금까지 엄마가 싼 김밥은 모두 몇 줄일까. 나는 문득 궁금해졌어. 쌓아놓으면 혹시 이 12층짜리 아파트보다 더 높다란 게 아닐까. 혹시 63빌딩보다 더. 머릿속에 거대한 김밥산(山)의 광경이 펼쳐졌어. 옆구리가 터져 밥풀 몇 알이 삐져나온 그 산의 한 귀퉁이에서, 엄마는 식량을 벌고 집을 사고 자식을 키웠지. '값싸고 영양가 높고 빨리 먹을 수 있고, 세상에 김밥 이상의 음식이 어디 있겠니.' 엄마는 진심으로 그렇게 믿고 있을까. 김밥 여러 개를 꾸역꾸역 밀어 넣은 것처럼 가슴이 답답해왔어. 나는 나지막하게 대답했어.

―그래요, 엄마. 가게 나가는 거 한번 생각해볼게요.

내 방으로 들어와 자리에 누웠지. 설핏 잠이 들었었나 봐. 꿈속에서 나는 김밥 속의 단무지가 되어 누군가의 어금니 사이에서 아작아작 소리를 내며 뭉개졌어. 딱딱한 이빨로 꼭꼭 씹히는데도 이상하게 하나도 아프지 않았어.

눈을 떴을 때 나는 틀림없이 천장이 무너지고 있다고 생각했어. 황급히 불을 켜고 부신 눈으로 한참동안 천장을 째려보았지만 꽃무늬 벽지는 흔들리지 않았어. 흔들리는 것은 내 귀였지. 쿵쿵쿵 쿵쿵쿵 쿵쿵쿵. 진동 소리는 경쾌한 박자를 타고 울려 퍼졌어. 시곗바늘은 열한 시 반을 가리키고 있었어. 우리 집은 아파트 11층이야. 누군가 위층에서 뛰고 있다는 얘기지. 나는 인터폰을 들었어. 경비원은 깜빡 졸다 일어난 기색이 역력했어. 확인해본 뒤 연락을 주겠다더니 한참 후에야, 윗집이 인터폰을 받지 않는다고, 아마도 비어 있는 것 같다고 말하더라.

—그 층간 소음이라는 게 말이죠. 요상한 구석이 있어서, 꼭 바로 위에서 뛰는 것처럼 들려도 그게 아닐 수가 있거든요. 요전에도 501호에서 위층 피아노 소리 때문에 아주 시끄러워 죽겠다고 항의가 들어왔는데 601호에는 거동도 힘든 할머니 한 분만 사신단 말예요. 귀신이 연주한 것도 아닐 텐데, 허 참.

귀신이 연주한 것도 아닐 텐데. 그 마지막 문장이 가슴에 와 박혔어. 쿵쿵쿵 쿵쿵쿵 쿵쿵쿵. 정체 모를 그 소리는 더 커지지도 작아지지도 않고서 족히 한 시간이 넘도록 계속되었지. 경비원의 견해야 어떻든 바로 내 머리꼭지 위에서 벌어지고 있는 일이었어.

소리는 다음 날 밤에도 똑같은 시간에 똑같은 패턴으로 반복되었어. 그건 마치 절굿공이를 방바닥에 대고 리드미컬하게 내리치는 소리처럼 들렸지. 경비실에 재차 항의해보았지만, 여전히 윗집에선 아무 기척도 없다는 대답만 되돌아왔어. 나는 유달리 까다롭거나 예민한 인간은 아니야. 그러나 이건 누가 보아도 고약한 경우였어. 아파트라는 데는 기본적으로 공동의 공간이잖아. 주먹으로 때리거나 칼로 찌르는 것만이 폭력은 아니야. 자의건 타의건 간에, 부주의하건 무신경하건 간에 타인이 가진 권리를 강제로 침해하는 것. 당하는 사람이 속수무책이라는 측면에서 본다면 그런 게 다 극심한 폭력 행위 아니겠어? 적어도 나는 그렇게 생각해. 기본적인 예절을 망각하고 있는 고약한 이웃에 대해 화가 치밀었어.

1202호의 초인종은 아래층 우리 집과 똑같은 모양으로 똑같은 곳에 달려 있었어. 당연한 일인데 좀 이상하게 느껴지더군. 벨을 힘껏 누르고 한참을 기다려보았지만 아무도 나오지 않았어. 다시 한 번 누르려는 찰나 스륵 문이 열렸지. 누군가 얼굴을 내밀었어. 덩치가 작고 깡마른 남자였지. 얼굴 절반을 가린 새까만 선글라스가 맨 먼저 내 눈에 들어왔어. 한밤에, 실내에서 선글라스라니. 갑자기 덜컥 겁이 나더라. 정신이 온전한 사람이 아닐지도 모른다는 생각이 머리를 스쳤어. 다행히도 그는 팔을 직각으로 들어 선글라스를 벗었지. 꽤 절도 있는 동작이었어. 그는 노인이었어. 몇 살인지 짐작하기는 어려웠지. 나는 늙은 남자들의 세계에 대해서는 전혀 아는 바가 없거든. 칠십이나 구십이나 나에게는 다 똑같은 할아버지일 뿐이야. 그런데 말이야. 이상하게도 노인의 얼굴이 낯이 익더라. 분명히 전에 어디서 만난 적이 있는 얼굴이었어. 노인은 말 대신 매서운 눈빛을 쏘며 너는 누구냐고 물었지. 정신을 가다듬고서 나는 방문 용건을 밝혔어.

—안녕하세요, 저는 여기 바로 아래층에 사는 사람인데요. 너무 시끄러워서 잠을 잘 수가 없네요. 안에서 누가 뛰시는 모양인데 그 소리가 저희 집 천장에 그대로 전달되거든요.

노인은 아무 반응도 보이지 않았어. 그저 날카로운 눈길로 나를 쏘아보았을 뿐이야. 끔찍하고 불편해서 나는 「동물의 왕국」 같은 다큐멘터리도 보지 않는 편이야. 그러나 고깃덩어리의 중량을 가늠하는 맹수의 눈동자는 본능적으로 알아볼 수 있지. 말없이 상대를 응시하는 것만으로도 심장이 꿰뚫리는 느낌이 들게 만드는 사람은 그가 처음이었어. 당황스러웠어. 잘못을 따지러 온 사람은 나인데 왜 내가 주눅이 들어야 하지? 기죽지 않으려고 애쓰면서 나는 다시 한 번 말했어.

―그러니까 할아버지. 제 말은요, 지금은 밤이 늦었고 저희 식구들은 일찍 출근을 해야 하니까요. 좀 조심해주셨으면 한다구요.

―……흠, 그럴 리가 없는데. 내 알아보지, 한번.

높낮이가 없고 감정도 배어 있지 않은 목소리. 경상도 억양이 묻어 있는 그 음성 또한 예전에 들어본 적이 있었어. 나는 머리를 갸우뚱했지. 이 할아버지, 혹시 내 초등학교나 중학교 때의 교장 선생쯤 되는 건 아닐까? 뜬금없이 그런 생각이 들었어. 슬리퍼를 끌고 계단을 걸어 내려오는 동안 찬찬히 기억을 더듬어보았지만 잘 모르겠더라. 초등학교 때의 교장은 체격이 곰처럼 커다랗고 낯빛이 불콰한 사내였고, 중학교 때의 교장은 홀떡 벗어진 대머리에 몸 전체가 둥글둥글해서 배구공이라는 별명을 가지고 있는 아저씨였지. 고등학교 때의 교장은 여자였어. 이상하다. 분명히 전에 어디서 본 적이 있는데. 누구더라, 누구더라. 실마리가 잡힐 듯 잡힐 듯 잡히지 않았어. 1202호와 똑같이 생긴 우리집 1102호의 현관 문고리를 잡아 당기는 순간, 나는 벼락처럼 깨달았어. 그래, 노인은, 바로 ……당신이었어.

그럴 리가 없다. 나는 세차게 머리를 흔들었지. 닮은 사람일 것이다. 아니면 가까운 친척쯤 될지도 모른다. 더구나 나는 시력이 좋은 편도 못 되지 않은가. 차분해지자, 차분해지자. 그렇게 되뇌었지. 우선, '있을 수'가 없는 상황이었으니까. 나, 비록 학창 시절 모범생은커녕 존재감 없이 교실 뒤편에 찌그러져 있던 아이였으나, 역사 과목은 그럭저럭 평균 점수를 받아온 편이었어. 아니, 아니, 이건 현대사 수업의 문제가 아니잖아. 고구려, 백제, 신라 중에 삼국을 통일한 나라가 신라인 것처럼, 1945년 8월 15일이 광복절인 것처럼, 당신이 죽었다는 사실을 모르는 한국인은 하나도 없었어. 당신은 이미 오래전에 죽은 사람이었어. 부하의 총을 맞고 철철 피를 흘리며, 아주 오래전에 절명했지.

*

인터넷 지식 검색 창을 통해 알게 된 당신의 출생 연도는 1917년이었어. 사망 연도는 1979년. 내가 태어나던 해였지. 10월 26일이라면, 7월생인 내가 막 백일을 지났을 무렵이야. 나는 벽장을 뒤져 묵은 앨범을 꺼냈어. 뽀얗게 먼지가 앉은 겉표지를 넘기자 백일 기념 사진이 나타났어. 아기인 나와, 지금의 나보다 젊은 엄마, 그리고 아버지가 거기 있었어. 금속 팔걸이가 있는 자주색 벨벳의자에 나란히 앉아, 부모는 각각 한 팔씩을 들어 아기를 안고 있었지. 어딘가 부자연스러운 자세였어. 불편했던 모양인지 아기는 금세 울음보가 터질 듯한 표정이야. 처음 보는 까맣고 딱딱한 기계 앞에서 얌전히 있지 않겠노라고 떼라도 썼던가. 모르겠어. 사진사가 셔터를 누르자마자 참았던 울음을 신나게 뱉어냈던가. 모르겠어. 백일 사진 촬영에 얽힌 일화를 엄마는 나에게 전혀 얘기해주지 않았어.

나는 사진 아래 씌어진 '一九七九年 十月 百日記念'이라는 흰색 글자들을 조심스레 들여다보았어. 이십육 년이 지났어. 침팬지 인형만 하던 민둥머리 갓난아기는 백육십오 센티미터의 성인 여자가 되어 거짓말로 생활을 영위하고 있고, 수줍고 발그레한 뺨을 지니고 있던 새댁은 퉁퉁 부은 손가락과 관절염을 가진 김밥 체인점 여사장이 되었지. 주름 한 줄 없이 빳빳한 군복을 자랑하던 육군 대위는 지저분한 추문에 휩싸여 불명예 퇴직을 당하고 이내 세상에서 자취도 없이 사라졌어. 예측 불가능하고 짐작이 도저히 맞아 떨어지지 않는다는 측면에서 시간은 참 잔인해. 그리고 시간과 시간의 틈새에서 내가 알지 못하는, 감당할 수조차 없는 무수한 일들이 벌어지고 있지. 만약 이 어설픈 표정을 짓고 있는 아기가 정말 나라면, 윗집 할아버지가 결단코 그 사람이 아니라는 보장도 없잖아! 나는 용감하게 중얼거려보았어. 그러자 마음속에서 미처 예상치 못했던 희미한 의혹이 솟아났어.

내 남자 친구가 보인 첫번째 반응은 피식,이었지. 곧이어 '근데 왜 이러고 있어? 톱뉴스감인데. 얼른 방송국에 제보해야지'라고 이죽거려 나를 무안하게 했어. 그는 빠르게 화제를 돌렸어.

―참, 지난번에 내가 말한 건 생각해봤어? 바짝 준비하면 내년 시험에 응시할 수도 있을 것 같은데.

―자기, 왜 내 얘기를 무시하는 거야?

내 남자 친구가 이번에는 푸하, 하고 웃었어.

―무슨 얘기? 너희 아파트에 그분이 살고 계신다는 얘기?

나는 주위를 둘러보며 언성을 낮추었어.

―……진짜면 어쩌려고 그래? 내가 확실히 봤단 말이야.

―야, 너 좀 심한 거 아니냐. 아무리 무식해도 그렇지. 십이류도 몰라? 어디서 이민 왔어?

―그러니까 이상하다는 거잖아, 죽었다는 사람이 거기 있으니까.

남자 친구가 손바닥으로 내 이마를 짚었어. 그 손바닥은 불쾌할 만큼 뜨뜻미지근한 온도였어.

―애가 점점. 죽어도 그냥 죽었냐. 얼마나 뻑적지근하게 죽었는지 몰라?

―……

―생각 안 나? 영화도 나왔었잖아. 백윤식이 총 쏘고 한석규가 줄 잘못 섰다가 개털 되고, 가위질을 하네 마네 시끄러웠지.

그는 실제 당사자들의 이름이나 영화 속 배역들의 이름이 아니라 영화배우들의 이름으로 말했어. 정작 그는 그 영화를 본 적이 없지. 그건 나도 마찬가지야. 전직 대통령의 마지막 하루를 다룬 영화가 극장에 걸렸을 때, 우리는 그쪽으로 눈길 한번 주지 않았어. '저거 볼래?' '약 먹었냐. 칙칙하게 저런 걸 왜 봐?' '하긴 광고 보니까 별로 재민 없을 거 같더라.' 영화관 앞에서 그 비슷한 대화를 나누었던 기억이 어렴풋이 났어. 그 대신 선택했던 영화가 뭐였는지는 떠오르지 않았어. 일 년도 안 된 것 같은데, 지나간 일들은 금세 희끄무레해지고 이리저리 뒤섞이지. 왜인지는 모르지만 나는 화가 났어.

—그렇지만…… 현실에서는 모든 게 그렇게 딱딱 떨어지는 건 아니잖아.

—그럼 뭐가 어떻게 됐다는 건데? 그 할아버지가 안 죽고 거기 산단 말이야?

—아니, 꼭 그렇다는 게 아니라, 알려지지 않은 쌍둥이가 있었을 수도 있고. 또 무슨 사정으로 죽은 척해야 했을 수도 있고. 나도 잘 모르지만, 아무튼 그 할아버지가 그 사람처럼 생긴 건 확실하단 말이야.

—야, 좀 말이 되는 소리를 해라. 그 인간이 징글징글하게 오래 해먹은 거 몰라? 근데 무슨 대단한 사정이 있었기에 그 좋은 자리를 관두고 죽은 척을 하겠냐. 또 전 세계에 오만 군데 숨을 데 다 놔두고 너희 위층, 그 평범한 서민 아파트에 사는 이유는 뭐야?

—혹시…… 말이야, 혹시, 우리가 모르는 무슨, 음모 같은 게 있을 지도 모르잖아.

말을 뱉는 순간 내 머리털이 쭈뼛 곤두섰어. 내 남자 친구가 갑자기 엄격한 표정을 짓더라.

—그만 해라. 세상엔 비슷하게 생긴 사람들이 아주 많아. 쓸

데없는 공상을 망상이라고 하지. 정말이지 나는 네가 좀더 강건한 인간이었으면 좋겠다.

나는 두어 번 눈을 깜빡거리고는 이내 입을 다물었어. 내가 기이하고 고독한 게임에 휘말렸다는 사실이 똑똑히 실감났어.

1202호의 우편함은 언제나 비어 있더군. 일주일 가까이 우편함을 들여다보았지만, 그 흔한 신용카드 회사나 한국통신의 이름이 찍힌 봉투도 배달되지 않았어. 노인의 성(姓)이 박씨인지조차 확인할 수 없었지. 밤마다 천장 쪽으로 귀를 쫑긋 곤두세워보았지만 쿵쿵대는 소음도 더 이상 들려오지 않았어. 딱 한 번만 더 봤으면 좋겠는데. 그럼 진짜 확실히 알 수 있는데. 나의 자그마한 바람은 쉽게 이루어질 기미가 보이지 않았어. 퇴근길에 11층 대신 12층에서 엘리베이터를 내려 복도를 천천히 지나가보았지만 1202호의 문은 항상 굳게 닫혀 있었어.

생전 눈인사 한 번 없이 다니다가 뜬금없이 비타민 드링크제 한 병을 들이밀고서 이웃의 신상에 대해 질문하는 나를 경비원은 뜨악한 눈길로 바라보더군. 위층에서 자꾸 쿵쿵거려서 그래요,라고 말하자 그럼 직접 찾아가서 항의해보라는 대답이 돌아왔어.

—저, 그 집 할아버지랑 얘기해본 적은 있는데요. 그 뒤에도 나아지지 않아서. 혹시 그 할아버지가 뭐 하는 분인지 아세요?

—엥, 그 집에 할아버지가 있어요?

경비원이 오히려 되물었어.

—이상하네. 서류에는 젊은 남자 두 명이 사는 걸로 되어 있는

데. 내 근무 시간하고 그 사람들 나다니는 시간하고 어긋나는지 얼굴을 본 적은 없지만 말이오.

그러니까 문서상으로는 그 집에 노인이 살고 있지 않다는 뜻이었어. 뭐가 있기는 있구나! 내 가슴이 못 견디게 두근거렸어. 나는 엘리베이터의 닫힘 버튼과 십이 층 버튼을 연이어 눌렀어. 초인종 소리가 울려 퍼지는데도 1202호 안에서는 기척이 없더군. 견고히 닫힌 문 앞에 서서 나는 가만히 숨을 골랐어. 딱 삼 초면 충분했어. 삼 초만 정면으로 볼 수 있다면 노인의 정체를 파악할 수 있다고 나는 확신했어. 다이어리를 펼쳐 종이 한 장을 북 찢어냈지. 그리고 쪼그려 앉아 편지를 썼어.

'얼마 전에 찾아뵈었던 아래층 주민입니다. 저의 뜻을 잘 말씀드렸다고 생각했는데 그 후에도 계속 소음이 심하군요. 죽고 싶을 만큼 너무나 괴롭습니다. 다른 조치를 취하기 전에 일단 다시 한 번 뵙고 싶습니다. 소음의 원인이 무엇인지 직접 알아야 할 것 같아요. 지금은 댁에 안 계신 것 같으니 내일 저녁 여덟 시에 다시 오겠습니다.'

닫힌 문틈 사이로 종이를 밀어 넣고 나서야 나는 내가 한 일에 당황했어. 내가 아는 한, 나는 함부로 거짓말을 하는 사람이 아니거든. 괜찮아, 본의가 아니잖아, 이건 역사적이고 사회적인 대사건이야. 나는 스스로를 다독였어. 다음 날은 하루가 더디게 흘렀어. 정신은 온통 저녁 여덟 시에 쏠려 있었지. 과연 그가 문을 열어줄까? 산악용 자전거와 헤어드라이어, 독신자용 요리 안내서와 피부과의 박피레이저 시술에 대한 후기를 올리고 나서 정신을 차려보니 이미 조금 전에 내 손으로 별점 평가까지 다 끝낸 상품들이었어. 일 년 만에 처음 하는 실수였어.

*

나는 실내를 빠르게 둘러보았어. 편도선 환자처럼 자꾸 꼴깍꼴깍 마른 침이 넘어가는 건 어쩔 수 없었지. 그 집은, 우리 집과 한 치의 오차도 없이 구조가 일치했어. 그러나 모든 것이 전혀 달랐지. 마룻바닥에는 진짜 페르시아산으로 추정되는 다홍색 카펫이 깔렸고, 그 위에는 옛 프랑스 궁정 스타일로 멋 부려 만든 낡은 소파 세트가 놓여 있었어. 그 가운데의 유리 테이블 역시 얼핏 보아도 예사롭지 않은 물건이었어. 그에 비해 텔레비전은 덩치만 커다랬지 지금은 쉽게 볼 수 없는 구식이었어. 오디오도 마찬가지였고. 소량의 가구가 반드시 있어야 할 자리에 반듯반듯하게 놓여 있는 그곳은, 살림을 하는 장소가 아니라 한때 융성했으나 이제는 쇠락한 바닷가 호텔방의 분위기를 풍겼어. 호화롭다기보다는 차라리 어딘지 모르게 비현실적이라고 표현해야 어울릴 공간이었지. 여덟 시 정각에 찾아가 초인종을 누르자 노인이 금세 문을 열어주더라. 그리고 그는 아무 말 없이 내가 안으로 들어설 수 있도록 비켜서주었어. 너무 긴장한 탓이었을까. 그렇게 가까이 있는데도 나는 도저히 그의 얼굴을 정면으로 쳐다볼 수가 없었어. 현관에 서서 머뭇거리는 나를 향해 노인이 한마디 던졌어.
— 안 들어올 텐가?

얼른 신발을 벗었어. 노인은 내가 따라 들어오는지를 확인하지도 않고 성큼성큼 안쪽으로 걸어가더군. 놀랍게도 그는 맨발에 흰 조깅화를 신고 있었어. 무릎까지 오는 반바지와 반팔 러닝셔츠는 모두 국방색이었지. 헐렁한 면 옷에 감싸인 노인의 뒷모습은 참 작아 보였어. 눈대중으로 가늠해보아도 내 키보다 작을 듯했어. 노인은 아래층 내 방과 같은 위치에 있는 방의 문을 활짝 열어젖혔어. 짧게 치켜 깎은 노인의 뒤통수 너머로 나도 그 방을 들여다보았지. 참으로 기묘한 방이었어. 가구는 전혀 없었고 방한구석에 있는 것이라고는 오로지 러닝머신뿐이었으니까. 은회색으로 번쩍이는 새 러닝머신. W사의 로고가 선명했어. 언젠가 내가 리뷰를 쓴 적이 있는 물건이지. 뒷골이 띵했어.

—이것은 시중에서 구할 수 있는 제일 비싼 기구일세.

러닝머신의 손잡이에 한쪽 팔을 올리고 서서 노인이 말했어.

—메이드 인 코리아야. 중국이나 동남아산 덤핑 물건과는 비교할 수 없지. 아래층으로 소음이 전달되었을 리 없어.

내가 서 있는 자리에서 노인의 얼굴이 정면으로 바라다보였지. 다리가 후들거려서 똑바로 서 있기가 힘들었어. 노인은 정말로, 당신 같았어. 그의 눈과 코와 입의 생김새는, 교과서나 텔레비전 속에서 봐온 당신의 눈과 코와 입의 생김새와 같았지. 깡말랐지만 차돌처럼 딴딴해 보이는 몸피, 감정을 결코 겉으로 드러내지 않을 듯한 냉랭하고 엄격한 표정 또한 당신의 것이었어. 그렇다고 해서 내 눈앞의 노인을 당신의 현현이라고 부를 수 있을까. 그게 가당키나 한 일일까. 나는 점점 더 깊은 미궁 속으로 빠져들어가는 기분이었어. 나는 간신히, 네,라고 대답했어.

—그런데 자네가 그랬지 않나. 죽고 싶을 만큼 시끄럽다고. 시끄러워서 죽고 싶다고.

나는 노인의 말을 못 알아들었어. 노인이 재차 말했어.

—더구나 그날 이후로는 사용하지 않았는데 시끄러웠을 리가 없어. 그래도 확인해보게. 이런 일로 사람을 죽게 만들 수야 없지 않은가.

나는 더욱 혼란스러웠어. 그건 당신의 입에서 나올 만한 대사가 아니었어. 나는 당신을 잘 몰라. 당연하지. 난 당신이 죽던 해에 태어났는걸. 그렇지만 당신의 시대에 여러 명의 사람들이 희생되었다는 건 알아. 그건 말하자면 상식이야. 그런 당신이 그까짓 소음 때문에 사람을 죽게 만들 수 없다고 말한다는 건 너무 심술궂은 농담이잖아. 그는 당신인가, 당신이 아닌가. 당신은 그인가, 그가 아닌가.

러닝머신 위에 올라선 노인이 나더러 가까이 와보라는 손짓을 했어. 나는 천천히 러닝머신 쪽으로 다가갔지. 노인이 스타트 버튼을 누르자 발판이 움직이기 시작했어. 그는 발판을 따라 걷기 시작했어. 발판은 서서히 빨라졌어. 발판의 속도를 좇아 노인은 점점 더 급하게 다리를 놀렸지. 노인은 이제 달리고 있었어. 날쌔고 부드럽게. 그는 마치 노회한 한 마리 말(馬)처럼 보였어. 그 예기치 못한 몸놀림을 나는 멍하니 바라볼 수밖에 없었지.

—어때? 시끄러운가, 이 정도가?

쿵쿵쿵 쿵쿵쿵 쿵쿵쿵. 소리가 나는 곳이 러닝머신의 바닥인지 아니면 내 심장인지 알 도리가 없었어. 노인은 계속 제자리 뜀을 뛰었어. 숨을 헐떡이지도 않았어. 꿈에서도, 현실에서도, 텔레비전 드라마에서도 한 번도 경험해보지 못한 순간이었어. 웃어야 할지 울어야 할지 알 수가 없었어.

나를 낡고 화려한 소파에 앉히고서 노인은 손수 차를 내왔지. 진녹색 잎이 띄워져 있는 그 차는 몹시 뜨거웠어.

―들게. 그래, 시끄러웠나?

―조금, 그랬어요.

내 목소리가 안으로 기어들어갈 듯해서, 속상했어.

―흠. 이상한 일이군. 아주 조용하다는 인터넷 이용 후기를 읽고 샀는데. 요즘에는 당최 믿을 놈들이 하나도 없어.

노인의 말투가 어쩐지 쓸쓸하게 느껴졌어.

―다들 한통속이야. 겉만 그럴듯하게 포장해서 파는 사기꾼이 득세하는 세상이지. 국가와 민족 앞에 부끄러운 줄도 모르는 것들.

W사의 러닝머신에 대해 내가 썼던 리뷰를 떠올렸어. 나와 생일이 같은 남자의 이름을 빌려 써내려갔던 그것.

고요하고 적막했습니다. 아무 소리도 들리지 않았습니다. 이 녀석이 이끄는 대로 몸을 맡기자마자 저는 알았습니다. 지금 지구에는 우리 둘뿐이구나, 하나도 시끄럽지 않구나, 외롭지 않구나. 별 다섯 개를 주어도 아깝지 않습니다. ★★★★★ -hsc7977

이 지구라는 행성의 어떤 사람들은 내 사소한 거짓말 때문에 아주 잠깐 위로를 받을 수도 있다는 걸 알았어. 팀장이 강조하던 진정성의 효용이라는 게 이런 건지도 모르지. 나는 사기를 친 게 아니었어. 국가와 민족 앞에 부끄러운 짓을 한 것도 아니었어. 그래도 노인에게는 좀 미안했어. 어색함 때문이었을까, 나는 마침내 물었어.

— 가족은 안 계세요?

노인이 제 앞의 찻잔을 입으로 가져갔어.

— ……애들이 있지.

— 같이 사시는 건 아니고요?

조금의 침묵 뒤에 그는 대답했어.

— 사랑한다고 해서, 다 만날 수 있는 건 아니야.

— 보고 싶지는 않으세요?

대답 대신 노인은 나를 물끄러미 응시했어. 가까이서 보는 노인의 피부엔 거뭇거뭇한 검버섯이 넓게 번져 있었어. 노인의 나이가 내가 상상할 수 있는 것보다 훨씬 많을지도 모른다는 생각이 들었어. 살아 있다면 당신은 여든아홉 살이야. 그렇지?

— 만나지 못한다고 해서, 볼 수 없는 건 아니야.

알쏭달쏭했지만 더 묻지 않았어. 이번에는 노인이 나에게 질문했어.

— 젊은 사람들의 나이는 도통 짐작할 수가 없어. 올해 몇이지?

— 스물일곱요.

— 그렇군. 결혼은 했고?

내 대답을 듣자 노인이 작게 혀를 찼어.

—큰일이야. 국가적 문제지. 요즘 젊은이들은 인생의 중요한 가치를 몰라. 그래, 양친은 무고하시고?

노인이 그랬던 것처럼 나도 내 몫의 차를 들이켰어. 진녹색 차 이파리는 이미 축축하게 늘어져 있었어.

—아니요, 엄마랑 둘이 살아요. 아버지는…… 일찍 돌아가셨어요.

—저런. 어쩌다가.

노인과 나는 말없이 앉아 있었어. 똑딱 똑딱 똑딱. 시간이 흩어져가는 소리가 정직하게 들려왔어. 가버린 시간은 꼼짝없이 지나가버려.

—아버지는 군인이었어요. 그런데 원치 않게 옷을 벗게 되었고, 그다음 날 시체로 발견되었어요. 잘 모르지만, 다들 자살이라고 했대요.

타인 앞에서 아버지의 죽음에 관해 이 정도라도 털어놓은 건 처음이었어. 말하는 동안 고통스럽지는 않았어. 아버지가 연루된 사건이 어떤 종류의 것이었는지 나는 정확히 몰라. 소상하게 얘기해준 사람이 없었으니까. 쉬쉬하며 소곤대는 친척 여자들의 입 짓을 주워들은 게 전부야. 부하 사병과의 성 스캔들, 아마 그게 맞을 거라고 생각해. 아니, 산 사람들이야 스캔들이라고 치부하지만 진실이 뭔지는 아무도 모르지. 아니, 어쩌면 지뢰를 밟고 펑 터져버렸다는 내 거짓말이 사실일지도 몰라. 지뢰가 꼭 DMZ에만 매복돼 있으란 법은 없잖아. 노인에게 전부를 말하진 않았지만 또다시 거짓말을 하지 않았다는 게 중요했어. 러닝머신 리뷰의 빚을 갚은 셈이야.

—자살이라니 진정한 군인감은 아니었군.

노인이 무심히 중얼거렸어. 가슴이 저려왔어. 아버지 때문에. 나는 천천히 고개를 들었어. 노인의 얼굴을 빤히 들여다보았어. 늙은 남자의 얼굴을 그렇게 가까이서 본 적은 없었어. 노인이 설핏 턱을 외로 틀었어.

—그런데 혹시, 누구 닮았다는 얘기 들은 적 없으세요?

순간 노인의 눈동자를 스치고 간 곤혹의 기미를 포착했다고 생각한 건 내 착각이었을까. 노인은 변명하지도, 화내지도 않았어.

—자, 이제 그만 가보게.

그의 목소리는 참으로 담담했어. 계단을 다 내려와서야 내가 인사도 하지 않고 나왔다는 걸 깨달았어. 역시 요즘 것들은 버릇이 없다고 노인이 투덜거렸을 거야, 틀림없이, 그렇지?

*

쿵쿵쿵 쿵쿵쿵 쿵쿵쿵, 리드미컬하게 절구 찧는 소리는 그 뒤로 다시는 들려오지 않았어. 내 책임도 있으니 참아줄 마음의 준비를 하고 있었는데 조금 아쉬웠어. 노인의 우편함은 여전히 비어 있었어. 노인의 존재에 대하여 나는 아무한테도 발설하지 않았어. 「추적 60분」이나 「그것이 알고 싶다」 같은 프로그램에 제보를 해볼까 하는 생각도 잠시 했지만, 그만두었어. 그래봐야 다들 내 말을 무시할 텐데, 뭐. 미친년이라고 지들끼리 키득거릴 가능성이 아주 커.

나는 오늘도 스무 개가 넘는 거짓말을 했어. 오늘이 마지막이야. 나의 거짓말을 사서, 나의 밥과 커피와 담배와 맥주와 교통비를 충당해주던 그곳에 내일부턴 출근하지 않아. 팀장은 예의상 딱 한 번 말리는 시늉을 하더니 곧바로 '그래, 이번 기회에 쉬면서 재충전하는 것도 괜찮지'라고 말하더군. 그동안의 내 거짓말들이 아무래도 영 신통치 않았었나 봐. 마지막 리뷰는 내 ID로 작성했어. W사의 러닝머신을 위한 글이었지.

고요하지도, 적막하지도 않습니다. 지금 만약 달리고 싶다면 아래층의 누군가를 잊지 마세요. 당신의 땅이 누군가의 지붕일 수도 있으니까요. ★★ −mkh7977

mkh7977. 몰랐지? 내 이름은 홍민경이야. 1979년 7월 7일 생이지. 조금 아까 송별 회식을 마치고 귀가하는 길에 올려다보니, 12층 두번째 집 창가에 불이 환하게 켜져 있더라. 몇 잔 받아 마신 소주의 힘을 빌려서 나는 십일 층 대신 십이 층으로 올라갔어. 초인종은 딱 한 번만 눌렀어. 노인은 문을 열어주지 않았어. 우리 집까지 비상구를 통해 터덜터덜 걸어 내려왔어. 여느 때처럼 손을 씻고 콘택트렌즈를 빼고 화장을 지우고, 그리고 나는 이 편지를 쓰기 시작한 거야.

처음에는 위층 노인 앞으로 편지를 써서 예전처럼 문틈에 끼워

두려고 했지. 마지막으로, 진실을 물어보고 싶었거든. 하지만 그럴 수는 없을 테지. 노인은 나에게 진실을 말해주지 않을 것이고, 설사 노인이 진실을 고백한다 해도 내가 그의 말을 어떻게 믿을 수 있겠어? '애야, 이건 특급 비밀인데 말이다. 실은 내가 바로 그 사람이란다.' 흠, 그렇다면 내가 그의 진실을 어떻게 감당할 수 있겠어, 안 그래? 나는 그저 평범한 국민의 한 사람일 뿐인걸.

감당할 수는 없지만 그래도 어떻게든 내 의혹을 해소하고 싶었고, 그래서 이 편지를 당신에게 쓰기로 결심한 거야. 나는 편지를 부치지 못할 테니 당신은 받아 읽지 못하겠지. 당신이 받아 읽지 못할 테니 나는 무슨 말이라도 할 수 있어. 이만하면 꽤 공정하지? 노인에게 하지 못한 질문을, 이제 당신에게 할게.

당신, 도대체 누구야? 나는 왜, 당신이 아직도 여기 살아 있는 것처럼 느껴지는 거지? 왜.

퇴직금은 쥐꼬리만 해. 이걸로 오래 버티긴 힘들 것 같아서 적금을 해약했어. '만기가 얼마 안 남으셨는데 아까워요.' 은행 여직원의 만류에 진정성이 묻어나서 싫지 않더라. 그 은행의 영업전략 또한 고객에게 진심을 다해 응대하라, 는 건지도 모르지만 말이야. 내일은 일단 늦잠을 자겠어. 그러곤 느지막이 일어나 방을 구하러 나갈 거야. 나무늘보처럼 마음껏 뒹굴거릴 수 있는 나만의 공간을 찾아서. 언제까지 엄마한테 얹혀살 수는 없잖아. 내가 가진 돈으로 얻을 수 있는 건 옥탑방뿐이겠지만 내 머리꼭대기 위에 아무도 없을 테니 오히려 안심이야. 그런데 설마 당신, 옥탑

방이 뭔지 모르는 건 아니겠지?

그곳에서 하루 종일 무얼 하며 시간을 보낼지는 아직 결정하지 못했어. 아무거나, 하고 싶어지는 걸 할래. 무위도식과 허송세월의 시간은 헛되다는 충고라면 사양할게. 헛되고 헛되니 모든 것이 헛되면 좀 어때. 우선 방바닥에 길게 엎드려 쉴래. 그러다 심심해지면 가까운 지하철역 앞으로 가서, 택시에서 내려 지하철로 갈아타는 사람들을 구경하지 뭐. 그러다가 또 너무 심심해지면 아작아작 팝콘을 씹으면서, 내가 태어난 해에 씌어진 한국어로 된 책들을 모조리 읽게 될지도 몰라. 그럼 나는, 저 미지의 1979년에 대하여 무언가 새로운 것을 알게 될까? 1979년 7월 7일 서울의 대기 온도와 바람이 불어오던 방향, 바람의 속도 같은 것들. 1979년 7월 7일생의 불완전한 거짓말, 진짜 비밀의 공포에 관하여. 부디 그랬으면 좋겠다.

그 남자의 리허설

그 남자는 오페라에 매혹되었다. 이아고가 오텔로를 몰아낼 음모의 노래를 부르고 있을 때
그 남자의 오른쪽 열 좌석에 앉았던 관객이 슬그머니 몇 칸 앞으로 자리를 옮겼다.
나는 잔인한 신의 존재를 믿는다. 나는 사악하다. 나는 인간이니까.

1

그 남자의 목욕 생활은 또래 대도시 거주민들의 평균과 크게 다르지 않았다. 땀이 많이 나는 여름철에는 매일, 봄과 가을에는 이틀에 한 번꼴로 샤워를 했다. 겨울에는 간혹 이틀을 넘긴 적도 있었으나 그래도 일주일에 세 번은 꼭 향 좋은 보디샴푸를 목욕타월에 묻혀 성의껏 몸을 닦았다. 자주 샤워를 한다고 해서 대중목욕탕엘 가지 않는 것도 아니었다. 한 달에 두세 차례는 대중탕에 들러 열탕과 냉탕을 번갈아 오가며 때를 불리곤 했다. 술을 아주 많이 먹은 몇 번인가는 술집 근처 사우나의 수면실에서 잠깐 눈을 붙이고는 해장목욕을 한 뒤 아침에 귀가한 적도 있었다. 섹스를 하기 전에는 가능한 한, 섹스를 한 뒤에는 반드시 욕실에 들러 사타구니를 중심으로 한 하복부를 벅벅 문질러 씻는 것도 대부분의 성인 남성들과 비슷한 행동이었다. 그러니까 그는 몹시 깔끔하다고는 할 수 없을지라도 비교적 무난한, 중상(中上) 이상의 청결도를 유지하고 있는 삼십대 남자였다.

제 몸에서 나는 냄새 따위에는 관심을 가질 이유도, 필요도, 여력도 없었다. 세상에는 그가 신경을 써야 하는 다른 일들이 산적해 있었다. 그는 성악가였다. 처음 만나는 누군가에게 자신의 직업에 대해 설명해야 하는 순간을 별로 좋아하지 않는다는 점에서 여타 무수한 직업군에 속한 사람들과 비슷했다. 예술중학교 입시를 준비하는 초등학생 서넛을 개인지도하고 있기는 했지만 그래도 직장이라면 의료보험 문제 및 최저생계비를 해결해주는 곳을 뜻할 것이다. 그 남자의 직장은 수도권 모 위성도시의 시립합창단이었다. 테너 파트에 속한 그 남자는 일주일에 세 번 그곳에 가서 출근부에 도장을 찍었다. 그곳에는 그 남자처럼 이탈리아나 독일, 미국 등지에서 유학을 마치고 돌아와 대학에 자리 잡지 못한 성악 전공자들이 수두룩했으므로, 동료들과 함께 있으면 짜증스럽기도 하고 마음이 편하기도 했다.

그 남자에게도 한때 원대한 꿈이 있었겠지만 지금은 기억도 잘 나지 않았다. 당장은 코앞으로 다가온 재계약이 문제였다. 이 년마다 닥치는 재계약에 실패한 동료들은 즉시 사물함의 악보들을 정리하여 합창단을 떠나야 했다. 자신의 실력이 동료들에 비해 별 내세울 것 없다는 사실을 알고 있었다. 모난 돌이 정 맞는다는 속담을 상기하며 그는 될 수 있으면 지각이나 이유 없는 결근을 하지 않으려고 애썼다. 고속도로를 시속 백 킬로미터로 달리다 말고 불쑥, 사는 게 뭐 있냐,라고 혼잣말로 중얼거리고 나면 한결 기분이 나아지고 정말로 까짓 인생사 별거 아니라는 생각이 뭉게 뭉게 부풀어 올랐다. 그럴 때면 가속페달을 괜히 한번 꾸욱 길게 눌러 밟았다.

2

조짐은 전혀 없었다. 침대에서 빠져나와 그 남자는 방에 딸린 화장실로 어기적어기적 걸어 들어갔으며, 습관적으로 변기 덮개를 올리고 소변을 보았다. 오줌방울을 휴지로 닦고 물을 내린 다음 변기 덮개를 제자리로 했다. 아내는 화장실에 그의 배변 흔적이 남아 있는 것을 좋아하지 않았다. 쓸데 없는 일로 아내와 트러블을 일으키고 싶지는 않았다. 굳이 분류하자면 그는 평화주의자에 가까웠다.

거실 테이블 위에 아내가 구독하는 조간신문 세 부가 줄 맞춰놓여 있었다. 국내에서 발행 부수가 가장 많은 종합 일간지와 경제신문, 영자신문이 각각 한 종씩이었다. 담배를 입에 물고 경제신문 1면의 제목을 건성으로 훑어보는 동안 잠이 완전히 깼다. 거실의 시계는 열 시 오 분을 가리키고 있었다. 아홉 시 오십오 분이라는 의미였다. 이 집에 이사 오면서 아내는 온 집 안의 시계를 십 분 앞으로 돌려놓았다. 겨우 십 분 먼저 살겠다는 게 대단한 반칙은 아니잖아? 아내가 중얼거렸을 때 그는, 그렇지,라고 조그

맑게 대꾸했다. 아내는 말끄러미 그의 얼굴을 바라보다 이내 시선을 돌렸었다.

전기밥솥을 제외한 주방 가전용품은 모두 붙박이였다. 빌트인 냉장고의 외장 버튼을 누르자 찬물과 함께 알사탕만 한 얼음덩어리들이 쏟아져 내렸다. 담배 한 개비와 한 잔의 얼음물. 오 년 동안 변함없는 그의 아침식사였다. 모든 것이 똑같았다. 유리잔을 헹궈 설거지통에 엎어두는데 이상한 냄새가 어렴풋이 코끝을 스쳤다. 더운 날 플라스틱 도시락 속에 오래 가둬둔 김밥에서 풍기는 냄새 같기도 했고, 깜빡 잊고 실온에 방치한 유효 기간 지난 우유에서 나는 냄새 같기도 했다. 가스레인지 위에 오롯이 놓인 법랑 냄비 뚜껑을 열어보았다. 냄비는 깨끗이 비어 있었다.

그 남자는 코를 킁킁거리며 부엌 창문을 확인했다. 유리창에는 걸쇠가 단단히 걸려 있었다. 외부에서 들어오는 냄새일 가능성이 거의 없다는 것을 잊고 있었다. 우수한 방음재 및 완벽에 가까운 환기 장치는 초고층 아파트 드림빌의 분양사가 내세웠던 중요한 세일즈 포인트였다. 냉장고를 열어보았다. 문제가 될 만한 내용물은 눈에 뜨이지 않았다. 냉장고 문을 닫는 순간 갑자기 냄새가 사라졌다. 의아했지만 그는 곧 그것에 대해 잊었다.

합창단의 연습 시간은 오후 한 시부터 여섯 시까지였다. 그 남자는 서재로 가 컴퓨터를 켰다. 밤사이 새로 도착한 이메일들은 모두 광고용 스팸 메일이었다. 뜨거워요 오빠 안아주세요,에서부터 신용 100% 무보증 대출 안내에 이르기까지 하나하나의 제목을 마우스로 클릭하여 휴지통에 버렸다. 그리고 버릇대로 포털 사이트의 뉴스 검색창에 '남효준' 세 글자를 입력했다. 삼십오분 전,이라는 설명과 함께 연합통신발 최신 기사가 떴다. 빌바오 국제 콩쿠르 1위에 빛나는 주목받는 신성 테너 남효준의 귀국 첫 오페라 「오텔로」가 17일부터 20일까지 예술의전당 오페라극장에서 공연된다는, 새로울 것 없는 뉴스였다.

그 남자는 등받이 의자에 허리를 기댄 채 눈을 감았다. 17일은 내일이었다. 시간 되면 보러 오든가. 아내가 초대권이 담긴 흰 봉투를 남자의 눈앞에 휙 밀어놓았던 건 일주일 전이었다. 아내는 그 오페라의 기획자였다. 남자는 무심한 표정으로 그것을 받아 바지 주머니에 구겨 넣었고, 아내가 나가자마자 그대로 책상 서랍 속에 집어넣었다. 일주일은 빠르게 흘렀다. 그동안 그 남자는 합창단 연습 시간에 연이어 지각하여 상임 지휘자로부터 다음번 재계약을 재고하겠다는 노골적인 위협을 들었고, 인터넷 파일 공유 프로그램을 통해 포르노 동영상을 두어 개 다운받았다. 하나는 남녀의 음모를 뿌옇게 처리한 화면이었기 때문에, 또 하나는 두 명의 남자와 한 명의 여자가 뒤엉킨 채 혼음하는 화면이었기 때문에 공연히 기분이 상했다. 남자는 모니터 대신 벽 쪽을 바라보며 마스터베이션했다. 손바닥으로 성기를 감아쥐고 흔드는 순간에도 남효준의 『오텔로』를 보러 갈 것인지 보러 가지 않을 것인지에 대해 갈등했다. 결론은 오늘까지도 내리지 못했다.

기관지 깊숙이 담배 연기를 빨아들이고 싶었다. 남자는 책상 서랍을 열었다. 아내가 기획실장으로 일하는 희송오페라단의 금박 로고가 새겨진 흰 봉투를 외면하며, 그는 뜯지 않은 담뱃갑이 있는지 뒤져보았다. 당신, 더 이상 노래 안 할 거야? 로마 유학 시절만 해도 그의 끽연에 대해 펄펄 뛰던 아내는, 그러나 언제부터인가 집 안 구석구석에 담뱃갑이 굴러다니는 것을 묵인했다. 아내 나름의 생존 방식일 것이라고 이해하면서도 그는 어쩐지 시원섭섭한 기분이 들곤 했다. 아무리 찾아봐도 새 담배 개피는 보이지 않았다. 하는 수 없이 그 남자는 입고 있던 면 트레이닝복 위에 점퍼를 덧걸쳤다. 편의점까지는 먼 거리가 아니었다. 맨발에 슬리퍼를 꿰신고 현관을 나섰다.

일 층에 서 있던 엘리베이터는 순식간에 이십이 층까지 도착했다가 그를 태우고 다시 일 층으로 한달음에 미끄러져 내려갔다. 엘리베이터 앞에서 감청색 제복을 입은 경비원이 짧게 거수경례를 했다. 호텔 로비처럼 꾸며진 아파트 중앙 현관을 잰걸음으로 가로질렀다. 밖은 춥지도 덥지도 않았다. 봄이 깊어가고 있었다. 편의점은 두 블록 떨어진 곳에 있었다. 지갑을 두고 왔다는 사실을 안 것은 유리문을 밀고 점포 안에 들어선 다음이었다.

아, 귀찮아. 처음에 그는 다만 그렇게 생각했다. 점퍼 주머니에 천 원짜리 몇 장 구겨 넣고 나올 것을, 번거롭게 이십이 층까지 다시 올라갔다 내려와야 하다니. 번거롭게, 다시, 이십이 층까지. 이윽고 그 남자는 사태를 천천히 깨달았다. 열쇠! 열쇠가 없었다. 카드 키는 지갑 속에 들어 있었다.

3

입주는 육 개월 전에 했다. 국내 빅 쓰리 중 하나로 불리는 초
대형 건설회사에서 시공한 드림빌 아파트는 모두 세 동으로 이루
어져 있었다. 공시된 분양가는 평당 천이백만 원이었다. 몇 개의
엇비슷한 후보지를 놓고 그 남자의 장인은 부동산 컨설팅 회사에
자문을 의뢰했다. 컨설턴트가 낙점해준 이곳의 분양권을 장인은
평당 천오백만 원에 매입했다. 노인은 이런 방면으로 퍽 치밀한
사람이었다. 이 년여의 공사 기간 동안 아파트 가격은 매입가보
다 25퍼센트 상승했다.

집의 명의는 아내 이름으로 되어 있었다. 누가 봐도 합당한 일
이었다. 합창단과 집을 무료하게 왔다 갔다 하는 그 남자에 비해
그의 아내는 매우 활동적인 여자였다. 드림빌의 골조를 세우고
건물이 올라가는 동안 그녀는 「카르멘」과 「나비부인」의 국내 순회
공연을 성공리에 마쳤고 창작오페라 「춘향전」을 기획하여 서울과
대전, 대구와 북경 무대에 올렸다. 그사이 그 남자는 소속 합창단
의 재계약 오디션을 겨우 통과했을 따름이다.

유년 시절, 같은 소년소녀 합창단의 단원이던 아내를 다시 만
난 건 로마 유학 때였다. 성악가로서 스스로의 자질에 대해 심각
하게 의심하고 있다는 측면에서 의기투합하여 결혼에까지 이르게
되었으나, 알고 보니 그것 말고는 둘 사이에 공통점이 하나도 없
었다. 그녀가 온 집 안의 불을 다 꺼야만 편히 잠드는 스타일이라

면, 그는 유난히 어둠을 무서워하여 꼭 머리맡의 스탠드를 켜놓은 채 자야 했다. 그가 안 되는 줄 번연히 알면서도 접지 못하고 지질지질 끝까지 가보는 스타일이라면, 그녀는 포기가 빠르고 추진력이 강했다. 만약 이혼을 하게 된다면 그는 자신이 그 사십오 평 아파트의 문간방 한 칸에 대해서조차 소유권을 주장할 수 없을 거라는 것쯤은 잘 알고 있었다.

그래도 아내는 모진 편은 못 되었다. 그녀가 조금만 더 모진 성정을 가졌더라면 로마발 서울행 항공기의 티켓을 두 장 나란히 예매하는 짓은 하지 않았을 것이다. 뱃속에 아이가 있기는 했지만 중절수술도 가능한 월령이었고, 무엇보다 그녀가 허울뿐일지라도 아이에게는 꼭 양쪽 부모가 건재해야 한다고 주장하는 고지식한 여자도 아니었기 때문이다. 이제 네 살이 된 딸아이는 어차피 외가에서 키워지고 있었으며, '아빠'보다 '하부지'라는 단어를 훨씬 자연스럽게 발음하곤 했다.

당신은 왜 나랑 사는 거야? 그때 그냥 혼자 들어와버리지 그랬어? 그럼 당신 인생이 훨씬 가뿐했을 텐데. 그렇게 묻고 싶어지기도 했지만, 그러게 말이야, 내가 미쳤었나 봐, 라는 대답이 돌아올 것이 뻔했으므로 입 밖에 꺼내지 않았다.

4

지하 5층, 지상 30층, 총 668세대가 입주해 있는 초고층 아파트 드림빌에 들어가기 위해서는 모두 세 단계의 절차를 거쳐야 했다. 건물의 공통 출입구는 카드 키를 가진 사람만 통과할 수 있다. 각 입주세대에는 실거주자의 수에 맞추어 출입용 카드가 지급된다. 대기업 계열 경호업체의 마크가 선명히 새겨진 시큐리티 카드다. 출입구 옆의 인식판에 그것을 갖다 대면 유리로 된 문이 스르륵 열린다. 카드를 소지하지 않은 방문객의 경우에는 방문할 호수의 번호와 호출 버튼을 연이어 누르면 그 세대와 화상인터폰으로 연결된다. 입주자는 손님의 신원을 눈으로 직접 확인한 뒤에 방문을 허락할 수 있다.

바지 주머니와 점퍼 속주머니까지 탈탈 뒤져보았지만 실오라기 한 올 떨어지지 않았다. 그 남자는 이제부터 자신이 뭘 어떻게 해야 하는지 알 수 없었다. 관리사무소도, 경비원도 모두 유리문 너머의 세계에 속해 있었다. 일단 첫번째 관문을 지나야 무슨 대책이라도 마련해볼 터였다. 드림빌의 유리문 밖에 서서 그 남자는 로비의 안쪽을 기웃거렸다. 별안간 유리가 양쪽으로 갈라지더니 기적처럼 문이 열렸다. 에메랄드 빛 가죽 백을 든 여자가 밖으로 나오는 틈을 타 그는 유리문 안으로 재빨리 몸을 밀어 넣었다.

엘리베이터 앞에는 경비원이 앉아 있었다. 마네킹처럼 늘 그 자리를 지키고 있는 경비원과 얼굴을 맞대고 대화를 나누는 것은 처음이었다. 쭈뼛거리며 다가간 그 남자를 경비원이 힐끔 올려다보았다. 무슨 일이십니까? 딱딱하지는 않았지만 결코 친절한 음성도 아니었다. 그 남자는 이 난처한 상황을 더듬더듬 설명했다. 카드 키를 놓고 왔다는 결정적인 대목에서 경비원이 그의 말을 막

왔다. 잠깐만, 선생님. 그러면 지금 이 건물 안으로는 어떻게 들어오신 겁니까. 카드를 소지하지 않으셨다면서? 기가 막혔다. 그것은 문제의 본질이 아니었다. 그러나 의자에서 일어선 경비원의 체구가 제법 우람하고 옆으로 길게 찢어진 눈매도 매서웠기 때문에 그 남자는 억지로 화를 가라앉혔다. 어쨌든 아쉬운 것은 이쪽이었다.

그게 중요한 게 아니라, 하여간에 지금 제가 좀 바쁩니다. 빨리 어떻게 조치를 좀 취해주세요. 죄송합니다만, 그건 저희가 어떻게 해드릴 수 없는 사항입니다. 어서 다른 가족에게 연락을 취해 보시죠. 그 남자는 좀처럼 언성을 높이는 편은 못 되었다. 그렇지만 경비원의 느긋한 태도에 속이 부글거리기 시작했다. 아이 참, 이 아저씨 말귀 되게 못 알아듣네. 비상 열쇠로 따주든가 아니면 열쇠 수리공이라도 불러주든가, 경비실 임무가 그런 거 아니에요? 그 남자가 큰소리를 내자 경비원이 양미간을 찌푸렸다. 선생님, 비상 열쇠 같은 것은 없습니다. 일반 열쇠 수리공을 불러서 해결될 문제도 아니고요. 아시다시피 외부 보안업체 관계자들을 직접 호출해야 되는 일인데 함부로 그럴 수는 없습니다.

함부로,라는 부사가 그 남자의 신경세포를 날카롭게 자극했다. 자기도 모르게 반말이 튀어나왔다. 당신, 그 말이 무슨 뜻이야? 내가 빈집털이범이라도 된다는 거야? 경비원의 눈빛은 흔들림이 없었다. 그렇게 말한 적 없습니다. 확인 절차가 번거롭다는 의미일 뿐입니다. 그 남자는 몹시 화가 났다. 입주자를 도둑놈 취급하고 이거, 이래도 되는 거야? 당신이 아까 나한테 인사했잖아. 기억 안 나? 엘리베이터에서 내린 몇 명의 여자들이 이쪽을 흘끔거리며 지나갔다. 경비원이 허리에 차고 있던 무전기를 입가에 가져다 댔다. 여기는 독수리. 제십삼 호. 십삼 호 상황 발발.

호출을 받고 나타난 것은, 무테안경을 쓴 호리호리한 여자였다. 아래위로 아이보리색 스커트 정장을 맞춰 입어 아파트의 관리소장이 아니라 지상에서 근무하는 전직 스튜어디스 같은 느낌을 주었다. 눈이 마주친 여자가 생긋 웃었기 때문에 그 남자는 적이 안도했다. 남자가 조금 전에 한 말을 똑같이 반복하자, 여자는 나긋나긋하게 고개를 끄덕였다.

그러니까 선생님, 카드 키를 분실하신 거군요? 아니요, 분실한 게 아니라 집에다 놓고 나왔다니까요. 요 앞 편의점에 담배 사러 나왔다가 그만. 저런, 그러셨군요, 하긴 누구나 하기 쉬운 실수지요. 댁이 몇 호시라고요? 이천이백구 홉니다. 얼른 좀 조치해주세요. 물론이에요. 그럼 실례지만, 먼저 주민등록증을 좀 보여주시겠어요?

그는 반사적으로 바지 뒷주머니에 손을 넣었다. 지갑이 들어있을 리 없었다. 기가 막혔다. 이거 봐요. 지금 내가 지갑을 놓고 나왔다니까요. 신분증만 따로 들고 다니는 사람 봤어요?

관리소장과 경비원이 짧지만 강렬한 시선을 교환했다. 그 남자는 입술이 바짝 탔다. 이 사람들이 정말. 정 못 미더우면 내 이름 확인해보면 될 거 아니야. 나, 이천이백구 호 강창규! 육팔공오 이구 다시 일공육칠공…… 여자는 깍듯했지만 단호했다. 이해해주세요, 위험의 가능성을 아예 없애는 것이 저희들의 임무입니다.

선생님이 강창규씨가 틀림없으시겠지만, 증명이 되지 않으면 저희로서는 어떻게 해드리기가 정말로 어렵습니다. 규정을 어기면 저희가 처벌을 받거든요.

자신들뿐 아니라 보안업체 직원, 또는 경찰관이 출동한다 해도 별 다를 바 없으리라는 얘기였다. 그는 할 말을 잃었다. 자신이 드림빌 2209호 입주자 강창규를 사칭하는 사기꾼이 아니라는 것을 입증할 마땅한 방법은 떠오르지 않았다. 번거로우시겠지만 가족 분께 연락하셔서 퀵 서비스로 카드 키를 받으세요. 서울 시내에서는 한 시간이면 충분합니다. 여자가 자신의 전화기를 내밀었다. 아내의 휴대전화 번호가 가물거렸다. 두 사람이 그의 손놀림을 주의 깊게 응시하는 듯했다. 그 남자는 어리어리하게 버튼을 눌렀다. 전화기가 꺼져 있다는 안내음이 흘러나왔다. 아내의 회사 번호는 외우고 있지 못했다. 경비원은 아까부터 두 팔짱을 낀 채 그를 내려다보고 있었고, 관리소장은 손바닥으로 입가를 문지르며 그를 올려다보고 있었다. 그 남자는 관리소장의 휴대전화기를 얌전히 되돌려줄 수밖에 없었다.

들어올 때 그렇게 애를 먹였던 출입문이 나갈 때는 쉽게, 활짝 열렸다. 그 남자는 드림빌의 유리문 밖으로 천천히 걸어 나왔다. 몇 발짝 떼다 말고 그 자리에 우두커니 멈춰 섰다. 어디선가 누릿한 냄새가 풍겨와 콧구멍을 파고들었기 때문이다. 미친놈들, 지척에서 이런 고약한 냄새가 나는 줄도 모르고 잘난 척들 하고 앉아 있네! 퉤, 그 남자는 땅바닥에 힘껏 침을 뱉었다.

5

공중전화기는 얼른 눈에 뜨이지 않았다. 작은 사거리 몇 개를 통과해 지하철역까지 갔다. 누가 이 도시 한복판에서 똥개 한 마리를 밧줄에 매달아 몽둥이로 때려잡은 건 아닐까. 그런 의심이 들 만큼 지독한 냄새가 남자의 뒤를 졸졸 쫓아왔다. 역 계단을 내려가서야 겨우 공중전화 부스를 발견할 수 있었다. 공중전화를 이용한 것이 언제인지 까마득했다. 기본요금이 얼마인지도 짐작할 수 없었다. 그 남자는 한참을 망설이다가 전화 부스를 지나쳐 승차권 매표소 앞에 줄을 섰다. 한 줄로 늘어서 있던 네댓 명의 사람들이 일제히 컥컥, 헛기침을 뱉었다. 그 남자의 어깨가 괜히 움츠러들었다.

제 차례가 되자 남자는 창구에 앉은 역무원에게 다가가 정중한 목소리로 백 원만 빌려달라고 부탁했다. 역무원은 짜증스럽다는 표정을 감추지 않았다. 지폐 주세요, 교환해드릴게요. 아니요, 아저씨, 그게 아니고, 제가 지금은 지갑이 없거든요. 하지만 좀 이따가 꼭 갚을 거예요. 그렇게 주워섬기는 자신의 음성이 퍽 낯설었다. 역무원이 사정없이 소리쳤다. 다음 분! 그 남자의 뒤에 서서 손가락으로 입술을 쥐어뜯고 있던 여드름투성이 아가씨가 창구에 지폐를 내밀었다. 역무원이 노란색 티켓 한 장과 거스름돈을 내주었다. 그는 잽싸게 여자를 따라갔다. 아가씨, 나 이상한 사람 아니거든요. 내가 진짜 사정이 곤란해서 그런데, 그 동전 좀 빌려주면 은혜는 절대로 안 잊을게요. 여자는 입을 막고 한차례 기침을 한 뒤 동전 두 개를 던져주었다.

그 남자가 암기하는 전화번호는 몇 개 되지 않았다. 아내의 회사 전화번호는 아무래도 기억나지 않았다. 별수 없이 114에 전화를 해 회송오페라단의 번호를 물었다. 백 원이 허무하게 떨어졌다. 전화를 받은 낯선 목소리의 여직원은, 실장님은 지금 회의 중입니다,라고 말했다. 여기 집인데요, 급한 일이라서 꼭 통화를 해야 하거든요. 대기음으로 설정된 소녀의 기도를 두번째 반복해서 듣고 있을 때 여직원이 돌아왔다. 중요한 회의 중이라서 통화가 불가능하시다는데요. 잠시 후에 전화 드리시겠답니다. 전화는 거기서 툭 끊겼다.

그 남자는 무기력하게 부스 밖으로 물러났다. 지갑도, 휴대전화도, 신분증도 없었다. 시간이 얼마나 지났는지 궁금했다. 시계라도 차고 나올걸. 별 도움도 안 되는 후회가 밀려들었다. 연습이 시작되는 한 시까지 K시에 닿기 위해서는 목에 칼이 들어온대도 정오에는 고속도로 위를 달리고 있어야 했다. 지각은 벌점 10점, 사유가 불확실한 무단결근은 벌점 30점에 해당했다. 남자는 거리의 부랑자처럼 커다랗게 중얼거렸다. 씨발, 일진 한번 졸라 더럽네! 바로 그때였다. 반대편에서 걸어오던 중년 사내가 그와 어깨를 스치는 것과 동시에, 갑자기 코를 틀어쥐었다.

어이쿠, 이게 무슨 냄새야?

사내가 내뱉는 소리가 그 남자의 귀에 똑똑히 들렸다. 그 남자는, 빠르게 멀어져가는 사내의 뒷모습을 망연히 바라다보았다.

무언가 둔중한 것으로 뒤통수를 맞은 느낌이었다. 남자는 역 구내 화장실로 달려갔다. 양팔을 하늘 높이 치켜들고 겨드랑이에 코를 가져다 댔다. 킁킁, 숨을 들이마셔보았다. 냄새가, 났다. 한마디로 정의할 수 없는 냄새였다. 식초에 절인 훈제 소시지의 냄새, 시궁창 속의 생쥐 시체가 서서히 썩어가는 냄새. 산 채로 부패되어가는 인간의 몸에서라면 혹시 이것과 비슷한 냄새가 풍길지도 몰랐다. 남자화장실에는 아무도 없었다. 누군가 꼭 잠그지 않고 간 수도꼭지에서 똑똑 녹슨 물방울들이 떨어졌다.

6

1980년 겨울, 그 공연장의 화장실에서도 수도꼭지의 물방울들이 똑똑 소리를 내며 떨어져 내렸다. 그리고 어린이 합창단의 성탄 기념 특별 공연 1부가 진행되는 한 시간 동안 그 남자는 화장실 구석에 꼼짝도 않고 쭈그려 앉아 있었다.

그는 공영방송국 주최 어린이 노래자랑 대회의 1977년 우승자였다. 대머리에 어울리지 않게 나비넥타이를 맨 저명한 동요 작곡가가 심사위원장이었는데, 강창규군의 노래에는 지상의 것이 아닌 천상의 영혼이 깃들어 있다, 그는 하늘에서 내린 보이소프라노가 될 것이다, 라는 상찬을 내놓았다. 원로 작곡가의 예언은 과연 빗나가지 않았다. 대회가 끝나자마자 유명한 소년소녀 합창단 측으로부터 입단 제의가 들어왔다. 남자는 오디션을 보지 않고 그곳에 입단한 최초의 어린이가 되었다.

학교의 명예를 드높인, 개교 이래 가장 자랑스러운 학생으로서 남자는 애국조회 시간에 단상에 올라 교장으로부터 공로상패와 꽃다발을 받았다. 또한 남자의 재능을 일찌감치 알아채고 방과 후 개인 연습을 시킨 담임교사는 이사장 표창과 특별 상여금을 받았다. 그때부터 그 남자의 일상 대부분은 도시락 반찬통만 한 교실이 아니라 검은색 호루겔 피아노가 놓인 시내 어린이예술회관의 소강당에서 이루어졌다.

처음 그곳에 갔을 때 그가 가장 당황했던 점은 소년소녀 합창단이라는 명칭에 걸맞지 않게 남녀의 성비가 극도로 불균형하다는 것이었다. 남자 아이는 그를 포함하여 오직 두 명뿐이었다. 그나마 육 학년짜리 형의 얼굴은 게시판에 붙은 사진 속에서만 확인할 수 있을 뿐 무슨 이유에선지 연습에는 참석하지 않아 실물을 보지도 못했다. 동갑 여자 아이들의 평균치보다 몸집이 조금 작은 편이었던 그 남자를 위해 맨 앞줄에 새로운 자리가 만들어졌다. 원래 그 자리에 서다가 졸지에 한 줄 뒤로 밀리게 된 소녀 시절의 아내가 복도 한구석에서 그의 팔뚝을 세게 꼬집었다. 피부 안쪽에 벌긋벌긋 손톱자국이 났다.

이 년 동안 남자는 삼십여 개가 넘는 무대에 서서 보이소프라노로 노래를 불렀다. 로스앤젤레스와 하와이 교민을 위한 특별 공연에서는 「동심초」를 독창으로 불러 우레와 같은 박수갈채를 받기도 했다. 꽃잎은 하염없이 바람에 지고 만날 날은 아득타 기약이 없네 무어라 맘과 맘은 맺지 못하고 한갓되이 풀잎만 맺으려는

고 한갓되이 풀잎만 맺으려는고. 색동저고리를 입고 분홍색 한복 바지를 입은 남자의 사진이 교민신문 일면에 커다랗게 실렸다. 창규야, 너 진짜 신기하다. 정말 하나도 안 떨려? 상급생 누나들이 눈을 동그랗게 뜨고 그렇게 물어올 만큼 그는 대담한 아이였다. 무대에 오르기 전이면 심장이 터질 듯 두근거린다며 콩알만 한 우황 청심환 하나를 네 등분해서 나눠 먹는 소녀들 틈에서 그는 심장이 터질 듯한 느낌이란 대체 어떤 것일까, 혼자서 상상해보곤 했다.

누가 장래 희망을 물어보면 서슴없이 소프라노라고 대답해 상대방을 웃기곤 하던 남자는, 육 학년 여름방학을 지내면서 갑자기 쑥 자랐다. 백오십 센티미터에 채 못 미치던 신장이 육 학년 가을의 신체검사 때는 백육십이 센티미터가 되었다. 어느 날 아침에 일어나자, 사탕이라도 꿀떡 삼킨 듯 목구멍 안쪽이 갑갑해왔다. 도,레,미,파,솔,라,시,도,레,미,파,솔. 더 이상의 고음이 올라가지 않았다. 그는 매우 당황했다. 몸이 아프다는 핑계로 합창단 연습에 제대로 나가지 않았고, 나간다 해도 지도교사의 눈을 피해 입만 벙긋거리다 돌아왔다. 모를 리가 없건만 지도교사는 그런 그를 못 본 척했다. 그 무렵 남자보다 두 살 어린 남효준이 합창단에 새로 들어왔다. 공영방송국 주최 어린이 노래자랑 대회의 1980년도 우승자라고 했다.

7

　아내의 회사까지는 자동차로 이십여 분이 걸리는 거리였다. 그 남자를 태우자마자 택시기사는 차창을 내리더니 신호도 무시하고 도로를 전속력으로 내달렸다. 쓸데없는 말을 걸어오지도 않았다. 오직 목적지에 빨리 도착하겠다는 목표만을 가진 사람 같았다. 바람이 불어 닥쳐 머리칼이 마구 헝클어졌지만 그 남자는 한마디 항의도 하지 못하고 묵묵히 바람을 맞았다. 목적지에 거의 다다랐을 때 겨우 용기를 짜내어 물어보았다. 저, 기사님, 혹시 차 안에서 이상한 냄새가 나지 않나요? 한동안 어색한 침묵이 이어졌다. …… 글쎄요. 저는 잘 모르겠는데…… 기사가 말끝을 흐렸다. 차마 왜 창문을 열었느냐는 질문을 할 수는 없었다.

　아내의 회사 건물 앞에서 잠시 기다려달라는 부탁을 하자 기사는 화를 내는 대신 누렇게 뜬 얼굴로 수락했다. 택시기사의 전화기를 빌려 아내의 회사에 전화를 했다. 아까 아내가 회의에 들어갔다고 알려주었던 여직원이 차비를 들고 내려왔다. 여직원은 기획실장 남편의 몰골에 놀란 기색이 역력했다. 그렇지만 실장님이 잠깐 외출했으니 편하게 기다리라고 친절하게 권유했다. 접견실의 가죽 소파를 권하고 로열 코펜하겐 찻잔에 담은 원두커피를 내왔다. 집을 나선 이후 처음 받는 후의였다. 그 남자는 너무 고마워서 그녀의 손이라도 덥석 잡고 싶었다. 여직원은 쟁반으로 코를 가린 채 꾸벅 인사하고는 방을 나갔다.

남자는 다시 한 번 겨드랑이의 냄새를 맡아보았다. 냄새가 나는 것 같기도 했고 나지 않는 것 같기도 했다. 환장할 노릇이었다. 이번에는 바지 속에 손을 집어넣어 샅과 불두덩을 훑었다. 그손바닥을 코에 갖다 대었지만 아무런 흔적도 느껴지지 않았다. 옅게 묻어 있을 법한 오줌 지린내조차 맡아지지 않았다. 대체 뭐가 어떻게 되어가는 영문인지 알 수 없었다.

커피 한 잔을 비우고 한참을 기다려도 아내는 나타나지 않았다. 접견실 밖에서는 개미 새끼 한 마리 움직이는 소리도 들리지 않았다. 그는 슬쩍 문을 열고 밖을 내다보았다. 열 개 남짓한 책상이 붙어 있는 사무실 안에는 아까 그 여직원 말고는 아무도 없었다. 그가 가까이 가자 여직원이 자꾸 코를 만지작거렸다. 저, 실장님 전화가 계속 연결이 안 되네요. 아시겠지만 내일 막이 오르기 때문에 다들 정신이 없어요. 실장님은 아무래도 극장으로 바로 가셨나 봐요. 조금 이따 「오텔로」 최종 리허설이 있거든요. 미리 암기해둔 것처럼 긴 문장을 쉼표 하나 없이 다다다 나열한 다음 그녀는 오래 심호흡을 했다. 그 남자의 뺨이 벌겋게 달아올랐다.

여직원은 선뜻 지갑을 열어 만 원짜리 지폐 두 장을 꺼내주었다. 현금이 이것뿐이에요. 실장님 편에 천천히 주시면 돼요. 그렇게 말하는 여자는 그 남자와 더 이상 같은 공기를 마시지 않아도 된다는 데 안도하는 것처럼 보였다. 남자는 또다시 거리로 나왔다. 무릎이 튀어나온 회색 트레이닝복 바지, 아무렇게나 덧걸쳐 입은 불그죽죽한 방수 점퍼, 맨발에 질질 끌리는 슬리퍼까지 쇼윈도에 비친 자신의 몰골이 눈 뜨고 볼 수 없을 만큼 한심스러웠다. 아아, 옷부터 갈아입고 싶다. 그는 진심으로 그렇게 바랐다. 옷을 갈아입으려면 집에 가야 했고, 집에 가려면 열쇠가 필요했다. 조금 더 지체하다간 합창단 연습에 지각하기 십상이었다. 일이 어디서부터 꼬이기 시작한 걸까. 불현듯 몹시 배가 고파왔다.

들어간 곳은 작은 우동 전문점이었다. 혼자 앉아 볶음 우동을 먹고 있는 젊은 청년 옆 테이블에 자리를 잡았다. 그 남자가 물한 모금을 들이키기도 전에 청년은 서둘러 식당을 떠났다. 먹던 음식이 절반 넘게 남아 있었다. 남자는 유부우동을 주문했다. 아르바이트생으로 보이는 소녀가 주문을 받고 나서 총총 문가로 가더니 유리문을 활짝 열어젖혔다. 아니, 먼지 들어오는데 문은 왜. 카운터의 여자가 의아하다는 듯 소리치다 말고 입을 닫았다. 될수 있는 한, 팔 동작을 자그맣게 하려 애쓰면서 남자는 묵묵히 젓가락질을 했다. 어머, 이게 무슨 냄새야? 은행 유니폼을 입은 아가씨 둘이 종종걸음으로 들어서다 도로 나가며 내뱉는 소리가, 그남자의 귀에 환청처럼 와 박혔다. 남자는 가만히 젓가락을 내려놓았다.

다시 길 위에 섰다. 이글거리는 봄볕에 이마가 따가웠다. 어딘가로 숨어버리고만 싶었다. 집이, 간절히 그리웠다. 열쇠를 받으려면, 아내를 만나려면, 오페라극장으로 가는 것밖에 다른 방법이 없었다.

8

오페라극장의 대기실 입구는 로비 뒤편에 위치해 있었다. 그 언저리를 서성이는 남자를 발견한 경비원이 눈에 쌍심지를 켰다. 여기 아무나 함부로 들어오는 데 아니에요. 나가요, 얼른. 경비원에게 쫓겨나는 그 남자를 알아본 건 아내가 일하는 희송오페라단의 단장이었다. 어머, 강선생, 여기는 웬일이세요? 환갑이 넘은 단장은 거의 모든 실무를 그의 아내에게 맡기고는 무대의 커튼콜에 성장을 하고 나서는 것만을 낙으로 삼는 여자였다. 리허설 보러 오셨구나, 잘 오셨어요. 그 남자의 외양을 재빨리 아래위로 훑어보면서도 단장은 결코 교양을 잃지 않았다. 사실 파이널 리허설이 제일 좋은 법이죠. 진정한 첫 공연이니까. 오늘은 프레스들도 많이 왔어요. 아내가 있다는, 한 대기실로 자신을 데리고 들어가면서 단장이 인상을 찌푸리거나 코를 틀어쥐지 않았으므로 어쨌거나 그 남자는 고마워서 눈물이 날 지경이었다.

대기실은 난장판이었다. 울긋불긋한 드레스를 입고 머리모양을 한껏 부풀려 올린 여자들 사이에 스태프 명찰을 단 이들이 섞여 있었지만 아내는 보이지 않았다. 그는 어떻게 해야 할지 몰라서 방 한구석에 엉거주춤 서 있었다. 저쪽에서 단장의 성난 목소리가 쨍쨍 울려 퍼졌다. 미스 홍, 머리가 있으면 생각을 하고 살아야지, 이런 데서 음식을 먹으면 어떻게 해? 먹고 났으면 환기를 시키든가. 그 남자는 얼른 문을 열고 밖으로 나왔다. 길고 좁은 복도가 미로처럼 구불구불 펼쳐져 있었다. 남효준의 이름이 큼지막하게 나붙은 방이 눈에 들어왔다. 오늘의 주역을 위해 마련된 단독 대기실이었다. 남효준. 그는, 그 낯익은 글자를 물끄러미 응시했다. 가슴속에서 어지러운 감정들이 소용돌이쳤다.

그때 문득 문이 열렸다. 그 안에서 나온 사람은 그 남자의 아내였다. 마치 유령을 목도한 것처럼 그의 아내는 속눈썹을 껌뻑이기만 했다. 당신이…… 여기…… 어쩐 일이야? 아내의 낯빛이 유난히 창백했다. 그러니까, 내가 말이야, 담배를 사러 잠깐 나왔거든, 근데 말이야, 깜빡하고 열쇠를 안 가지고 나와서. 구구절절 말해놓고 보니 누구라도 믿기 어려운 얘기였다. 그래서 당신, 카드 키 받으러 여기까지 왔다는 거야? 예상 외로 아내는 꽤 덤덤하게 말을 받았다. 남자는 얼결에 고개를 주억거렸다. 아내가 들릴 듯 말 듯 작은 한숨을 내쉬었다. 그녀는 이내 숄더백을 열었다. 소영아! 그 남자가 아내를 불렀을 때 그녀는 자주색 카르티에 지갑에서 카드 키를 반쯤 빼내던 중이었다. 소영아. 그 남자가 아내의 이름을 그런 식으로 부른 것은 아주 오랜만의 일이었다. 아내가 의아한 표정으로 남자를 쳐다보았다.

소영아, 저기 있잖아. 내 말 이상하게 듣지는 마. 아내의 오른쪽 눈썹이 꿈틀 치켜 올라갔다. 당신 말고는 물어볼 데가 없어서 그래. 혹시 말이야, 혹시, 나한테서 무슨, 냄새 나? 아내의 눈동자가 짧게 일렁였다. 그 남자는 다시 한 번 말했다. 괜찮아, 제발 솔직하게 말해줘. 냄새 많이 나? 아내의 얼굴 근육이 빳빳하게 굳었다. 바빠 죽겠는데 당신, 왜 자꾸 황당한 소릴 하는 거야,

자, 이거 가지고 얼른 집에 가. 아내는 한 손으로 카드 키를 내밀면서 다른 쪽 손등으로 코끝을 훔쳤다. 그 남자는 아내가 거짓말을 하고 있다고 확신했다. 그는 아내의 어깨를 감싸 쥐고 그녀의 눈 속을 뚫어지게 들여다보았다. 만난 지 이십오 년이 넘었지만 그녀의 동공이 흑갈색을 띠고 있다는 것을 처음 알았다.

소영아, 나 진짜 돌아버릴 것 같다. 아까부터 내 옆에만 오면 사람들이 전부 코를 막아. 아내는 그의 시선을 피하면서 연방 주위를 두리번거렸다. 누가 보면 어쩌려고, 당신 여기서 왜 이러는 거야? 그 남자는 아내의 어깨를 짚은 두 팔에 힘을 주었다. 그가 원하는 것은 오직 진실뿐이었다. 하, 미치겠다. 이거 봐. 지금 너도 얼굴에 손가락 갖다 대고 있잖아. 그렇게 못 견디겠어? 그렇게 심해? 제발 부탁이야, 소영아, 나는 알아야 하잖아. 나한테는 솔직하게 말해주라, 제발.

더는 참을 수 없다는 듯 아내의 이마가 사정없이 구겨졌다. 당신, 이제 아주 제대로 미쳤구나. 아내는 그 말을 씹어 뱉듯 했다. 그 남자의 팔이 힘없이 허공으로 떨어졌다.

그때 얼굴에 검은색 칠을 하고 검은 턱수염을 붙인 남자가 그들 앞에 우뚝 섰다. 오텔로로 분장한 남효준이었다. 발목까지 내려뜨린 붉은 가운이 괴기스러운 느낌을 주었다. 어, 어, 오랜만이네. 남효준이 그 남자를 보고 알은체를 했다. 하지만 이름과 얼굴을 영 연결시키지 못하는 눈치였다. 우리 예고 동문 맞지? 아니, 중학교던가? 그 남자의 입에서는 대답이 흘러나오지 않았다. 그 남자의 아내 역시 묵묵부답이었다. 남효준은 신문에서 보던 것보다 훨씬 뚱뚱했다. 허허, 아무튼 반갑다, 공연 재밌게 보고 가라. 호탕한 너털웃음이 풍채와 잘 어울렸다. 그 남자는 오텔로 장군이 지나갈 수 있도록 벽 쪽으로 바짝 비켜섰다. 긴 가운 자락을 휘날리며 뒤뚱뒤뚱 걸어가다 말고 남효준이 갑자기 뒤를 돌아보았다. 그 남자가 누구인지 비로소 기억난 것 같았다. 우아, 이거, 정말로 오래간만인걸. 친근하게 어깨를 으쓱한 뒤 가던 길을 계속 걸어가는 남효준의 뒷모습은 진짜 무어인 사내처럼 강인해 보였다. 끝내 '형'이라는 소리는 하지 않았으니, 어쩌면 그 남자를 다른 동창생과 착각했는지도 몰랐다. 그 남자는 이상하게 자꾸만 웃음이 났다. 아내가 여러 겹의 복잡한 눈빛으로 그를 쏘아보고 사라진 뒤에도, 그 남자는 벽에 납작하게 붙어 선 채로 한동안 움직이지 않았다.

9

무대는 어둡다. 터키 함대를 무찌른 오텔로의 배가 폭풍우를 뚫고 사이프러스 섬에 도착한다. 기다리던 군중들이 일제히 환호성을 지른다. 개선장군 오텔로는 승리의 노래를 부른다. Esultate! L'orgoglio musulmano. 기뻐하라! 적군은 바다 속 고기밥이 되었다.

남효준의 아리아는 힘차고 아름다웠다. 그 남자는 오페라에 매혹되었다. 이아고가 오텔로를 몰아낼 음모의 노래를 부르고 있을 때 그 남자의 오른쪽 옆 좌석에 앉았던 관객이 슬그머니 몇 칸 앞으로 자리를 옮겼다. 나는 잔인한 신의 존재를 믿는다. 나는 사악하다. 나는 인간이니까. 1막 중반을 넘어 이아고가 악을 찬양하며 화산처럼 솟구쳐 오를 때에는 그 남자가 앉은 줄 전부와 그 앞 뒷줄이 모두 텅 비었다.

그 남자는 개의치 않고 무대 위에 온 신경을 집중했다. 데스데모나가 오텔로에게 사랑을 맹세하자 오텔로는, 그대는 내가 겪었던 위험으로 나를 사랑하였고 나는 그대가 보여준 연민으로 그대를 사랑하였다, 라고 대답한다. 데스데모나는 오텔로의 용맹스러움을 찬양했지만 오텔로는 여자가 자신을 동정한다고 생각한다. 장군님, 저는 카시오가 부인의 손수건을 가지고 있는 것을 보았습니다. 오텔로는 불안하고 또 외로운 남자였다. 이십오 년 전 그 성탄절 특별 공연의 대기실에서 도망쳐버렸던 건, 처음으로 심장이 쿵쿵, 쿵, 엇박자로 뛰어댔기 때문이다. 금붕어처럼 입술만 벙긋벙긋 벌릴 수도 있었지만, 혹여 자신도 모르게 쉰 목소리를 내버릴까 봐 두려웠기 때문이다.

1부가 끝날 때까지 화장실에 숨어 있던 그는, 막간에 남효준에게 발견되었다. 더러운 타일 바닥에 쪼그려 앉은 그 남자를 보고 남효준의 얼굴에 옅은 미소가 번졌다. 효준아, 그 안에 창규 있니? 여선생의 새된 목소리가 가까이서 들려왔다. 그 남자는 검지를 세워 입술에 댔다. 쉿! 제발 말하지 마. 남효준은 그의 간절한 눈빛을 분명히 보았고 고개를 끄덕이기까지 했다. 그러나 곧바로 커다랗게 외쳤다. 네, 선생님, 창규 형 여기 있어요. 자신보다 키가 작은 여선생에게 귓불을 잡혀 질질 끌려가고 있을 때, 남효준이 혀를 쏙 내밀었다 집어넣는 것을 그 남자는 보고 말았다.

남효준은 그 일을 기억하고 있을까. 지금 저 높은 무대에서 질투와 애증의 아리아를 토해내는 그때 그 소년은 아마 까맣게 잊었을 것이다. 길고 긴 유년 시절의 단 하루, 억지로 끌려 올라간 2부 무대에서 산타 모자를 머리에 얹은 그 남자가 제 의지를 배반하고 터무니없는 음정을 내고 말았던 그 사건을. 그 남자는 무대 위에서 스르르 주저앉아버렸고, 공연은 엉망이 되었다. 그 남자에게 위로가 되었던 단 한 가지는 앞으로 몇 해만 지나면 또 하나의 보이소프라노 남효준도 자신과 같은 꼴이 되고 마리라는 확신이었다. 그러고 보면 그 남자의 확신은 자주 틀렸다.

마지막 막이 올랐다. 데스데모나의 침실에 나타난 오텔로는 사랑하는 아내에게 키스하고는 사정없이 목을 조른다. 데스데모나, 데스데모나, 아, 그녀가 죽었네! 신실한 그대, 사악한 별의 운명을 타고 났네. 오텔로의 절규가 듣는 이의 애간장을 갈기갈기 찢어놓았다. 아내가 부정을 저지르지 않았다는 것을 그 무어인 사내는 알고 있었을지도 모른다. 하지만 시시각각 조여드는 불안의 그림자에 영혼이 짓눌려 시들어가느니, 차라리 제 몸으로 먼저 파국을 돌파하고 싶었을 것이다. 셰익스피어는, 나만이 나를 회피할 수 있다고 말했다. 오텔로가 마침내 스스로의 가슴에 칼을 꽂는 순간 그 남자는 자리에서 벌떡 일어났다. 그리고 열렬히 손뼉을 쳤다. 오케스트라의 연주는 계속되었지만, 무대 위의 배우들은 그 남자의 객석을 바라보며 아주 잠깐 동작을 멈추었다. 그 남자는 더욱 크게 손뼉을 쳤다. 남효준과 눈이 마주쳤다고 느낀 찰나에도 그는 메롱, 혀를 쏙 내밀지는 않았다. 그 남자는 이제 어른이었다. 리허설은 모두 끝났다. 후각이 마비되었는지 더 이상 아무 냄새도 나지 않았다.

10

아내의 카드 키를 인식판에 가져다 대자 곧 문이 열렸다. 경비원이 반사적으로 거수경례를 했다. 아까의 그 경비원이었다. 남자를 알아본 경비원의 표정이 묘하게 변했다. 그 남자는 경비원을 향해 괜찮다는 의미의 미소를 보냈지만, 입가가 일그러지는 바람에 마치 비웃는 것처럼 보였을지도 몰랐다.

집에 들어서자마자 그 남자는 점퍼를 벗어 소파 위에 던졌다. 트레이닝복 바지와 팬티는 한꺼번에 벗고, 윗도리도 훌러덩 벗어버렸다. 그는 이내 벌거숭이가 되었다. 알몸인 채로 실내를 가로질러 다용도실로 갔다. 손에 든 옷가지들을 세탁기 대신 소각용 쓰레기 봉지 속에 넣고 주둥이를 꽉 조여 묶었다. 혹시 무슨 냄새가 흘러나오지 않는지 코를 가까이 대보려다 그만두었다. 욕실로 가면서 흘낏 거실의 벽시계를 보았다. 시곗바늘은 네 시 십 분을 가리키고 있었다. 네 시 정각이라는 의미였다. 시립합창단의 연습이 한창 진행 중일 시간이었다. 그는 의자를 딛고 올라서 시계의 분침을 이십 분 뒤로 돌려놓았다. 십 분 먼저 살겠다는 게 반칙이 아니라면, 십 분 늦게 사는 것도 페어플레이일 것이다.

그 남자는 욕조에 물을 받기 시작했다. 그러고는 변기 덮개를 올리고 소변을 보았다. 다행히 변기 주변에 오줌방울을 흘리지 않았다. 스스로가 조금 자랑스러웠다. 욕조 안에 들어가 반듯하게 몸을 뉘었다. 그의 몸 위로 철벙철벙 물줄기들이 떨어졌다. 무릎과 아랫배, 심장과 팔뚝, 어깨뼈와 목젖이 물에 잠겼다. 안온하고 따뜻했다. 물 밑으로는, 세상의 어떤 냄새라도 다 가라앉을 것이다. 물이 욕조 밖으로 흘러넘칠 때까지 그 남자는 수도꼭지를 잠그지 않았다. 이대로 그냥 놔둔다면 드림빌 2209호 전체가 물에 잠길지도 모른다는 생각이 얼핏 머리를 스쳤다. 물속의 집. 그렇다면 아내에게 최고급 물안경을 선물하고 싶었다. 그 남자는 오래 숨을 참았다.

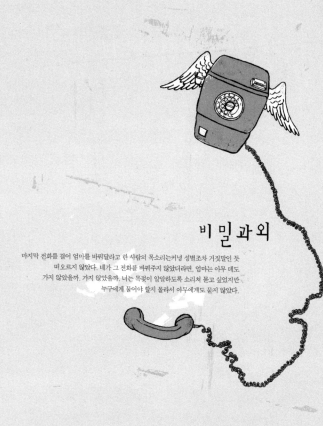

비밀과외

마지막 전화를 걸어 엄마를 바꿔달라고 한 사람의 목소리는커녕 성별조차 거짓말인 듯
떠오르지 않았다. 네가 그 전화를 바꿔주지 않았더라면, 엄마는 아무 데도
가지 않았을까. 가지 않았을까. 너는 목젖이 얼얼하도록 소리쳐 묻고 싶었지만
누구에게 물어야 할지 몰라서 아무에게도 묻지 않았다.

누구에게나 열네 살은 있다.

모든 일은 1985년에 일어났다.

누가 1985년을, 1984년이나 1986년과 구별할 수 있을까. 사람들은 그해를 '1980년대 중반'이라는 카테고리 안에서 기억한다. 1985년이라? 1980년대 중반이로군. 앞에는 1980년대 초반이 있고 뒤로는 1980년대 후반을 거느리고 있지. 단지 그뿐이다. 대한민국 현대생활사를 연구하는 소장학자나 인구센서스의 아르바이트 조사원이 아니라면, 1984년과 1985년과 1986년의 차이에 대하여 관심을 가질 만한 이유가 전혀 없는 것이다.

그해 봄, 너는 중학생이 되었다.

1979년 국민학교에 입학하여 1990년 대입 학력고사를 치렀으니 1980년대는 네가 받은 공교육의 궤적과 톱니바퀴처럼 맞물리며 진행되었다. 국민학교를 졸업한 다음 중학교에 입학하고 중학교를 졸업한 다음 고등학교에 입학하는 상식적인 삶을 온몸으로 살아낸 셈이다.

1980년대의 도래와 함께 분명 네 인생의 십대도 개막되었으나 세상은 갓 열 살짜리 여자 아이를 청소년으로 대우해주지 않았다.

어이, 거기 가는 청소년!

누군가 등 뒤에서 불렀을 때,

네? 저 말씀이세요?

꿀릴 것 없는 목소리로 대답할 수 있으려면 최소한 중학생 정도는 되어야 했다.

그런 의미에서 너의 진정한 틴에이저 생활은 중학교 입학과 더불어 시작되었다고 보아야 옳다. 1985년 그해 비로소 중학생이 되고 나서야 너는 어디에도 부끄럽지 않은, 명실상부한 '진짜' 청소년이 되었다,고 생각했다.

배정받은 여자중학교는 집에서 다섯 정거장 거리였다. 버스를 타고 다니게 된 것이다. 너는 날아갈 듯 기뻤다. 국민학생과 변별되는 중학생으로서의 정체성을 증명하고 과시하는 데에 버스 통학만큼 적절한 아이템은 드물 것이다. 등하굣길을 터덜터덜 도보로 왕복해야 한다면 코흘리개 국민학생과 다를 바 대체 무엇이겠는가?

새빨간 나이키 로고가 날렵하게 수놓인 가죽 운동화를 살짝 꺾어 신고, 앙증맞은 마두(馬頭)가 새겨진 조다쉬 청치마의 호주머니 깊숙이 열 장짜리 버스 회수권을 장전하는 것으로 너는 '80년대식 청소년'이 될 준비를 완료하였다. 그 봄, 공중에는 꽃가루들과 함께 지독히 매운 최루탄 입자가 흩날려 다녔지만 국립대학과 별로 멀지 않은 그 동네에서도 일상은 뭉게뭉게 흘러가고 아이들은 자랐다.

여중생으로서의 나날은 아름다웠던가.

한마디로 단정하기는 어렵다. 예상치 못한 복병들이 곳곳에 숨어 있었음은 명백했다. 한 달에 한 번씩 꼬박꼬박 치러내야 하는 것은 막 시작한 월경만은 아니었다. 월말고사, 월말고사, 중간고사, 월말고사, 기말고사로 이어지는 시험의 향연들. 교실 앞문에는 1등부터 58등까지의 학급 석차가 일렬로 나열된 종이가 나붙어 부적처럼 펄럭거렸다. 교무실 복도 벽에는 학년별 전교 석차 1등부터 100등까지의 이름이 내걸렸다. 학교 안에서는 되도록 눈을 아래로 내리깔고 발뒤꿈치를 살짝 쳐든 채 걸어 다녔다. 그냥, 그러고 싶었을 따름이다. 교사(校舍)의 바닥재는 연회색 콘크리트였다.

버스 통학은 기대만큼 매력적이지 않았다.

버스 안에는 늘 승객이 많았고 급정거도 잦았다. 멀쩡하게 양복을 갖춰 입은 아저씨가 너의 한쪽 젖가슴을, 실수가 결코 아니라는 듯 노골적으로 꽉 움켜쥐었다 놓은 뒤부터는 버스 통학에 대한 환상이 완전히 사라졌다. 아침이면 너는 앉아서 갈 수 있을 만큼 승객이 적은 버스를 기다리고 또 기다렸다. 네 별명은 금세 지각대장이 되었다.

가정 시간은 종종 성교육 시간으로 변했다.

멘스를 시작한 사람, 손 들어봐라.

노처녀 가정 선생님이 안경 너머 날카로운 눈빛을 반짝였지만 너는 손을 들지 않았다. 수업 시간에 굳이 손을 들어봐야 별 이로운 일이 없다는 걸 오래전에 간파했기 때문이다.

이제 너희는 아이를 가질 수 있는 몸이란다. 알겠니? 언제나 품행을 단정히 해야 한단 말이지. 남자와 단둘이 한 방에 있을 때는 반드시 방문을 조금 열어놔야 한다. 그러지 않으면, 그러지 않으면, 큰, 일이, 벌어질 수도 있단다. 흠흠.

그녀는 애꿎은 금테 안경을 괜히 한번 추켜올리고 나서 또 물었다.

자, 양심적으로 손 들어봐라. 브라자 안 한 사람?

너는 이번에도 손을 들지 않았다. 네가 그것을 입지 않는 이유는 심장이 옥죄어드는 갑갑한 느낌을 견딜 수 없어서였다. 선생님은 다음 시간부터는 꼭 브래지어를 하고 오라는 이상한 숙제를 내주었다. 숙제를 제대로 하지 않았다가는 팔뚝을 아프게 꼬집히곤 했으므로 어쩔 수 없이 너는 그것을 착용하기 시작했다. 그 후로 이십오 년 동안 줄곧, 말이다.

공부를 열심히 해야만 하는 학생 vs 몸가짐을 조심해야만 하는 어린 여자.

세상에 태어난 이상, 인간이란 끊임없이 무언가를 '해야만 하는' 존재라는 것을 중학교는 너에게 가르쳐주었다.

엄마가 그 얘기를 꺼낸 건 여름방학이 시작될 무렵이었다.

저녁 밥상머리에서였다. 너와 동생의 젓가락질로 거칠게 헤집어져 등뼈만 남아 있는 자반고등어 구이가, 실은 고등어가 아니라 새끼 상어였다는 비밀. 그보다 더 중대한 극비 사항을 발설하려는 듯 엄마는 결의에 찬 표정을 짓고 있었다.

긴히 좀 할 말이 있는데.

난데없이 가슴이 벌렁대는 바람에 너는 마지막 밥 한 덩이를 씹지도 않고 꿀떡 삼켰다. 올 것이 왔다. 그런 생각이 뇌리를 강타했는지도 모른다. 왜인지는 알 수 없지만 그때 엄마가 무언가 중대 발표를 하리라는 예감이 들었다. 엄마는 혹시……?

부모님은 사이가 좋은 편이 아니었다. 서로에 대한 기대 지평이 달랐다고 해두자. 엄마는 한 가정의 가장이란 자고로 바지런히 많은 돈을 벌어와 처자식의 삶을 윤택하게 해주는 사람이라는 입장을 견지하고 있었는데, 실제 가장인 아빠는 전혀 부지런한 축이 못 되었다. 엄마가 아빠에게 퍼붓던 말을 너는 토씨 하나 틀리지 않고 외울 수 있었다.

남자가 야심이 있어야지. 허구한 날 술이나 처먹고 놀러나 다니고. 자식들 쑥쑥 크는 거 안 보여? 제발 눈곱만큼이라도 책임감을 좀 가져봐요.

화목한 부부와 귀여운 자녀로 구성된 4인 가족이 '포니 투' 자가용의 앞뒤에 다정히 나눠 타고 외식하러 나가는 그림엽서 같은 풍경이야말로 엄마의 오랜 숙원이었다. 그 꿈을 이루기 위해 엄마는 아빠 몫까지 두 배로 분주했다. 그런데 이제 지쳐버린 것일까. 남동생은 일찌감치 밥 한 그릇을 뚝딱 해치우고 텔레비전 앞에서 넋을 놓고 있었다. 동생의 동글납작한 뒤통수를 너는 물끄러미 바라보았다. 부모의 이혼 후 뿔뿔이 흩어지는 가련한 아이들의 이야기는 드라마와 만화에서 수도 없이 보았다. 「엄마 찾아 삼만 리」의 마르코도 실은 결손 가정의 아들이었을 것이다. 만약 그런 일이 생긴다면, 남매는 어떻게 될 것인가. 엄마가 좋으니, 아빠가 좋으니? 하릴없는 어른들이 꼬맹이를 붙잡고 괜스레 툭 던지곤 하는, 그따위 유치한 질문보다 몇 백 배는 더 실존적인 문제가 어깨를 짓누르고 있었다.

정아야. 이 엄마가 드디어 어려운 결심을 했단다.

엄마가, 너의 귓불에 입술을 가져다 댔다.

……과외를, 하자!

소곤대는 숨결을 타고 훅, 고등어 비린내가 풍겨왔다.

과외(課外).

학교의 정해진 교육 과정 외에 비공식적으로 하는 수업을 통칭한다면, 너에게 그것은 처음이 아니었다. 유년 시절, 엄마는 너에게 그림과 피아노를 가르쳤다. 남동생은 태권도와 웅변학원에 다녔는데, 여자 아이와 남자 아이에게 각각 다른 종류의 특기교육을 시킨 데에 엄마의 특별한 의지가 개입되었던 건 아니었다. 그냥 남들도 대부분 다 그렇게 했기 때문에, 엄마도 그렇게 했다.

미술을 배운 건 여덟 살 때다. 동네의 유일한 미술학원은 4차선 도로를 건너야 하는 곳에 있었다. 미술학원 대신 엄마는 골목 안쪽에 사는 미대생을 찾아갔다. 너에게는 혼자 길을 건너다니는 일이 너무 위험하다고 말했다. 미대생 쪽의 레슨비가 한층 저렴하다는 사실은 말하지 않았다. 너는 엄마의 선택에 순응했다. 앙증맞은 스케치북을 가슴에 꼭 안고서 골목길을 왕복하는 기분이 꽤나 그럴싸하기도 했다. 미대생은 스물한 살이었다. 두 뺨이 보름달 빵처럼 동글동글하고 체격이 자그마한, 소녀라는 표현이 더 어울릴 여자였다.

언니라고 불러.

안 그래도 사촌 언니들보다 더 어려 보인다고 생각했던 그녀가 생긴 것과 달리 너무나도 털털하게 말했기에, 너는 깍듯하게 선생님이라는 호칭을 사용하지 않을 수 없었다. 선생님은 그러나 안타깝게도 어린 제자의 미술 실력 향상에는 큰 관심이 없었다. 선생님의 주의는 보다 거국적인 가치를 향해 온통 쏠려 있었다. 사람을 어떻게 그리라는 말보다 "정아는 우리나라 대통령을 어떻게 생각하니?" 같은 질문을 훨씬 더 잦은 빈도로 했다. 선생님이 그렇게 물어올 때마다 너의 머릿속에서 텅 ―텅 ― 마른 북소리가 울려 퍼졌다.

수업은 자주 중단되었다. 중요한 시위가 있는 날엔, 선생님 대신 선생님 어머니와 나란히 앉아 만화영화만 실컷 보다가 집으로 돌아왔다. 때로는 주인 없는 방에 납작 엎드려 스케치북을 펼쳤다. 엄마가 특별히 사준 왕자표 24색 크레파스를 차례로 꺼내어 흰 백지 위에다 내리그었다. 어떤 날엔 선생님 책상 위에 놓인 못

난이 인형 삼형제를 그리기도 했고, 어떤 날엔 미스코리아 대회에 출전한 네 모습을 그리기도 했다. 그림 속에서 너는 머리에 분홍색 왕관을 쓰고, 장미꽃이 달린 긴 봉을 손에 꼭 쥐고 있었다.

　미술 선생님을 마지막으로 본 건 아홉 시 뉴스에서였다. 평소와 다를 바 없는 뉴스 시간이었다. 대통령이 오늘 하루를 어떻게 보냈다는 소식에 이어, 대학생들의 시위 뉴스가 전해졌다. 아빠는 평소와 다를 바 없이 끌끌 혀를 찼다.
　어이구, 저거 봐라. 저거.
　경탄과 야유, 자조와 선망이 뒤섞인 목소리였다. 너는 반쯤 졸고 있다가 무의식적으로 고개를 들었다. 'GOLD STAR'의 로고가 선명한 흑백 텔레비전 화면 가득, 한 무리의 젊은이들이 비춰지고 있었다. 그들은 허공을 향해 팔을 흔들며 진군하는 중이었다. 너에게도 이미 충분히 익숙한 장면이었다. 너는 멀거니 화면을 쳐다보았다. 갑자기 눈앞이 뿌옇게 변했다. 대열의 선두에 선 채 고함을 지르는 자그마한 여학생…… 너의 미술 선생님이 거기 있었다. 너는 손등으로 눈가를 비비고 또 비볐다. 별안간 귓속이 웽웽 울리고 시야가 아득해졌다.
　눈앞이 뿌옇게 보이는 증세는 계속되었다. 해가 바뀌고 대통령이 바뀌도록 사라지지 않았다. 이듬해 시력검사 결과, 왼쪽 눈, 0.3, 근시, 오른쪽 눈, 0.7, 난시로 판명되었다. 엄마는 기가 막혀 하면서 안경을 맞춰주었다. 미술 선생님은 그 이후 집에 돌아오지 않고 있었다. 미술 레슨은 이미 몇 달 전에 중단되었다. 너는 선생님 집 앞을 지나는 대신 다른 길로 빙 돌아 등하교했다. 선생님을 텔레비전에서 보았다는 말을 아무에게도 하지 않았다. 어쩐지 그래야 할 것 같았다. 1980년의 아이라면 다들 그 정도 행동 요령쯤은 숙지하고 있었을 것이다.

과외전면금지조치가 내려진 것은 1980년 7월 30일이다. 국가보위비상대책위원회라는 길고 요상한 이름의 조직에서 내린 결정이었다.

어머, 오늘 과외 선생님 오시는 날인데 깜빡했네. 그냥 너희들끼리 재미있게 놀렴.

이것은 금지된 문장이었다. 네 입에서 저 비슷한 소리라도 새 나오는 날에는 그야말로 결딴 나는 거라면서, 엄마는 신신당부와 협박을 반복했다. 네가 과외를 하고 있다는 사실이 들통 나는 순간 엄마는 경찰서에 끌려가고, 아빠는 그나마 붙어 있던 회사에서도 단칼에 해고된다는 거였다.

우리 식구 다 끝장이야. 그러니까 아무한테도 말하면 안 된다, 절대로!

너는 입속으로 엄마의 말을 따라해보았다.

끝장이야, 절대로, 절대로, 절대로.

그토록 무시무시한 위험을 감수하고서, 대관절 왜 비밀과외를 받아야 한단 말인가. 이런 의문을 엄마는 단칼에 잘랐다.

너도 곧 알게 되겠지만 세상은 그렇게 만만한 데가 아니란다. 안 된다고 안 할 수 있는 게 아니야. 반드시 되는 일만 해야 하는 건 아니라는 뜻이기도 하고.

들을수록 알쏭달쏭하기만 했다.

과외를 안 하면 공부를 못하게 되고, 공부를 못하면 대학에 못 가게 되고, 대학에 못 가면 시집도 못 간단다. 그래도 괜찮겠니? 이 사회의 낙오자가 되어버려도?

그럼 엄마는 뭔가요? 엄마도 대학을 안 나오셨지만 시집도 가고 또 이렇게 우리도 낳으셨는데.

엄마는 긴 한숨을 내쉬었다.

너도 엄마처럼 살고 싶니? 공부 열심히 해서 의사도 되고 변호사도 되고 너 하고 싶은 거 맘껏 다 하고 살아야지.

더 이상 물어서는 안 된다는 것만은 알 것 같았다.

엄마의 직업은, 그걸 직업이라도 불러도 되는지는 모르겠지만, 미제 물건 장사였다. 맥스웰 하우스의 인스턴트 커피가루, M&M의 새알 초콜릿, 존슨즈 베이비 로션 같은 것들이 안방 벽장 안에 지천으로 널려 있었다. 유리병에 담긴 어린이용 비타민, 곰돌이 모양의 가정용 빙수 기계, 알록달록 타파웨어 세트, 보리차 색깔의 조니 워커 유리병들도 집 안 그득히 넘쳐났다. 그쯤이야 수단만 좋으면 피엑스에서 어렵잖게 빼올 수도 있었을 테지만, 정작 엄마의 주 수입원은, 좀더 수상한 유통 경로를 거쳤음이 분명한, 미제 옷가지와 시계, 그리고 보석류였다. 물건들을 넣은 여행용 보스턴백을 들고 엄마는 하루에 한 번 영업을 나갔다. 강남과 여의도의 아파트 단지, 한남동이나 성북동까지 가는 날도 있다고 했다. 사당동 정아 엄마가 뜨는 날이면 그 동네 사모님들이 외출 계획까지 취소하고 죄 몰려든다는 게 엄마의 설명이었다. 손님들에게는 미국에 사는 친척을 통해 조달받는 물건들이라고 둘러댄다지만, 파는 쪽이나 사는 쪽이나 피차 다 아는 거짓말일 터였다.

한마디로, 엄마는 한다면 하는 사람이었다. 엄마가 그렇게 결정한 이상, 그것이 무엇이든 결국 일은 진행될 것이고 너는 따라야 할 것이었다. 너는 열네 살이고 엄마는 서른일곱 살이었다. 너는 청소년이고 엄마는 어른이었다. 누가 봐도 빤한 승부였다.

비밀과외 선생님은 명문 대학의 법대생이었다.

입학 커트라인이 서울대에 버금간다는 곳이었다. 엄마가 사전에 알려준 정보에 의하면 그의 고향은 충청도이고, 서울로 유학와 학교 앞 하숙집에 기거하고 있다고 했다. 바로 그 하숙집 여주인이 엄마 친구의 사촌언니인데, 여러 명의 하숙생 중에 가장 성실하고 반듯한 그 학생을 평소 눈여겨보다가 너의 과외 선생감으로 특별히 추천하였다는 것이다.

첫 대면일이 다가올수록 이상하게 싱숭생숭해졌다. 미대생 선생님과의 짧은 만남 이후 그때까지 너는 대학생이라는 존재를 가까이서 본 적이 없었다. MBC 강변 가요제의 기타 치며 노래 부르는 대학생. 청춘드라마의 삼각사랑에 빠진 대학생. 네가 보아온 대학생들이란 죄다, 텔레비전 속에 사는 사람들뿐이었다. 네가 기억하는 미술 선생님 얼굴 역시 현실의 것이 아니라 뉴스데스크 속의 것이었다.

과외 선생님은 회색 기지 바지를 입고 나타났다. 맙소사. 너는 가만히 탄식했다. 회색 바지 아래에 파란색 월드컵 운동화가 비죽이 모습을 드러내고 있었다. 월드컵 운동화의 특징은 보색 대비였으므로 W 문양은 당연히 빨간색이었다. 손에 든 가방은 고동색이었는데 불쑥 청진기나 주사기를 꺼낸다 해도 어울릴 만큼 왕진가방과 유사한 모양새를 띠고 있었다. 소매를 척척 걷어 올린 남방셔츠는 이 세상의 모든 색깔들이 사정없이 혼합된 체크무늬였다.

나는 박경수다. 만나서 반가워.

너는 그를 향해 제법 공손하게 인사했다. 엄마가 시킨 대로였다. 윙윙윙윙 선풍기가 힘겹게 돌아가고 있었지만 박경수의 이마에는 숭굴숭굴한 땀방울들이 맺혀 있었다. 엄마가 과일 접시를 내오자 그는 허리를 구십 도로 꺾으며 정중히 감사의 뜻을 표했지만 정작 포크를 집는 척도 하지 않았다.

박경수 선생님과 너는 일주일에 두 번 접선했다.

한 번에 두 시간. 영어와 수학이 각각 한 시간씩이었다. 첫 시간 그는 너의 영어 실력에 무척 당혹스러워하는 눈치였다. 당시 너는 GOOD MORNING은 완벽하게 쓸 수 있지만 BEAUTIFUL의 스펠은 좀 헷갈려하는 정도의 학습 능력을 보유하고 있었다. 중학교 일 학년의 수준으로 지극히 평범한 편이라고 할 수 있었다. 하지만 고향 마을의 독보적인 우등생으로 학창 시절을 보낸 비밀 과외 교사의 관점은 달랐다. 그는 자신의 첫번째 제자가 F와 P를,

R과 L을 자주 혼동한다는 사실을 쉽사리 받아들이지 못했다.

괜찮아. 솔직히 말해도 돼. 진짜 모르는 건 아니지? 꼼꼼히 안 보고, 덜렁거려서 실수한 거지? 내 말이 맞지?

그의 눈빛이 너무도 간절했으므로 차마 그렇지 않다고 할 수는 없었다. 코스모스 지우개의 표면에 볼펜의 똥을 닦으면서, 너는 그저 살포시 미소 지었다. 가정 선생님이 알려준 대로 방문은 약 십 센티미터 가량 열어두었다. 발 고린내라고 할 수도 없고 담배 냄새라고 하기도 어려운, 이전에 미처 맡아보지 못한 야릇한 체취가 방 안 가득 옅게 퍼져 있었다.

다음 시간까지 연습장에다가 뷰티풀을 백 번 써와라. 숙제다. 알았지?

그는 플라스틱 스프링으로 엮은 네 연습장을 아무렇지도 않게 뒤적여댔다. 연습장의 표지는 슛을 쏘는 농구선수 허재의 사진이었다. 과외 선생님은 너희 집에 온 뒤 처음으로 크게 소리 내어 웃었다.

얘 좋아해? 나랑 동갑인데.

너의 두 뺨이 홧홧하게 달아올랐다. 세상일이 대부분 그렇듯, 이유는 알 수 없었다.

너는 언제나 누군가를 좋아했다.

야구도 잘하고 공부도 잘하던 오 학년 때의 반장에서부터 절대로 치마를 입지 않는 여가수 이선희 언니에 이르기까지 네 관심을 끈 대상은 다양하고도 변화무쌍했다. 그러므로 그즈음 시선이 꽂힌 상대가 농구 코트의 야생마 허재라는 건 별 대단한 사건도 아니었다.

너는 궁금했다. 왜 나는 한 사람에게 만족하지 못하는 것일까. 시간이 갈수록 사랑이 깊어지기는커녕 왜 자꾸만, 새로운 사람에게 관심이 쏠리는 것일까. 아아아, 나는 타고난 바람둥이일까?

유한성과 가변성이 로맨스의 속성이라는 것은 어느 책에도 씌어 있지 않았고 어느 누구도 가르쳐주지 않았다. 경배의 유일한 대상에 대해 영원토록 꼿꼿한 절개를 지키기에, 세상은 너무나도 유혹적이었다.

나에겐 아직 운명의 한 사람이 나타나지 않은 거야.

그렇게 생각하자 기분이 좀 나아졌다. 운명! 그것이야말로 사랑의 완성을 위한 필요충분조건이었다. 파름문고판 『올훼스의 창』의 두 주인공 유리우스와 크라우스는 기숙사의 낡은 창가에서 처음 만난다. 그 창가에는 몇 백 년에 걸쳐 전해 내려오는 신화가 있었으니, 창문가에 서서 아래를 내려다보았을 때 최초로 눈이 마주치는 상대가 바로 자신의 운명의 짝이라는 것이다. 유리우스와 크라우스가 자석에 이끌리듯 서로를 알아보는 장면은 운명의 힘이라는 말을 빼고는 설명이 되지 않는다, 고 열네 살의 너는 믿었다.

그러나 현실에서는 사랑을 이루기 위하여 무엇보다, 돈이 필요했다. 학교 앞 문방구에는 빳빳하게 투명 코팅된 컬러 사진들이 주렁주렁 매달려 있었다. 그중에 이선희를 선택하든 허재를 선택하든, 어쨌든, 너는 백 원의 동전을 지불해야만 했다. 재화는 한

정되어 있고 선택의 폭은 넓었다. 허재인가, 이선희인가. 결정하지 못하고 너는 늘 쭈뼛댔다. 그때 너는 몰랐다. 제 안의 욕망을 냉랭하게 응시하는 일이야말로 지상에서 가장 어렵고 고통스럽다는 사실을.

여름이 깊어갔다.

몇 주일 동안 주의 깊게 관찰해본 바에 의하면 과외 선생님은 한 벌의 바지와 두 벌의 상의를 가지고 있었다. 체크무늬 셔츠와 회색 기지 바지가 공식 유니폼이었고, 가끔은 목 둘레가 누렇게 된 흰색의 반팔 면 티셔츠를 입고 나타나기도 했다. 체크무늬 셔츠를 빨아서 말리는 중임에 틀림없었다.

그는 하숙집 아줌마의 평가만큼이나 성실한 편이었다. 약속한 시간을 단 오 분이라도 어기는 법이 없었고, 부득이하게 시간을 변경해야 할 때는 미리 전화를 걸어 조심스레 양해를 구했다. 한 번은 시골에 계신 아버지가 급히 올라오셨기 때문이라고 했고, 또 한 번은 교수님의 심부름으로 어딜 좀 다녀와야 한다고 했다. 엄마는 흔쾌히 승낙했다. 엄마는 너의 과외 선생님을 썩 마음에 들어 하는 눈치였다.

정아 선생님 말예요. 요즘 젊은 애들답지 않게 사람이 참 순수한 것 같아요. 때가 안 탔어.

아빠가 심드렁하게 대꾸했다.

요새 젊은것들. 어떤 놈인지 알 게 뭐야? 그때 그 여자애처럼 데모나 하러 다니는 놈팡이는 설마 아니겠지?

아유 참, 걱정 말라니까. 딱 보면 알아. 사람이 얼마나 순수하
게 생겼는데.

어쨌거나 조심해, 조심! 동네 의심 사지 않게 잘하란 말이야.

당신이 물정을 몰라서 그렇지 우리 정아만 하는 게 아니야. 집
집마다 쉬쉬하면서 다들 시킨다고.

어이구, 당신은 어떻게 된 여자가 도통 세상 무서운 걸 모르나.
겁도 없이 밀수 물건 파는 것도 모자라 이젠 딸년 비밀과외까지
시키다니, 이렇게 매사에 불법을 자행하면서도 두 발 뻗고 잠이
오냐?

불법? 아니, 지금 말 다했어? 내가 혼자만 잘 먹고 잘살겠다고
이 삼복더위에 이러고 다니는 줄 알아?

아무튼지 간에 뭔 사단이 나도 나는 전혀 모르는 일이니까 당신
이 다 알아서 책임을 지라고!

흥. 당신이 무슨 일이든 제대로 책임진 적이나 있고?

뭐야, 이 여편네가. 지금 한판 붙어보자는 거야?

퍽.

퍽.

퍽.

너는 이어폰으로 귀를 틀어막았다. 과외 선생님이 내준 일차
방정식 문제를 풀었다. 우변의 항을 모두 좌변으로 이항하여 정
리하면 좌변은 일차식이 된다. 해(解)는 하나다. 방정식의 세계
는 놀랍도록, 맑고 투명했다.

첫 월급 날, 엄마에게서 눈처럼 새하얀 봉투를 공손히 건네받은 과외 선생님은 약간 머뭇거리더니, 너를 데리고 나가 맛있는 것을 사주겠다고 했다.

친구들이 원래 그러는 거라고 해서.

그가 멋쩍게 뒤통수를 긁적대자 엄마는 입을 가리며 웃었다.

어머, 우리야 고맙죠. 정아는 사촌오빠도 없는데. 경수 학생이 오빠 노릇을 다 해주네.

순간, 엄마가 주책이다 싶었지만, 얼떨결에 너는 그를 따라나서게 되었다. 둘은 아무 말 없이 나란히 길을 걸었다. 하루에도 열두 번씩 지나다니던 골목길이 유난히 길게만 느껴졌다. 어른 남자와 어깨를 나란히 하고 백 미터 넘게 걷는 것은 아빠 말고는 너에게 첫 경험이었다.

뭐 먹고 싶은 거 없어?

없는데요.

그래도 잘 한번 생각해봐라. 찬찬히, 차분차분히.

찬찬히, 차분차분히, 일차 방정식을 풀듯 집중한 결과, 너는 롯데리아의 밀크셰이크와 햄버거가 먹고 싶다는 사실을 알아냈다. 갑자기 인생이란 참으로 엉뚱하다는 생각이 들었다. 과외 선생님과 너는 언제나 마주 앉아 있었으나 호마이카 밥상 위에 참고서를 펼쳐놓고 마주 앉은 것과 롯데리아 테이블 위에 햄버거를 놓고 마주 앉은 것은 몹시 달랐다. 다리가 배배 뒤틀렸다. 밀크셰이크가 차고 달콤하게 혀에 감겨들었다.

정아는 앞으로 뭐가 되고 싶니?

과외 선생님이 난데없이 물었다. 밀크셰이크와, 지독히 안 어울리는 질문이었다. 꼭 무언가가 되어야 하느냐고 되물을 수는 없는 노릇이었다. 그러면 어른들은 지금 반항하는 거냐며 버럭 화를 내거나, 아직 늦지 않았으니 평생을 바칠 만한 꿈을 찾아보라고 진지하게 충고하곤 했다. 물론 이럴 때를 대비하여 만들어놓은 대외 발표용 장래 희망이 있기는 했다. 패션 디자이너라고 할 것인지, 신문기자라고 할 것인지 망설이고 있는데 그가 먼저 입을 열었다.

나는, 너만 했을 때 대통령이 되고 싶었다. 우습지?

아니에요. 지금은 프로야구 선수로 바뀌었지만 제 동생도 예전에는 대통령이 되고 싶다고 그랬는걸요.

그가 민망해할까 봐 유치원 때, 라는 말은 뺐다. 민망하게도 그는 웃지 않았다. 저는 미스코리아가 되고 싶었는걸요, 라고 덧붙이면 그는 웃었을까. 너에게는 침묵이 부담스러울 뿐이었다.

문제는 이 땅의 교육이다. 너도 나중에 대학생이 돼보면 알겠지만 말이다.

그는 자못 비감 어린 표정으로 롯데리아의 통유리창 너머를 응시했다. 거대한 뿔테 안경의 렌즈 위로 햇빛이 반짝, 부서졌다. 아주 짧은 찰나였다. 길어야 일 초. 너는 잠깐 눈을 감았다 떴다.

너는, 네가 얼마나 복 받은 아이인 줄 모를 거다. 행복이라는 말에 대해 생각해본 적 없지?

행복이라니. 그것은 국어 교과서에나 나오는 간지럽거나 비현실적인 표현이 아닌가. 너는 절레절레 고개를 저었다.

174

그래. 모르니까 행복한 거다. 언젠가 너한테 꼭 해주고 싶은 얘기가 있었는데.

선생님은 종이 냅킨으로 이마를 꾹꾹 눌러 닦았다.

네 어머니가 하시는 일, 말이다. 너무 부끄럽게 생각할 필요는 없다. 다 너를 위해 하시는 일이니까. 하지만 너도 이제 중학생이니 아무리 부모님이라도 객관적으로 바라볼 수는 있겠지. 세상에는 돈보다 지혜보다 더 귀중한 가치가 있다는 걸 기억해라.

너는 탁자 밑으로 시선을 떨어뜨렸다. 저 멀리 어디선가 포크레인이 지층을 후벼 파듯 웅웅웅 숨죽인 굉음이 들려왔다.

에이, 아니다. 너한테 이런 말 해서 뭐 하겠니. 일단 너는 공부를 열심히 해라. 이번 시험을 잘 보면, 오빠가 캠퍼스 구경도 시켜주고 세상 돌아가는 얘기도 해주마.

너는 대답 대신 그의 것과 똑같이 생긴 안경의 뿔테를 하릴없이 만지작거렸다.

일 학년 이 학기가 되자마자 치른 첫 시험에서 너는 십일 등을 했다.

교실 앞문에 붙은 학급 전체의 성적표를, 처음으로, 멈춰 선 채 읽었다. 영어 점수와 수학 점수는 사이좋게 구십 점이었다. 담임은 종례 시간에 특별히 너의 사례를 언급했다.

여름방학을 어떻게 보냈느냐에 따라서 이렇게 차이가 나는 거야. 정신들 바짝 차리라고!

몇몇 아이들은 대놓고 입을 삐죽거렸다.

재, 과외 한다며? 집이 좀 사나 보다?

몰랐어? 쟤네 엄마 치맛바람 강력하기로 워낙 유명하잖아.

담임한테 찾아올 때는 케이크 상자 속에 돈 봉투를 넣어온다며.

지껄여대든 말든, 너는, 외면했다. 대응할 만한 뾰족한 다른 방법이 있는 것도 아니었다.

엄마는 네가 받아온 성적표를 뒤집어보고 펴보고, 못 믿겠다는 듯 자기 뺨을 꼬집어보기까지 했다.

역시 뭐든 돈을 들여야 된다니까. 다음에는 꼭 십 등 안에 들어야 한다. 아니지. 내친김에 오 등!

과외 선생님은 담담하게 말했다.

나는 네가 해낼 줄 알았다. 믿었다.

살다 보면 믿음이 운명을 이기는 순간은 꼭 온다,고 그때의 너는 확신했다. 누구라도 그러했을 것이다.

대학 캠퍼스는 광활하고 복잡했다. 광활하고 복잡한 곳에 처음 가면 으레 그렇듯 아마 너는 주눅이 들었던 것 같다. 교문에 들어서 몇 걸음 걷다가 바닥에 깔린 종이를 밟고는, 그만 깜짝 놀라고 말았다. 종이에는 누군가의 얼굴이 그려져 있었는데, 그 훌러덩 벗겨진 이마는, 그러니까, 뭐랄까, 아홉 시 뉴스의 맨 앞에 등장하는 그분의 것과 아주 흡사했기 때문이다. 그 얼굴은 이미 군데군데 찢겨져 나가 있었으며 무수한 발자국으로 꼬질꼬질 더럽혀져 있었다.

왜, 불경스러워?

과외 선생님이 쿡쿡 웃었다.

불경스럽다는 말의 정확한 의미는 몰랐지만 이상한 기분이 드는 건 사실이었다. 살진 돈벌레가 기어 다니는 것처럼 등허리가 스멀거렸다. 과외 선생님은 늘 입고 다니는 셔츠와 바지에 월드컵 운동화 차림이었다. 그렇지만 보통 때와는 어딘지 달라 보였다. 혹시 똑같은 모양에 한 사이즈 큰 옷으로 바꿔 입은 게 아닌지 의심스러울 만큼 헐렁하고 편안해 보였다.

텔레비전에 나오는 것처럼, 꼭 끼는 청바지를 입은 남학생이나 항아리 모양의 플레어스커트를 입은 여학생은 눈에 띄지 않았다. 선생님은 너를 학생식당으로 데려갔다. 그는 수저를 네 앞에 가지런히 놓아주었다. 식판에 담긴 밥은 푸석푸석했고 국에서는 옅은 흙내가 배어났다. 너는 내색하지 않고 얌전히 숟가락질을 했다. 커피 자동판매기 앞에서 선생님은 너를 위해 율무차의 버튼을 누르려고 했지만 네가 고집을 피워 밀크커피를 뽑았다. 네 인생 최초의, 자판기 커피였다.

근처의 운동장 스탠드로 자리를 옮겼다. 작은 운동장이 한눈에 내려다보였다. 하늘은 높았고, 양털구름이 몇 점 평화롭게 떠 있었다. 너는 밀크커피를 한 모금 홀짝 마셔보았다. 달달하고 보드라웠다. 스무 살의 맛이었다. 운동장에는 한 떼의 남자들이 공놀이를 하는 중이었다. 양쪽으로 팀을 나누어, 축구공을 발로 차 넘기는 경기인데, 네트 대신 책가방을 길게 이어 붙여 사용하고 있었다. 하나같이 기지 바지나 군복 바지 비슷한 것을 무릎까지 걸어올린 품새였다.

저게 족구라는 거다. 처음 보지?

네. 근데 바지는 왜 걷은 거예요?

글쎄, 미친놈들이니까 그렇겠지. 이런 시대에 저런 짓거리로 진을 빼다니.

이런 시대가 어떤 시대인지, 저런 짓거리가 어떤 짓거리인지, 너는 알 것도 모를 것도 같았다.

교과서에 나오는 모든 말들이 다 옳은 건 아니야. 진실이란, 그래, 감추어져 있는 거지. 인간으로 태어난 이상 자신만을 위해서 살 수는 없어.

선생님이 비장하게 읊조린 대사와 족구 경기의 연관관계에 대해서는, 미처 듣지 못했다. 그때, 운동장에서 갑작스런 소란이 발발했기 때문이었다. 깃발들이었다.

출정식이군.

선생님이 대수롭잖다는 듯 중얼거렸다. 족구 경기는 중단되었고, 순식간에 운동장의 주인이 교체되었다.

꽃잎처럼 금남로에 뿌려진 너의 붉은 피
두부처럼 잘리어진 어여쁜 너의 젖가슴
오월 그날이 다시 오면 우리 가슴에 붉은 피 솟네
붉은 피, 피, 피!

한 소절씩 딱딱 끊어지는 그 노래를 그가 나직히 따라 불렀다.
두부처럼. 잘리어진. 어여쁜. 너의. 젖가슴.

너는 그동안 먹었던 수많은 두부요리를 떠올렸다.

그날 아침에도 엄마는 순두부찌개를 끓였다. 몽글몽글하고 흐물흐물하고 흰 두부. 급작스러운 구토가 치밀어 올랐다.

정아야, 괜찮아?

선생님이 네 어깨를 짚어주었다. 무릎에 힘이 쭉 빠지고 구역질이 천천히 가라앉았다.

아무렇지도 않아요.

너는 어른스럽게 대답했다. 적어도 너의 귀에는 그렇게 들렸다. 그 순간 너는 네가 '진짜' 청소년이 아니라 '진짜' 어른의 세계에 들어섰다고 생각했다. 왜인지는 모르지만, 두려워졌다.

나쁜 일은 동시에 일어난다.

아빠와 엄마가 크게 다투었다. 늘 투덕거리던 정도를 넘어, 대형 전투에 가까운 부부 싸움이었다. 엄마는 아빠의 이마를 할퀴었고, 아빠는 안방 벽장 속의 미제 물건들을 잡히는 대로 끄집어내어 방바닥에 패대기쳤다. 미제 드롭스와 아스피린과 마사지크림의 잔해 속에서 엄마는 아빠의 팔을 사정없이 물어뜯었다. 아빠는 질세라 주먹으로 엄마의 왼쪽 눈가를 가격했다. 아빠는 집을 나갔고 엄마는 드러누웠다. 너는 엄마의 머리맡에 날계란 두 개를 가져다 놓았다. 싸움의 이유 따위는 궁금하지도 않았다.

과외 선생님은 일주일째 오지 않았다. 약속을 못 지켜서 미안하다는 전화도 하지 않았다. 엄마의 친구의 사촌언니라는 선생님의 하숙집 아줌마도, 그의 자취를 모른다고 했다.

이상하네. 그럴 학생이 아닌데. 집에도 계속 안 들어오고.

다음 월말고사가 다가오고 있었지만 너는 아무런 준비도 하지 않았다. 과외 선생님 없이 혼자 공부했던 기억이 까마득했다. 등굣길 버스에서는 예비군복을 입은 사내가 네 엉덩이를 더듬었다. 너는 소리를 지르는 대신 입술을 깨물었다. 열네 살의 가을이었다. 전화벨이 울릴 때마다 쏜살같이 달려가 수화기를 들었다. 대부분 사당동 정아 엄마를 찾는 전화였다.

나 없다고 그래!

그날도, 엄마는 손사래를 치며 소리 없이 외쳤다. 왼쪽 눈두덩이, 멍으로 퍼렇게 죽어 있었다.

잠깐만 기다리세요.

너는 못 들은 척, 수화기를 엄마에게 넘겨주었다. 아니, 실제로 정신이 온통 다른 데 팔려 엄마의 소리 없는 외침을 못 알아들었는지도 몰랐다. 엄마는 순간, 콧잔등을 찡그렸지만 너를 째려볼 기운도 없는지 순순히 수화기를 건네받았다. 동생은 텔레비전 앞에 붙어 앉아 있었다. 대학 농구 중계방송이었다. 중앙대와 연세대의 경기. 6번 백넘버를 단 허재 선수의 모습을 카메라가 오래 따라다녔다. 너는 조용히 현관문을 열고 밖으로 나왔다. 가을이 깊었다. 여름이 가고 가을이 왔듯 시간은 규칙적인 속도로 흘러갈 것이었다. 겨울이 지나면 너는 열다섯이 되고 스무 살, 서른두 살, 마흔일곱 살…… 차곡차곡 늙어갈 것이었다. 시간의 가장자리에서 지금처럼 어느덧 기진맥진해질지도 몰랐다.

너는 지하철역으로 갔다. 혼자서 처음 타는 지하철은 이상하게 하나도 무섭지 않았다. 일 년 전에 개통된 2호선은 순환선이었고, 사당 역에서 신촌 역까지는 넉넉잡고 사십 분이면 도착하는 거리였다. 일요일 오후여서인지 지하철은 한산했다. 너는 의자에 앉지 않았다. 워크맨을 가져오지 않은 것을 잠깐 후회했지만 어떤 음악을 들어도 눈물이 날 것 같았으니 오히려 다행이었다.

너는 신촌 역에서 내리지 않았다.

사당-낙성대-서울대입구-봉천-신림-신대방-구로공단-대림-신도림-문래-영등포구청-당산-합정-홍대입구-신촌을 지나쳐

이대-아현-충정로-시청-을지로입구-을지로3가-을지로4가-동대문운동장-신당-상왕십리-왕십리-뚝섬-잠실-종합운동장-삼성-역삼-강남-교대-서초-방배-사당으로

돌아왔다.

그날 밤, 엄마는 돌아오지 않았다.

네가 바꿔준 전화를 받은 다음에, 여느 때처럼 보스턴백에 주섬주섬 물건을 담아 집을 나갔다고 했다.

엄마는 증발되었다.

친척들이 모두 모여 대책 회의를 열었다. 경찰서 유치장에도, 종합병원 응급실에도, 엄마와 같은 이름을 가진 여자는 없다고 했다. 외가 식구들은 아빠를 원망했다. 아빠는 얼굴색이 누렇게 변했을 뿐 도통 입을 열지 않았다. 친가 식구들 중 누군가가 엄마의 자발적 가출을 의심하는 발언을 했다. 외가 쪽 친척과 친가 쪽

친척이 두 패로 나뉘어 싸우기 시작했다. 동생은 울음을 터뜨렸다. 너는 동생의 콧물을 닦아주고 밥상을 차려주었다. 계란 프라이를 하고, 냉장고에서 김치를 꺼내어 찌개를 끓였다. 찌개에 두부는 넣지 않았다.

너는 열심히 뉴스를 보는 아이가 되었다. 일곱 시 뉴스도, 아홉 시 뉴스도, 자정 뉴스도 매일매일 꼭 보았다. 언젠가 미술 선생님을 목격했을 때처럼 손등으로 눈가를 비비고 또 비볐지만 어떤 뉴스에도 과외 선생님의 소식은 나오지 않았다. 엄마의 소식도 나오지 않았다. 엄마가 가지고 간 보스턴백의 안부도 나오지 않았다.

마지막 전화를 걸어 엄마를 바꿔달라고 한 사람의 목소리는커녕 성별조차 거짓말인 듯 떠오르지 않았다. 네가 그 전화를 바꿔주지 않았더라면, 엄마는 아무 데도 가지 않았을까. 가지 않았을까. 너는 목젖이 얼얼하도록 소리쳐 묻고 싶었지만 누구에게 물어야 할지 몰라서 아무에게도 묻지 않았다.

월말고사에서 너는 사십 등을 했다.

성적표를 주면서 담임은 대놓고 혀를 찼다. 교실 앞문에 또다시 새로운 순위 표가 내걸렸다. 너는 멈춰 선 채, 대자보를 닮은 그 커다란 종이를 똑바로 올려다보았다. 불쾌하지도, 부끄럽지도 않았다. 세상에는 운명을 받아들인다,는 문장이 있다. 너는 그 비밀을 이해할 것도 같았다.

비밀과외 선생님은 간밤에 내린 첫눈처럼 갑자기 찾아왔다.

체크무늬 셔츠 위에 국방색 점퍼를 덧입고 있어서 하마터면 너는 그를 알아보지 못할 뻔했다.

어머니 계시니?

안 계신데요.

수염을 깎지 않아 약간 초췌해 보이긴 했지만 그렇다고 어디가 불편해 보이지도 않았다. 너는, 현관에 서 계시지 말고 안으로 들어오라고 말하려다가 그만두었다. 엄마의 행방불명에 대해 구태여 설명하고 싶지는 않았다. 그의 파란색 월드컵 운동화 앞 코가 그새 많이 해져 있었다.

그럼 어머닌 언제쯤 돌아오실까.

잘 모르겠어요.

그래? 그럼 저녁쯤에?

……아마, 빨리 오시지는 않을 거예요.

선생님은 몹시 난처한 기색이 역력했다.

오빠가 정아 어머니를 급하게 뵈어야 할 일이 있거든. 지금은 기다릴 시간이 없고, 말씀 좀 대신 전해줄래?

……네.

지난여름에, 내가 일을 갑작스럽게 그만두게 되어서 말이야. 그러니까, 그달치 월급을 못 받았거든. 아, 물론 한 달을 꼭 채우지는 못했으니까, 백 퍼센트를 다 주십사 하는 건 아니고. 그래, 거기까지만 말씀드리면 아마 아실 거다.

다음 날 하굣길에 너는 새마을금고에 들렀다.

네 이름으로 된 계좌에는 국민학교에 입학하기 전부터 모아온 세뱃돈과 용돈이 들어 있었다. 너는 전액을 인출했다. 오뚝이저 금통에서 꺼내온 동전들도 지폐로 교환했다. 돈은 모두 십삼만팔천이백 원이었다. 너는 그것을 흰 종이봉투에 넣었다.

네가 내민 봉투를, 과외 선생님은 점퍼 주머니 깊숙이 찔러 넣었다. 어머니께 감사하다는 말을 꼭 전해달라고 그는 너에게 부탁했다. 너는 알겠다고, 그렇게 하겠다고, 대답했다. 비밀과외의 대가(代價)였다.

누구에게나 열네 살은 왔다 간다. 1985년 그해, 너에게도.

빛의 제국

아이들은 모두 열여섯 살 이상 스무 살 미만입니다. 고등학교 학령에 해당하는 나이의
여자아이들만 살고 있지요. 아시는 대로, 소년분류심사원에서 제7호 처분을 받은 뒤에
이곳에 오게 됩니다. 초범은 보통 6호 처분을 받고, 7호는 반복해서 잘못을 저지른 경우예요.
처음부터 여기 오는 애들은, 그러니까 아무래도 좀 심한. 누굴 죽였다든지 하는.

김현수, 33세, Y대학 부설 자살문화연구센터의 계약직 연구원

2004년은 투신자살자의 비율이 유난히 높았던 해로 기록되어 있다.

장유희의 사체가 발견된 것은 2004년 10월의 네번째 금요일 밤이었다. 향년 17세. 그녀는 상습 절도 혐의로 소년법상 제7호 보호관찰처분을 선고받고 여성 전용 소년원인 비원여자고등학교에 수용 중이었다. 경찰이 판단한 직접 사인은 추락에 의한 좌측 후두부 파열. 투신자살이라는 뜻이었다. 유족은 소녀가 자살할 만한 이유가 없다며 강한 의혹을 제기했지만, 그렇다고 자살이 아니라고 단정지을 만한 특별한 증거가 있는 것도 아니었다.

서기 2004년에 대하여 나는 많은 것을 기억하고 있지는 않다. 그해 동네 중국음식점의 자장면 한 그릇이 삼천 원이었으며 사람을 스무 명도 넘게 죽인 연쇄 살인범이 체포되었고 아테네 올림픽

이 개최되었다는 사실은 한국 현대사 연감을 통해 확인했다. 자료를 읽는 동안 까마득히 잊고 있던 그때의 일들이 갑자기 어슴푸레 떠오르는 느낌이 들었다. 제17대 국회의원 선거의 당선자 명단이 소속 정당별로 깨알같이 박혀 있는 페이지의 한 귀퉁이에다 샤프펜슬로 계산을 해보았다. 2022-2004=18. 지금 서른세 살이니 그해에 나는 열다섯 살이었다. 장래 희망을 묻는 설문지에 득의양양하게 '노숙자'라고 적어 넣었던 것이 열다섯 살 때인지 열여섯 살 때인지, 이도 저도 아니라면 열네 살 때인지 헷갈렸다. 다른 녀석들이 한의사, 영화감독, 증권분석가 같은 직업을 써넣었던 것만은 분명했다. 그 틈에서 '내 꿈은 노숙자가 되는 거야'라고 말하는 건 적어도 '내 꿈은 우주비행사가 되는 거야'라는 것보다는 남자다워 보인다고 생각하던 시절이었다. 현대사 연감에 의하면 정부가 전국의 노숙자 및 부랑자 들을 보호 시설에 강제로 수용한 것이 2010년 6월이었다. 요즘 아이들은 노숙자라는 단어 자체를 모를 수도 있겠다는 생각이 들자 어쩐지 좀 섭섭해졌다.

이제껏 나는 과거의 일에는 별 관심을 두지 않고 살아왔다. 한국전쟁이나 한일 국교 정상화, 1990년대의 외환 위기 같은 것을 주제로 다루는 주말 밤의 TV 다큐멘터리 쇼는 지루해서 보지 않는다. 그 시간에는, 양가의 반대를 무릅쓰고 열렬한 사랑을 불태우는 연인들이 나오는 드라마를 시청하거나, 사귄 지 육 개월째인 여자 친구와 데이트를 한다. 지금까지 나는 일상이란 그저 앞으로 흘러가는 것이라고 믿고 있었다. 대부분의 사람들처럼 말이다.

모교의 자살문화연구센터의 연구원이 된 건 약 한 달 전부터다.

새로 발족하는 연구소의 계약직 연구원 모집 요강에는 대화학(對話學) 박사 과정 수료 이상의 자격 요건이 명시되어 있었다. 연구소장인 사회학과의 허교수는 지도 교수의 추천서를 들고 찾아간 나를 꽤 호의적인 태도로 대했다.

"자네, 요새 보기 드물게 반듯한 가정에서 자랐군. 그 점이 특히 안심이 되네."

나는 적잖이 당황했다. 양친이 법적인 부부 관계를 유지한 채 삼십 년 이상을 살아온 것은 확실하지만, 그렇다고 해서 타인에게 반듯하다는 평가를 들을 만큼 대단한 가정은 아니었다. 그리고 반듯한 가정이라니. 그렇게 주관적인 가치판단이 들어 있는 표현은 위험했다. 자칫 극렬 보수주의자의 이미지로 낙인찍히기 십상이었다. 허교수는 과연 학교 안팎에 소문난 대로 거칠 게 없는 사람처럼 보였다. 나는 원하던 대로 이 년 임기의 계약직 연구원이 되었다. 기뻤다. 언론에서 매일 실업률 해소 방안에 대해 떠들어대는 이런 불안한 시기에 전공을 살려 취업에 성공했다는 것은 보통 일이 아니었다. 이렇게 비실용적인 전공으로는 더욱 그렇다. 이제는 인간관계의 내밀한 커뮤니케이션 같은 가치는 유행 지난 양복에서 나는 좀약 냄새만큼이나 낡은 것으로 취급되는 시대다.

자살문화연구센터를 사람들은 자문연이라고 줄여 불렀다. 대형 시스템을 선호하는 근래 대학 연구소의 추세에 비춰볼 때 자문연은 비교적 조촐한 규모의 조직이었다. 상근 조교 한 명 외에 박사급 연구원들 예닐곱 명이 속해 있을 뿐이었다. 행동과학, 법의학,

청소년 발달심리학 등등 연구원들의 전공은 제각각 달랐지만, 자신이 이곳에서 정확히 어떤 일을 해야 하는지 모르고 있기는 마찬가지였다. 하긴 대학부설 연구소라는 곳의 정체가 원래 다 그렇고 그렇긴 하지만 말이다. OECD 가입 국가별 자살 증가율에 관한 실태 보고서 따위를 정리하며 시간을 보내는 대가치고는 적지 않은 연봉이었으므로 나는 새로운 생활에 그럭저럭 만족했다.

며칠 전 아침, 허교수가 나를 호출했다.

"자네, 비원여자고등학교에 대해 알고 있나?"

"W시에 있는 소년원 시설 말씀이십니까? 얼마 뒤에 철거된다는."

"아, 철거되는 것은 아니고 박물관이 된다는구먼. 누구 머리에서 나온 발상인지 참."

그는 별안간 목소리를 낮추었다.

"김박사, 이제부터 내가 하는 말 잘 듣게. 2004년 10월에 그곳에서 여자 아이 하나가 죽었네. 옥상에서 떨어졌지. 뭐든 주먹구구식으로 처리해버리던 시대였으니 자살로 덮어버리기도 쉬웠을 거야. 하지만 이게 말이야. 그냥 묻어버리기에는 석연찮은 구석이 아주 많은 케이스거든. 알겠나? 이제부터 우리는 그녀의 안타까운 죽음에 얽힌 미스터리를 풀어가야 하네."

"……"

"사소해 보일 테지만 이건 자네의 예상보다 훨씬 커다란 프로젝트가 될 거야. 세상이 뒤집힐 수도 있지. 내가 무슨 얘기를 하는지 알아듣기 어렵다는 거 잘 알아. 하지만 애써 머리로 분석하려 들지 말고, 가슴, 그래, 가슴으로 바라보라고! 인권 차원에서만 봐도 이건 아주 심각한 사건이거든. 자살이 사실은 자살이 아니었다는 것, 지금처럼 높은 자살률의 뒤편에 실은 음험한 음모가 있을지도 모른다는 것, 그렇게 접근을 해보자는 거지. 우리 자살문화연구센터의 첫번째 프로젝트로서 아주 의미 있는 일이 되리라는 확신이 드는군."

허교수가 웃자 새하얀 의치가 작위적으로 반짝였다. 치석과 니코틴의 흔적으로 더러워진 치아를 새것으로 전면 교체하는 시술이 대유행이었다. 나는 입술을 다문 채 미소 지었다. 뭔가 고약한 데 얽히게 될지도 모른다는 불안감이 치밀어 올랐다.

신희경, 45세, 비원여자고등학교의 책임 교도관

우리 학교에 오신 것을 진심으로 환영합니다. 처음 내방하시는 분들은 많이 놀라시죠. 우리 학교가 이렇게 경관이 수려한 곳에 있다는 걸 모르셨나 봐요. 소녀들이 사는 집답게 아늑하고 오밀조밀하게 꾸며놓았다는 감탄도 많이들 하십니다. 우리 비원여고는 2004년 여름 문을 열어 올해로 개원 18년째를 맞고 있습니다. 민영으로서는 최초의 청소년 교화 기관이죠. 아, 소년원이라는 단어는 사용하지 말아주세요. 지난 세기말인 1997년에 이미 소년원의 현판을 일반학교로 바꾸는 법령이 시행되었답니다. 소년원보다는 고등학교라는 용어가 아이들을 위해 여러모로 더 낫지 않겠어요?

우리 비원 출신들이 사회 곳곳에서 똑 부러지게 제 몫을 다하고 있는 자랑스러운 모습들은 아마 각종 언론을 통해 많이 접하셨을 겁니다. 사법고시 합격생도 있고 탤런트도 있고 또 보험 여왕도 있지요. 그 애들은 이곳 출신이라는 걸 감추지 않아요. 비원을 단순히 어릴 적에 거쳐간 학교가 아니라, 자신들의 영혼을 깨끗하게 정화시켜준 고마운 마음의 본향으로 여기고 있답니다. 인간이란 원래 연약한 영육을 소유한 존재가 아니겠어요? 더군다나 모든 것이 아직 미성숙하고 판단력도 부족한 어린 나이에 뭘 제대로 알까요? 몰라서 저지른 범죄는 개인의 죄가 아니라 사회와 국가의 책임입니다. 따뜻한 관심을 가지고 지켜보면 하나하나 착하고 맑은 아이들이에요. 성인범에 비해 교화의 가능성이 수십 배는 더 높답니다.

아이들은 모두 열여섯 살 이상 스무 살 미만입니다. 고등학교 학령에 해당하는 나이의 여자 아이들만 살고 있지요. 아시는 대로, 소년분류심사원에서 제7호 처분을 받은 뒤에 이곳에 오게 됩니다. 초범은 보통 6호 처분을 받고, 7호는 반복해서 잘못을 저지른 경우예요. 처음부터 여기 오는 애들은, 그러니까 아무래도 좀 심한, 누굴 죽였다든지 하는. 아아, 그런 얘기는 그만두죠. 본성이 사악한 아이는 거의 없으니까요. 문제는 환경입니다. 지금까지 수많은 아이들을 지켜본 제가 내린 결론으로는 틀림없이 그렇습니다. 아이들이 이곳에 머무는 기간은 대개 육 개월에서 이 년까지입니다. 기간은 우리 자의대로 정하는 게 아니라 분류심사원에서 이곳에 보낼 때부터 지정해줍니다. 물론 재범의 우려가 높다거나 사회에의 복귀가 조금 걱정스러운 경우에는 담당교사의 재량에 따라 교화 기간을 연장시킬 수 있지요. 이곳을 떠나 집으로 돌아가야 할 때 섭섭하다고 우는 아이들도 꽤 많답니다. 그런 게 바로 가르치는 저희의 보람이지요.

자, 이제 학교 안을 둘러보시겠어요? 일반적인 고등학교와 다른 점은 거의 없답니다. 시설은 오히려 우리가 훨씬 고급해요. 교문의 동쪽에는 수업을 받는 학교동(棟)이, 서쪽에는 기숙사동이 있습니다. 가운데 건물은 실내 수영장과 도서관이고요. 오백 명을 한꺼번에 수용할 수 있는 계단식 강당도 있습니다. 교과 수업은 주간 스물다섯 시간을 넘지 않습니다. 오후에는 네일 아트나 헤어 디자인, 보석 감정 같은 실용 클래스를 열지요. 어차피 일반 학교로 돌아가기보다는 사회에 곧바로 나가야 하는 경우가 많으니까요. 전통적으로 오후반 수업에 대한 아이들의 호응도가 더 좋습니다. 기상 시간은 일주일 내내 오전 여섯 시 반입니다. 아이들이 이곳 생활에서 가장 힘들어하는 부분이죠. 하지만 개원 이래 지금까지 철저히 고수되어온 기본 규율입니다. 교정 교육이란 거창한 게 아니라 아주 작은 생활 습관을 바꾸는 것에서부터 출발하거든요. 아이들의 심신 발달에 알맞은 환경을 조성하고 안정된 생활 속에서 성장 가능성을 최대한 신장시킴으로써 사회적응력을 길러 민주국민으로 사회에 복귀할 수 있도록 하는 것이 소년원 법의 규정입니다.

교훈은 '사랑으로 거듭나자.' 설립 이념은 '국친(國親)'입니다. 부모가 제 노릇을 제대로 하지 못할 때 그 역할을 국가가 대신한다는 의미이지요. 미성년자를 보호하고 감독하는 부모로서의 의무. 우리는 말하자면 국가로부터 부모 역할을 위탁받은 거고요. 진정 현명하고 자애로운 부모라면 말썽 부리는 자녀를 어떻게 대해야 할지 늘 고민하겠지요? 저희 교사들도 어떻게 하면 사랑하는 아이들을 온전한 정상인으로 만들 수 있을지 늘 머리를 맞대고 연구한답니다. 그것이 이사장님이 내리신 지침이지요. 유동협 의원님 말입니다. 참으로 대단한 분이세요. 그분이 이 사회와 국가에 대해 가진 투철한 사명감은 범속한 우리가 감히 헤아리기 어려운 경지라고 생각합니다.

아이들이 기거하는 방은 2인 1실입니다. 싱글 침대 두 개와 책상 두 개, 개인 사물함과 옷장이 비치되어 있습니다. 원래는 한방에 열 명가량 기거하는 내무반식 구조였는데 오 년 전에 이사장님께서 사비를 털어 내부를 초현대식으로 싹 바꾸셨지요. 국내의 어느 대학 기숙사와 비교해도 부럽지 않은 수준의 인테리어일 겁니다. 자부해요. 사적으로 가지고 들어올 수 있는 건 아무것도 없습니다. 교복과 체육복, 양말과 브래지어, 손톱깎이와 생리용품까지 생활에 필요한 일체를 우리가 지급한답니다. 식당은 일 층입니다. 일급 영양사 선생님 두 분이 매일의 식단을 짜시지요. 심신을 편안하게 하기 위해 비타민과 미네랄이 충분히 함유된 재료를 듬뿍 사용하고요. 지나친 육류 단백질 섭취가 공격적인 습성을 야기할 수 있다는 연구 결과가 발표된 뒤에는 육류를 가급적 자제하고, 생선과 식물성 단백질 위주로 공급합니다. 카페인은 전혀 제공되지 않지요. 끽연은 절대 금지입니다. 적발 시에는 생활점수 사십 점을 감점하지요. 합산 점수가 오십 점 이하인 아이들은 징벌 대상이 됩니다. 일주일 간 징벌방에 수용하고 외부 면회를 삼 개월 간 금지당하는 벌을 받게 돼요. 총점 삼십 점 이하는 퇴교입니다. 퇴교당하면 성인 교도소로 가야 합니다.

솔직히 말씀드리면 몇 년 전까지만 해도 흡연 관리가 참으로 어려웠어요. 아이들의 생활을 들여다볼 수 있는 수단이라곤 각 방과 복도에 설치된 폐쇄 회로 화면이 전부였으니까요. 방문자들이 버리고 간 꽁초를 주워 피우기도 하고 어디서 용케 구하는 건지 아예 한 갑씩 몰래 숨겨두고 피우는 간 큰 녀석들도 간혹 있었습니다. 카메라 설치된 곳을 절묘하게 피해가며 피워대는 거죠. 그러다 걸리는 경우가 한 달이면 꼭 두어 건은 되었어요. 하지만 문제는 거의 해결되었습니다. 전국 교화 시설 아이들의 팔뚝에 마이크로 칩을 내장하는 법안이 국회를 통과한 다음부터 말입니다. 이제는 메인 컴퓨터를 통해 아이들 각각의 몸 상태를 일일이 체크할 수 있게 되어 여러모로 아주 편리하답니다.

이런 곳이 곧 문을 닫는다는 건 너무나도 안타까운 일입니다. 여기서 청춘을 다 바친 제 입장에서 하는 얘기가 아니에요. 이건 넓게 보면 국가적 손실일 수도 있습니다. 우리 비원학교의 사례는 국제적으로 저명한 범죄학 심포지엄에서도 몇 번이나 의제로 다루어졌습니다. 또 CNN을 비롯한 세계 곳곳의 유명 방송사에서 취재를 해가기도 했지요. 아시는지 모르겠지만 싱가포르와 케냐 정부에서는 아예 우리 학교를 본떠 소녀 전용 교화 기관을 새로 만들었답니다. 싱가포르의 개원식 행사에는 이사장님 이하 우리 교사 대표단도 초대받아 참석하였어요. 여자 선생님들은 태극문

양으로 만든 드레스를 맞춰 입고 파티장에 입장했답니다. 아, 얼마나 자랑스럽던 순간인지. 영원히 잊지 못할 거예요.

그러나 세상은 너무도 빠르게 변하고 있습니다. 인정하지 않을 수가 없어요. 다음 달에 아이들 몸속의 마이크로 칩을 신형으로 교환하면, 그걸 부착한 아이들은 각자에게 정해진 생활 구역 밖으로 단 일 미터도 벗어날 수 없게 된다고 해요. 중앙 시스템에 이상 경보음이 울리는 순간 바로 경찰이 출동하게 된다지요. 이제 제7호 처분을 선고받은 아이들을 사회 밖으로 따로 격리하지 않고서도 통제할 수 있게 된 것입니다. 그 장치를 개발한 사람은 곧 대통령 표창을 받게 될 거라고 하더군요. 비원여자고등학교는 비록 문을 닫지만, 사라지는 것은 아니에요. 학교 전체를 박물관으로 만들 예정이거든요. 일선 중고교생들을 대상으로 단체 견학 신청을 받고, 사회적 성공을 거둔 비원여고 졸업생들을 주축으로 강사진을 구성해서 청소년 범죄 예방 교육의 산실로 활용할 겁니다.

더 궁금한 점은 없으신가요? 글쎄, 2004년 10월이라면 너무 까마득한 옛일이 돼놔서. 자료를 한번 찾아볼게요. 장유희. 1988년 출생. 2004년 사망. 흐음, 절도를 네 번이나 하다니 죄질이 별로 좋지 않군요. 뉘우치지 못하고 똑같은 잘못을 반복하는 경우가 가장 문제입니다. 장유희는 비원여고가 문을 열면서 국립소년원으로부터 이감되어 온 경우네요. 초기 적응에 여러 가지 트러블이 있었을 겁니다. 모친은 가출, 부친은 극심한 알코올 중독. 전형적인 빈곤 가정 출신이군요. 원생들 중에 퍽 흔하게 발견되는 유형입니다. 이런 가정의 아이들을 고위험 군(群)으로 분류해서

출생 시부터 특별 관리에 들어가도록 하는 법안을 지금 국회 복지
위원회에서 심의 중입니다. 우리 사회의 근본적인 안전판 확충을
위해서는 최선의 방법이 되리라고 확신해요. 그런데 장유희에 대
해 무엇이 궁금하신 거죠? 현실을 견디지 못할 만큼 나약한 성품
을 가졌으니 남의 물건에 손을 댔을 거고, 또 그만큼 참을성이 부
족하니 죽음을 선택했겠지요.

박은정, 35세, 가정주부

저는 그냥, 평범한 아줌마예요. 참 재미있네요. 어렸을 땐 아줌
마란 소리를 내 입으로 아무렇지도 않게 하는 날이 올 줄은 몰랐
는데. 아줌마들은 종일 뭘 하면서 시간을 보낼까, 밥하고 설거지
하고 아침드라마 보고 낮잠 자고 또 밥하고 빨래하고 청소하는 하
루가 지겹지는 않을까 궁금했던 것 같아요. 근데 막상 아줌마가
돼보니 지겨울 것도 없고 지겹지 않을 것도 없고 하루하루가 이냥
저냥 흘러가네요. 이만하면 행복하죠. 네, 행복하다고 생각해요.
애들 건강하고 남편도 큰 능력은 없지만 그만하면 가정적이거든
요. 요즘처럼 경기도 나쁘고 세상이 어수선한 때에 우리 네 식구
별 탈 없이 편안히 사는 것만으로도 복 받은 일이다 싶긴 해요.
나이가 들어갈수록 매사에 조심스러워지고, 또 지켜야 할 것도
많아지네요.

제가 거기 있었다는 거, 애 아빠는 몰라요. 속이려고 작정한 건
아닌데 그냥 일이 그렇게 돼버렸어요. 부부 사이에는 비밀이 없
어야 한다는 말, 왜 모르겠어요. 그치만 비밀도 비밀 나름이죠.

혼인신고할 때 얼마나 마음 졸였는지 몰라요. 구청에서 컴퓨터 딱딱 두드리면 나에 대해 다 뜰까 봐. 남편은 자꾸 물어봐요. 왜 너는 학교 때 친구가 하나도 없냐. 졸업 앨범도 없냐. 몸이 약해서 학교를 못 나갔다고 대충 둘러대기는 했는데 괜히 도둑이 제발 저리다고 이 남자가 무슨 눈치를 챘는지 항상 신경 쓰이고 그러네요.

얼마 전엔 시댁 식구들이랑 다같이 텔레비전을 보는데 거기 같이 있었던 애가 나오는 거예요. 있잖아요, 탤런트 이마리라고. 불우한 과거를 극복했다고 맨날 떠들고 다니는. 저랑 같이 있었던 애예요. 언젠가는 토크쇼에 나와서 자기는 거기 가서 완전히 새 사람이 됐다고. 자기를 새로 태어나게 만들어준 유동협이 평생의 은인이라고 눈물 콧물 다 짜내는데 민망해서 눈 둘 데가 없더라고요. 화장실 가는 척 슬그머니 일어나버렸어요. 그 거지 같은 과거가 뭐가 자랑스럽다고 자꾸 우려먹는지, 참. 모르긴 해도 연예계에서 이만큼 클 때까지 이사장이 뒤를 봐줬을 거예요. 그 사람 옛날부터 연예계 쪽에 발이 되게 넓은 것 같았거든요. 우리 거기 있을 때도 별의별 가수들이 다 위문 공연하러 오고 했으니까.

외부 방문객은 꽤 많았어요. 손님들이 오면 우리는 전부 강당에 집합해야 했죠. 그전에 일단 복장 검사를 받아야 했어요. 손톱은 아주 짧게, 때가 끼어 있어도 안 돼요. 교복 블라우스의 플랫 칼라에는 티끌만 한 얼룩도 있어서는 안 되고, 블라우스를 치마 밖으로 빼 입었다면 마이너스 십 점이죠. 재킷 단추에 새겨진 학교 로고가 뒤집혀 있으면 그것도 감점 대상이 되었는걸요. 한번은 어떤 애가 흰 커버양말 대신 맨발에 구두를 신고 강당에 왔다가 교도대원들한테 끌려 나갔어요. 다들 목졸린 생쥐처럼 눈만 내리깔고 있었죠. 그 당시에 P시에서 싸움으로 짱 먹다 온 애였는데 그렇게 나가더니 다시 돌아오지 않았어요. 생활점수가 낙제였던 거죠. 좀 칠칠맞지 못해서 교도관한테 사사건건 죽어나던 애였거든요. C시의 여자 교도소로 갔다, 지리산 어디의 보호감호소로 갔다, 아니다, 이사장이 술집에 팔아버렸다, 애들 사이에서 별별 소문이 다 돌았지만 아직도 몰라요. 그때 걔는 어디로 갔을까요. 어디서 나처럼 아줌마가 되어 아이 키우며 살고 있겠죠? 그래야 할 텐데…… 하여간 방문단이 온다는 소식이 전해지면 기숙사 분위기가 가라앉곤 했죠.

제일 싫은 건 종교단체 사람들. 선물이라면서 싸구려 과자 봉지를 들고 와서는 잘 모르는 찬송가만 실컷 부르다 가는데 뭐가 좋겠어요. 설교랍시고, 너희는 길 잃은 어린양이니 하느님이 보살펴주실 거라는 짜증 나는 얘기만 늘어놓고 말예요. 대학생들이 오면 그보단 좀 낫죠. 설교는 안 하니까. 근처에 자매결연 맺은 대학이 하나 있었는데 그 학생들이 정기적으로 와서 연극도 하고 노래 공연도 하고 그랬어요, 유희 죽던 날처럼.

그날…… 후유, 어떡하나. 기억이 잘 안 나요. 거기를 나오면서, 그 안에서 있었던 일들은 깡그리 다 잊어버리자, 머릿속에 아무것도 남기지 말자, 혼자 입술 꼭 깨물고 다짐해서 그런가 봐요. 그런데 이상하게도 그날 날씨만은 생생하게 떠오르네요. 흐리지도 맑지도 않고 춥지도 덥지도 않았어요. 일년 삼백육십오일 중에서도 정작 그렇게 무난한 날은 별로 없잖아요. 비도 안 오고 바

람도 불지 않고 나쁠 것도 좋을 것도 없는 날씨. 특이한 데라곤 전
혀 없이. 인생도 그렇게 잔잔히 흘러가준다면 얼마나 좋을까……
불가능한 꿈이라는 걸 잘 알아요. 그날 하루가 결국 그렇게 끝나버
렸듯이.

유희는 예쁜 애는 아니었어요. 똑같은 교복을 입은 애들 사이
에 섞여 있으면 얼른 찾아내기 힘든 얼굴을 가졌죠. 그때야 무조
건 예쁜 게 최고인 줄 알던 나이였어요. 그런데 지나고 보니 눈에
띄게 예쁜 게 꼭 좋은 일만은 아니었겠다 싶기도 하네요. 특히 가
진 게 아무것도 없는 여자애가 얼굴이 반반하다면 안 그래도 고단
한 인생살이가 더 복잡하게 꼬여갈 확률이 높아요. 어리고 가난
하고 예쁜 여자애가 선택할 수 있는 삶은 별로 다양하지 못하니까
요. 그렇다고 해서 가난하고 예쁘지 않은 여자애가 더 많은 기회
를 가질 수 있다는 뜻은 아니지만요. 밤거리에 술 취해 널브러져
있는 아저씨 주머니에서 지갑을 슬쩍 빼내다 방범대원한테 정통
으로 걸린 저나, 일하던 주유소의 금고에 손을 댔다가 끌려온 유
희나, 그 짓을 하고 싶어서 한 건 아니었으니까. 몸을 팔았든 돈
을 훔쳤든 간에 진짜로 자기가 하고 싶은 일 실컷 하다가 거기 잡
혀 들어온 애는 하나도 못 봤어요.

유희하고는 아주 친한 사이는 아니었어요. 바로 옆방에서 지내
기는 했지만 같은 방을 쓰는 애들도 열 명이 넘었는걸요. 밤마다
군대 내무반처럼 된 긴 방에서 수저통의 젓가락들처럼 잠들어야
했어요. 옆에서 자는 아이와도 몸을 닿지 않으려 애썼는데 굳이
다른 방에 속한 저랑 별반 달라 뵈지 않는 아이와 말을 섞게 되지

는 않더라고요. 방 천장 양끝에는 CCTV 카메라가 매달려 있었어요. 복도에도, 교실에도, 식당에도, 그리고 화장실에도…… 옷 갈아입는 모습, 밥을 입에 퍼 넣는 모습, 생리대를 가는 우리의 모습들을 카메라 렌즈는 꼼짝도 않고 종일 지켜보고 있었죠.

사고가 나기 한 달쯤 전, 샤워장에서의 일이었어요. 거기 들어온 지 석 달 가까이 되도록 저, 생리를 한번도 하지 않고 있었거든요. 아침마다 샤워 커튼도 없는 곳에서 길게 줄을 서 샤워 차례를 기다리는데 신경이 송곳 끝처럼 곤두서더라고요. 그런데 앞의 아이가 샤워를 마칠 생각을 하지 않는 거예요. 일인당 샤워 시간은 삼 분이거든요. 까딱 잘못하다간 몸에 비누칠도 못 해볼 판이잖아요. 왈칵 화가 나서 그애의 벌거벗은 어깨를 툭 쳤어요. 쏟아지는 물줄기 속에서 느릿느릿 저를 돌아보는데, 글쎄, 그 아이 울고 있는 거예요. 유희였어요.

"미안해. 미안해."

못 들었으면 좋았을 텐데 바보처럼 그 말을 듣고 말았어요. 눈물이 났어요. 거기 들어와서 처음이었어요. 그전엔 눈물 흘릴 엄두도 못 냈었는데……

그 아이와 관련된 제 추억은 이게 전부예요. 뛰어내렸다는 소식을 듣고, 부러웠어요. 나랑 비슷한 아인 줄 알았는데, 그럴 줄 몰랐는데, 그 아이 정말 용감해요. 제 말뜻 이해 못하실 테지만.

장유석, 40세, 자영업자
대체 뭘 알고 싶어서 오신 겁니까? 인터넷에 올렸던 글? 하,

참, 별걸 다 알고 오셨네. 그 까마득한 일을. 그 글을 썼을 때는 제정신이 아니었습니다. 한번 생각을 해보십시오. 멀쩡하던 애가 갑자기 죽었다는데, 그것도 제 발로 옥상에서 떨어졌다는데, 그럼 가족 된 입장에서 어떻게 가만있습니까? 하나뿐인 누이동생이 소년원에서 시체로 발견됐다는 통보를 받으니까 눈앞이 깜깜해지면서 뵈는 게 하나도 없습디다. 확 돌아버린 거죠. 지푸라기라도 잡고 싶은 심정이라는 말, 살면서 실제로 느껴보신 적 있으십니까? 그 당시가 워낙 인터넷이 힘이 셀 때 아닙니까. 억울한 일을 당한 뒤에 어따 하소연해야 하는지 모르겠다 싶으면 일단 인터넷에 글을 써 올리던 시절입니다. 죽은 애가 살아 돌아오지 않는다는 거 알았지마는, 그렇게라도 안 하면 복장이 터질 것 같아서 어쩔 수가 없었습니다. 다른 뜻은 없었습니다. 처음 글을 올렸던 사이트가 어디였는지 지금은 기억도 안 납니다. 내 글을 본 다른 네티즌들이 여기저기에 막 퍼다 나르고 그래서 얘기가 커진 거지, 내가 다른 꿍꿍이가 있어서 일부러 일을 확대시킨 건 아닙니다. 그러니까 나는 더 이상 할 말이 없습니다. 나도 바쁘다면 바쁜 사람인데 입 아프고 피곤하게 다 지난 얘기 들먹이고 싶지 않습니다. 아니, 그 글을 찾아 읽어보고 오셨다니까 더더군다나 제 사정을 잘 아시겠군요.

……우리 유희, 마지막으로 면회 갔을 때, 그게 유희가 죽기 바로 며칠 전인데, 애가 뺨이 홀쭉하게 빠져 있었습니다. 애가 그전에 다른 시설에 있을 때와는 또 다르게 얼굴빛도 누르뎅뎅하게 떠 있었고요. 오빠랍시고 뭐 해줄 것도 없고 해서 속이 미어지는

데 애가 도리어 나를 걱정하는 겁니다. 자기는 하루에 세끼씩 또 박또박 찾아먹는데 오빠 밥은 챙겨주는 사람도 없을 거 아니냐고. 걔가 그렇게 착하고 정 많은 애였습니다. 안에서 미용 기술을 배웠던가 봅디다. 그게 적성에 잘 맞는다면서 자격증 따가지고 나오면 헤어 숍에 취직할 거라고. 고입 검정고시 공부를 하는데 자기는 영어, 수학 기초가 달려서 큰일이라고, 그런 얘기들을 했습니다. 미래에 관한 얘기만 했단 말입니다. 자살에 대해서는 어떤 암시도 안 했습니다. 그러던 애가 갑자기 며칠 만에, 제 손으로 목숨을 끊었다는 걸 상식적으로 받아들이기가 힘들었습니다.

유족 입장에서는 그쪽 태도가 좀 섭섭했던 것도 사실입니다. 영안실에서 사체를 안 보여주려고 하는 겁니다. 아버지만 들어가야지 오빠는 안 된다면서, 앞뒤 분간 못하는 우리 아버지만 한 일 분 간 시체보관소 안으로 데리고 들어갔다 나오더란 말입니다. 그렇게 딸내미 보고 나온 아버지는 도살장의 늙은 소처럼 계속 눈물만 흘려댈 뿐 입술을 떼지도 못했습니다. 아무리 백방으로 수소문해봐도, 그때만 해도 비원여고가 생긴 지 얼마 안 된 때라서, 거기 있다가 출소했다는 아이는 찾을 수 없었습니다. 그 안에서의 생활이 어떤지 증언해줄 사람이 없으니 장님이 코끼리 더듬듯이 막막하기만 했습니다.

그러다 거기서 잠시 근무한 적이 있다는 전직 교도관 한 사람과 연락이 닿았습니다. 덩치가 조그마하고 눈동자를 유난히 희번덕거리는 남자였는데 우리 유희의 얘기를 듣자마자 대번에 자살일 리가 없다고 말했습니다. 유희가 떨어졌다는 그 기숙사 옥상이라는 데는 문이 잠겨 있어서 원생들은 들어갈 수도 없는 곳이라고 했습니다. 또 기숙사의 방들은 창문을 죄다 쇠창살로 막아 가느다란 팔뚝조차 밖으로 내밀 수 없도록 설계했다는 것입니다. 자기 의지대로 자살도 할 수 없다는 거지요. 그 남자는 우리 유희를 기억하지는 못했습니다. 그 사람 그걸 미안해하면서 그 안의 아이들은 다 날개 꺾인 천사들이기 때문에 우리 유희도 아주 착하고 예쁜 아이였을 거라고 했습니다. 어쨌거나 고마웠습니다. 그분의 증언이 없었다면 인터넷에 글을 올릴 엄두를 내지 못했을 텐데.

그 전직 교도관이 실은 원생들을 상습적으로 성추행하다가 쫓겨난 사람이라는 얘기는, 나중에 들었습니다. 비원여고 쪽과 오해가 풀린 다음입니다. 유희가 쓴 유서가 발견되고 나서지요. 아, 비원여고와는 화해를 했습니다. 어떻게 보면 나도 본의는 아니지만 그쪽에 피해를 입힌 부분이 적지 않으니 미안한 일이죠. '제 동생의 억울한 죽음을 밝혀주세요'라는 그 글이 인터넷을 타고 떠도는 동안 비원여고 측에 항의 전화도 무척 많이 걸려온 모양입니다. 그래도 어쨌거나 그쪽에서 다 이해해줘서 다행입니다. 명예훼손으로 고발할 수도 있는 건(件)인데 말입니다.

아, 지금 뭐라고 하셨습니까? 사례라면, 돈 말입니까? 돈이라. 그거 저도 참 좋아합니다. 가난하면 좀 불편할 따름 아니냐는 인간들의 입을 찢어버리고 싶을 만큼, 좋아합니다. 내가 무슨 성인군자도 아니고 양지바른 길만 디디며 살아온 놈도 아닙니다. 그렇지만 말입니다. 이 세상 하나뿐인 동생이 죽었는데 그 주검을 앞에 놓고 몸값 흥정하는 그런 놈은 아닙니다.

그쪽 사람들이 우리 집까지 찾아온 건 맞습니다. 그것까지 부인하고 싶지는 않습니다. 부하 직원들 데리고 유동협 이사장이 직접 왔습니다. 내심 놀랐습니다. 악수를 해보니 손이 아주 두껍고 따뜻했습니다. 집에 들어오자마자 한글도 모르는 우리 할머니한테 큰절을 했습니다. 그러고는 초저녁부터 취해 방구석에 엎어진 우리 아버지 앞에 무릎 꿇고 앉아 손수건으로 눈가를 훔치더군요. 나, 부모 잘못 만나는 바람에 어릴 적부터 별별 꼴 다 보고 자랐습니다. 돈이든 권력이든, 가진 놈들이 유세 부리고 위선 떠는 모습 신물 나도록 봐왔는데 유동협은 확실히 달랐습니다. 그 뒤로 그 사람 유명해지는 것 보면서 내 예상이 크게 빗나가지 않았다는 걸 알았습니다.

　대통령 나가려고 움직이는 것 같던데 아마 잘될 겁니다. 그 사람, 자기가 가야 하는 곳이라면 세상 끝 어디까지라도 갈 겁니다. 유동협을 따라온 비서가 위로금이라며 봉투를 내밀긴 했습니다만 바로 거절했습니다. 유희가 제 손으로 쓴 유서도 나온 마당에 그걸 받을 이유는 없었습니다. 친필 감정? 그런 건 따로 하지 않았습니다. 내 동생 글씨를 설마 내가 모르겠습니까. 어디서 무슨 헛소문을 듣고 또 무슨 목적으로 여기까지 오셨는지는 모르지만, 분명히 말씀드리죠. 내 동생 유희는 자살했습니다. 유서에, 오빠 미안해, 라고 씌어 있었습니다. 오빠 미안해, 라고요. 이제 됐습니까?

이마리, 36세, 배우
요즈음 좀 바빠요. 다음 주부터 새로운 작품에 들어가거든요.

이번엔 주말연속극이에요. 모든 걸 가진 완벽한 여자의 역할이지요. 아름답고 부유해서 주위의 사랑을 한 몸에 받고 있던 여자가 어느 날 교통사고를 당하게 돼요. 기억 상실증에 걸려 괴로워하는데 설상가상 남편의 숨겨놓은 애인이 등장하죠. 어쩌면 그녀에게 닥친 재앙은 남편의 사악한 계략 때문인지도 몰라요. 한때는 완벽했던, 몰락한 여자의 곁에는 그녀만을 바라보는 또 다른 남자가 있지만 여주인공은 그를 알아보지 못해요. 그녀는 어떻게 될까요?

당연하죠. 운명의 장난을 극복하고 다시 행복해지겠죠. 드라마니까. 이야기의 원형은 시간이 흘러도 달라지지 않아요. 대중은 강렬하고 극적인 스토리를 원하죠. 물론 그 기준은 점점 높아지지만 중심축은 변하지 않아요. 주인공은 끝까지 살아남을 것. 연약한 두 어깨에 고통을 짊어지고 맞서는 동안 주인공은 더욱 완전한 인간으로 진화해나가야 하죠. 운명이 할퀴고 간 상처의 흔적 없이는 아무도 자기 길을 찾지 못하니까.

나는 거짓말은 하지 않아요. 정직하게 살아야 한다는 것은 비원여고에서 배웠어요. 비원은 여러모로 나에게 많은 것을 가르쳐주었어요. 진정한 의미의 학교라고 할 수 있을 거예요. 그땐 어렸어요. 무작정 도망가고만 싶었고 엄살이 통한다고 믿었죠. 시키는 대로만 사는 게 얼마나 쉬운지 몰랐어요. 한편으로는 다행이라는 생각도 들어요. 그때 벼랑 끝에 선 느낌을 경험하지 않았다면, 그 한계를 넘어서지 않았다면, 나는 지금 아무것도 아니었을 테니까요. 아마 비원에 들어가지 않았다면 나는 진짜 내가 되지 못했을 거예요.

음, 배우가 되었을 때 선택의 폭은 넓지 않았어요. 소년범 출신이라는 과거는 머잖아 소문이 날 테고 신인 여배우의 일거일동을 옭아맬 게 확실했죠. 대중들은 타인의 추문에 열광하니까요. 나더러 용기 있는 여성이라며 치켜세우는 건 반갑지 않아요. 비원여고 출신임을 처음부터 밝히고 시작한 건 용기가 아니라 생존의 문제에 가까웠는걸요. 불행한 과거 경험을 팔아치운다고 숙덕대는 사람들이 있다는 것도 알아요. 무어라도 팔 거리가 있다는 게 부러워서들 그러는 거예요.

마침 세상이 나를 필요로 했다는 건 행운이었죠. 화면 안에서나 밖에서나 정숙한 이미지를 연기하는 여배우는 흔해요. 고상하거나 깜찍한 이미지도 마찬가지죠. 하지만 대중의 환상을 충족시켜주는 경우는 별로 없잖아요. 우리 사회는 저렇게 맨 밑바닥에 있던 아이도 맘만 먹으면 자기 꿈을 이룰 수 있는 곳이다, 라고 할까요? 방송에 나가서 눈물 흘리며 그때 얘길 하면 시청률이 쭉 올라가요. 시청자 게시판엔, 그래도 우리나라는 아직 살 만한 곳이라는 글들이 넘치고요. 이유야 나도 몰라요. 우리는 아무도 소외시키지 않는다, 소외당하지도 않는다, 그런 믿음이 절실히 필요한가 보지요, 뭐. 어쨌든 누군가 맡아야 할 역할이라면 고맙게 수락할 수밖에요.

장유희. 모르겠다고 대답하면 어떻게 하실 건가요? 걱정 마세요. 똑똑히 기억하고 있으니까. 우리는 국립소년원에서 함께 이송되어 왔어요. 그 애는 날 언니라고 불렀어요. 내가 한 살이 많았거든요. 우리는 서로 다르긴 했지만 사이가 나쁜 편은 아니었어요. 행동이 좀 굼뜨다고 유희를 미워하는 애들도 있었어요. 이해는 가요. 운동장을 뛰다가 한 명이라도 처지면 꼭 단체 기합을 받거든요. 또 그 애, 안에서도 손버릇을 고치지 못했어요. 거기선 담배 한 개비가 일주일치 밥보다 더 귀중하거든요. 그런데 그 애, 다른 아이들이 숨겨놓은 담배에 손을 대곤 했나 봐요. 능력이 따르지 않는다면 욕망 자체를 싹 지워야 하는데 그걸 실천하기는 쉽지 않은 나이잖아요. 조금만 너그럽게 생각하면 봐주고 넘어갈 일인데 딴 애들은 그렇지 않았나 봐요. 안에서 다들 버티기가 힘드니까, 누구 하나를 함께 미워하면 조금이라도 힘이 나리라고 생각했던가 봐요. 마음의 일이라도, 마음대로 하고 싶었던가 봐요.

희생양이 꼭 유희였으면 하고 바랐던 건 아니에요. 하지만 어떤 식으로든 바깥 세상에 알리고 싶은 마음이 있었다는 건 인정해요. 원생 하나가 죽는다면, 방송국이며 신문사에서 달려오겠지, 어떻게든 우리를 구출해주겠지, 싶었던 거죠. 정말이지 순진했다니까요. 몇몇이서 계획을 짜긴 했어요. 그야말로 장난처럼 시작한 일이에요. 일종의 현실도피였죠. 목을 매는 방법보다는 높은 데서 떨어지는 게 더 낫겠다는 발상을 누가 했더라…… 현명한 판단이었어요. 목 매달 끈을 만드는 일이 옥상 문을 열어줄 사람을 구하는 일보다 훨씬 번거로워 보였으니까요. 아무려면 어때요. 어차피 다 장난이었는데. 옥상 문을 열어준 게 누구였는지는 잊었어요. 중요한 건 아니죠. 우리의 목덜미나 엉덩이를 향해 24시간 감시 카메라보다 더 집요한 눈길을 보내는 교도관들은 꽤 흔했어요. 겪어보니 사람 사는 곳에는 지옥이든 천국이든 다 얇은 틈새가 있기 마련이더라고요. 개구멍 같은 것 말이에요. 외부 방문이 있는 날을 디데이로 잡은 건 자연스러운 일이었어요. 여러모로 학교 안이 어수선하고 감시도 느슨해지니까요. 그렇지만 원생중에 하나가 직접 유희의 등을 떠밀었다는 건 엄청난 비약이에요. 너 죽어, 한다고 바로 죽는 사람이 어디 있나요. 아까도 말씀드렸잖아요. 그 계획은 실제로 옮기려고 의도한 게 아니었어요. 지금여기의 고통을 잊기 위한 하나의 수단이었을 뿐이죠. 그러니까지루한 수업 시간에 선생님 몰래 로맨스 소설을 읽으면서 마음 졸이는 그런 행동에 불과했다고요.

그날 밤에 일어난 일의 내막은 나도 전혀 몰라요. 알고 싶지도않고, 알 필요도 없다고 생각해요. 유희가 온몸으로 항거한 뒤에도 예상과 달리 아무 일도 일어나지 않았으니까요. 아무도 우리를 구하러 오지 않았으니까요. 아, 원망은 안 했어요. 그 안의 아이들에게 어디 그럴 자격이나 있나요? 어차피 죄를 짓고 들어간주제인데. 지금, 저지른 죄 때문에 벌을 받고 있는 중이라는 사실을 다들 살짝 망각했었나 봐요.

그 사고가 있고 나서 학교는 거대한 침묵에 휩싸였어요. 다음날부터 일주일 동안 매 끼마다 회덮밥이나 난자완스 같은 특별식이 나왔지요. 후식으론 진짜 생딸기를 얹은 치즈케이크랑 멜론아이스크림이 나왔고요.

아직도 가끔 학교에 갈 일이 있어요. 이미 20년 가까운 세월을엮여 지냈으니 그쪽이나 나나 이미 개인적인 관계는 아니라고 봐야겠죠. 강연회를 할 때 거기 아이들하고 눈을 맞추지는 않아요. 내 방식의, 최소 윤리죠. 한 가지는 명백하네요. 유희는 거기서 죽었고, 내 발로 거길 나왔지만 나는 거길 영원히 벗어나지 못한다는 거. 누가 더 안됐는지 잘 모르겠네요.

김현수, 33세, Y대학 부설 자살문화연구센터의 계약직 연구원

성공적인 대화의 기본 원칙은 상대방의 말에 관심을 가지고 집중하는 것이다. 장유희 프로젝트와 관련하여 만난 많은 사람들은 저마다의 방식으로 나에게 자신의 입장을 이야기했다. 그들이 얼토당토않은 허구의 진술을 하고 있다는 의심은 할 수 없었다. 봄이 깊어가고 있었다. 집권여당의 국민 경선 대회가 조만간 개막될 예정이었다. 제20대 대통령 선거에 출마할 공식 후보를 선출하기 위해서였다. 열정적인 사회사업으로 국민적 신망을 쌓아온 유동협 의원의 이름은 신문 지상에 유력하게 거론되는 중이었다. 라이벌로 지목되는 인사는 4선 의원 출신으로, 지지난번 정권에서 행정자치부 장관을, 지난번 정권에서는 국무총리를 역임한 노회한 정치인이었다. 허교수가 그의 라인이라는 소문은 새삼스러운 것이 아니었다. 허교수가 원하는 것은 구체적인 물증이었다. 딱딱한 어금니로 깨물면 상처가 나는, 순금처럼 선연한 증거.

중간 보고를 앞두고 나는 회뿌연 안개의 숲 속에 서 있는 심정이 되었다. 그들의 말을 들으면 들을수록, 장유희의 죽음은 곧 터져버릴 허공의 물방울처럼 헛것이 되어갔다. 하긴 십팔 년 전의 일이니 그 물방울들은 오래전에 산산이 부서져 자취조차 남지 않았을 것이다. 진즉에, 헛것이었을 것이다. 서로 다른 말들이 규정하는 사건의 진실이 오리무중인 채로, 나는 최대한 미루었던 중간 보고를 하기로 결심했다. 내가 들은 말들을 그대로 나열하는 것 외에 다른 방법도 없을 듯싶었다. 그들의 증언을 말줄임표 하나까지 타이핑한 녹취록과, 그들의 음성이 담겨 있는 디지털 녹음기를 가지고 나는 자살문화연구센터로 향했다. 열흘 만이었다. 택시 안에서 어제저녁 4선 의원이 경선 출마 포기를 선언했다는 라디오 뉴스를 들었다. 그 늙은 정치가는 유동협 의원에 대한 지지를 공식 선언했다고 했다.

"거, 잘됐네. 나라꼴이 이 모양이니 이젠 어쨌거나 좀 강력한 지도자가 나와야 되지 않겠습니까."

택시 기사가 연방 입을 벙긋거렸지만 나는 대꾸하지 않았다. 몇 년 전 최신 공법으로 지었다는 대학 본관 빌딩을 지나, 1970년대에 세워진 인문대학 앞을 거쳐, 서기 2000년 완공된 콘크리트 건물에 도착했다. 자문연 사무실은 이 건물의 221호에 위치하고 있었다. 복도의 첫 방이었다. 나는 스스럼없이 문고리를 잡아당겼다. 사각형의 방은 텅 비어 있었다. 문밖에 걸려 있던 자살문화연구센터의 현판이 사라진 것을 그제야 확인했다. 다행히도, 자문연의 첫번째 프로젝트에 관해 통보받았던 날만큼 당혹스럽지는 않았다.

나는 터덜터덜 계단을 걸어 내려왔다. 건물 밖에 서서, 221호의 창문을 올려다보며 담배 한 대를 입에 물었다. 어떤 맛도 나지 않았다. 최근 기록적인 판매고를 올리고 있는, 니코틴과 타르 성분이 전혀 없는 담배였다. 예전에 담배는 두 가지 역할을 했다. 일상에 대한 작은 탈출구, 혹은 육체에 대한 자해. 어린아이 앞에서 담배 연기를 뿜어대기라도 하면 그것은 거의 범죄에 가까운 일로 여겨지던 때도 있었다. 그러나 이제 담배는 공기보다 무해하다. 흡연은 완벽한 취향의 문제가 되었다. 그리고 아무도, 예전 비원여고의 소녀들처럼 그토록 절실하게 한 개비의 담배를 욕망하지 않을 것이다. 오빠 집에서 사진을 여러 장 보았는데도 장유희의 얼굴이 도통 떠오르지 않는다. 어떤 아이였을까. 죽지 않았다면 나보다 두 살 많았을 여자였다. 어디선가 부딪친다면 짐짓 누나라고 부르며 담배 한 개비쯤은 얼마든지 권했을 텐데. 2004년 10월 22일, 장유희가 사망했다는 사실만이 유일한 증거였다.

허교수를 다시 만난 것은 몇 계절이 지난 뒤, 지도 교수의 환갑을 겸한 출판 기념회 파티에서였다. 그는 내 어깨를 치며 반갑게 알은체를 했다.

"김박사, 어디 자리는 잡으셨나? 쯧쯧, 큰일이야. 어서 취직을 해야 장가도 가고 할 텐데 말이지. 이 나라 인문과학의 위기가 어디 하루 이틀인가."

그의 가짜 치아들은 여전히 희게 번쩍댔다. 나는, 우리가 맺은 이 년의 계약 기간이 아직도 한참 더 남아 있다고 일깨워주려다 그만두었다. 연구소가 문을 닫은 얼마 후, 집의 우편함 속에서 발견된 꽤 커다란 현금 뭉치가 기억났기 때문이다. 나의 지도 교수가 그에게 다가와 악수를 청했다. 우리는 더 이상 다른 말은 나누지 않았다. 곧 공식 행사가 시작되었다. 성공한 제자들이 중심이 되어 진행하는 행사였다. 장내에 불이 꺼지고 베토벤의 소나타가 깔렸다. 누군가 경외심에 벅찬 음성으로 지도 교수의 약력을 읊는 것을 들으며 나는 행사장을 빠져나왔다.

그새 날씨가 꽤 쌀쌀해져 있었다. 외투 깃을 세우고 길을 걷다가 구청 담벼락에 새로 설치된 선거 벽보판을 보았다. 일렬로 걸린 일곱 대의 모니터마다에서 제20대 대통령 선거에 출마하는 일곱 명의 공식 후보들이 환한 표정으로 웃고 있었다. 첫번째 모니터 속에 유동협이 있었다. 유동협은 얼마 전 소속 정당의 국민 경선에서 압도적인 스코어로 승리하여 기호 1번의 대권 주자가 되었다. 정지된 화면 안에서 그는 한 팔로 대여섯 살 가량의 작은 여자 아이를 번쩍 들어올려 껴안고 있었다. 사랑으로 거듭나는 대한민국. 그의 표어가 어쩐지 낯익었다. 그는 승리자가 될 수 있을까. 어쨌든 나는 청년 실업률 해소 대책과 실업 기금의 재원 확보를 공약으로 내세우는 후보자에게 한 표를 던질 작정이었다. 하늘은 차고 맑았다. 초겨울의 빛이 무심하게 내 눈을 찔렀다.

위험한 독신녀

지금 테이블 맞은편에 다리를 꼬고 앉아 우동 면발을 젓가락에 말아 올리고 있는
서른여덟 살의 양채린. 예전처럼 자르르 윤기가 흐르지는 않았지만
해말간 낯빛은 여전했고, 귀염성 있게 반듯반듯한 이목구비도 그대로였다.
세월의 잔인한 흔적이 채린만을 슬쩍 비켜간 것 같았다.

그녀는 변한 것이 없었다.

어깨를 덮는 길이의 긴 생머리를 찰랑거리며 약속 장소에 나타난 그녀는 나에게 다가와 방긋 미소 지었다.

"현주 맞지? 어쩜, 세상에. 얼굴 너무 많이 상했다. 못 알아볼 뻔했잖아."

나는 넋을 잃고 그녀를 바라보았다. 품이 헐렁한 청재킷과 청치마, 드라이어로 한껏 세운 뒤 헤어스프레이를 뿌려 닭 벼슬처럼 빳빳하게 고정시킨 앞머리, 발목까지 올라오는 흰색 캔버스 천의 농구화까지. 양채린은 우리가 마지막으로 만났던 1989년의 모습 그대로, 내 앞에 나타났다.

1

그녀의 전화가 걸려온 것은 며칠 전 저녁 무렵이었다. 처음에 나는 그녀의 목소리를 알아듣지 못했다. 당연한 일이었다. 대학을 졸업한 지 십오 년째였다. 그리고 같은 고등학교와 같은 대학을 다녔을 뿐, 학창 시절에도 우리는 개인적인 통화를 나눌 만큼 가까운 사이가 아니었다.

"섭섭하네. 정말 내 목소리 모르겠어?"

끝이 길게 늘어지는 말투에서 어리광이 잔뜩 배어났다. 퇴근길의 지하철 2호선 안이었다. 중년 사내 하나가 등 뒤에 바짝 붙어선 채로 신문을 펼쳐 읽고 있었다. 나는 무례한 사람들을 좋아하지 않았다. 새로 산 트렌치코트의 옷깃을 단정히 여미면서 핸드폰에 대고 속삭이듯 말했다.

"미안합니다. 전화가 잘 안 들리네요. 나중에 다시 걸어주시겠어요?"

"어머, 여보세요. 현주야, 이현주!"

전화를 끊으려는 찰나 저쪽에서 다급하게 내 이름을 불렀다.

"나, 채린이야. 좀 이따 다시 걸게. 꼭 받아줘야 해!"

잠시 멍해졌다. 채린이라면, 그 양채린밖에, 나는 다른 누구도 알지 못했다.

지하철역에서부터 아파트 단지 입구까지는 긴 산책로로 이어져 있었다. 삼십여 분이 지났지만 자신을 양채린이라고 밝힌 여자는 다시 전화를 걸어오지 않았다. 좀 망설이다가 나는 핸드폰의 통화 버튼을 눌렀다. 신호음이 한번 울리자마자 누군가 전화를 받았다.

"네에, 여보세요."

나보다 한 옥타브는 높은, 여중생 같은 목소리였다. 나라는 것을 확인하자, 그녀는 꺄아, 호들갑스런 탄성을 뱉어냈다.

"어머 어머, 현주야! 채린이 여기 있는 걸 어떻게 알았어?"

스스로를 '채린이'라고 칭하는 유아스러운 말버릇이라니. 송화기 너머의 여자는 양채린이 분명했다.

"네가 좀 전에 나한테 걸었었잖아. 그 전화번호가 휴대폰에 찍혀 있으니까."

"어머, 웬일이니. 그런 게 다 있어? 역시 우리나라가 최고야. 귀국하니까 다들 전화기 하나씩 들고 다니는 것도 정말 신기하던데. 암튼 현주야, 너무너무 반가워."

채린이 브라질 교포와 결혼하여 리우데자네이루인지 어딘지에 정착했다는 소문은 오래전에 전해 들었다. 그녀에 대한 풍문이 대개 그렇듯 발원지가 어디인지는 정확하지 않았지만, 어쨌든 십여 년 전부터 한국에 머물고 있지 않았던 것만은 확실했다. 한국에 있었다면, 그동안 누구의 눈에도 뜨이지 않고 이렇게 조용히 숨어 있을 수는 없었을 것이다. 양채린은 그런 존재였다.

"그래, 반갑다. 너 이민 갔다는 얘긴 들었어. 한국엔 꽤 오랜만에 나온 거지?"

"어우, 아니야. 또 소문이 이상하게 났나 보네. 채린이, 그냥,

잠깐 갔다 온 거야. 한 일 년? 거기 나 아니면 죽는다는 남자가 하나 있었거든. 불쌍해서 웬만하면 잘해볼까 했는데, 근데, 좀 겪어보니까 이건 정말 아닌 거야. 채린이랑 너무너무 안 맞더라고. 그래서 그냥 나와버렸지, 뭐."

묻지 않아도 재잘재잘 작은 새처럼 지저귀는 그 버릇도 여전했다. 채린이 밝히는 자신의 근황은, 내가 주워들었던 소식과는 많이 달랐다. 아마 한국에 들어오게 된 구구한 사연을 설명하고 싶지 않은 모양이었다. 하긴 원래 복잡한 것이라면 질색하는 아이였다. 이혼이라도 했다는 건지, 자식은 없는지, 파편적인 호기심이 들었지만 더는 묻지 않았다. 진실이 무엇이든 어차피 나에게는 별로 중요한 것도 아니었다.

"그런데 내 연락처는 어떻게 알았어?"

"학생수첩에 적어놨었지. 너희 집에 했더니 어머니가 받으셔서 이 번호 알려주시더라. 근데 너무너무 이상한 거 있지? 글쎄 그 많은 동창들 중에 전화 연결되는 애가 하나도 없는 거야. 다들 전화를 안 받거나, 그런 사람 안 산다고 하더라."

새삼스러울 것도 없었다. 십수 년 전과 똑같은 곳에서 그대로, 붙박이장처럼 늙어가는 여자가 나 말고 또 있으리라고는 믿어지지 않았다.

"나랑 친했던 미진이 알지? 걔네 집에 전화했더니 글쎄 미진이가 그새 시집을 갔다네? 남편 따라서 중국 가서 산대. 아우, 정말 황당해서 죽는 줄 알았어. 어쩜 채린이한테는 연락도 안하고."

채린이 말하는 것은, 서양화과의 윤미진인 것 같았다. 스물아홉 즈음에, 회사로 보내온 윤미진의 청첩장을 받은 기억이 났다. 예식 시간이 당직과 겹쳤고 굳이 무리하여 참석할 만한 사이도 아니어서 다른 동창 편에 축의금만 보냈었다. 그때만 해도 아직 한 계절에 한두 번씩은 동창들의 청첩이 날아오곤 하던 무렵이었다. 기념사진 찍는데 친구가 몇 없어 시집 측으로부터 흉을 잡혔다는 신부의 얘기를 듣고는, 보험이나 투자의 차원에서 초대받은 결혼식마다 열심히 얼굴을 내밀던 시절이었다. 쓴웃음이 났다. 이제 어쩌면 나와는 영원히 상관없을지도 모르는, 막막하고 먼 세계의 질서였다. 채린이 더없이 애틋한 음성으로 나를 불렀다.

"현주야. 진짜 진짜 보고 싶다. 우리 언제 만날까?"

슬슬 피곤해지고 있었다. 어느새 집 앞이었다. 어서 이 뜬금없는 통화를 끝내고 싶어서 나는 자분자분, 그러나 단호히 말했다.

"……그래, 언제 한번 보자."

"정말? 채린이는 내일도 좋고, 모레도 좋아. 그다음 날도 괜찮고. 참, 현주는 직장에 다니니까 일요일이 제일 편하겠구나. 그렇지? 흐음, 이번 주 일요일에는 성당에 한번 나가볼까 했는데, 괜찮아, 그다음 주부터 가지 뭐. 이번 주엔 그냥 너랑 만나서 맛있는 거 먹을래."

난감했다. 언제 한번 보자, 라는 문장은 이를테면 언어적 관습이었다. 그것은 Good-bye의 이음동의어인 동시에 See you later의 번역어였다. 피차 부담 없이, 부드럽게 전화를 끊기 위한 선의의 거짓말인 것이다. 일요일 오후는 안 된다고 둘러댈 만한 어떤 핑곗거리도 준비해두지 않았으므로 나는 채린의 제의에 얼결에 동의했다. 일요일 오후라면 어차피 아무런 약속도 없었다. 약속 장소를 정하는데 핀트가 자꾸만 어긋났다.

"현주야. 우리 그럼 명동 클라라에서 만나자. P은행 본점 옆에. 알지?"

클라라라는 카페는 십여 년 전에 사라졌고, P은행이 다른 은행과 통폐합되어 시중에 존재하지 않게 된 것은 이미 1990년대 후반의 일이었다. 내가 말하는 상호를 그녀는 아예 처음 듣는 눈치였다.

"이상하다. 나 명동 되게 잘 아는데…… 아, 역시 서울은 너무 빨리 변한다니까."

채린이 풀 죽은 음성으로 중얼거리다 말고, 갑자기 의기양양하게 소리쳤다.

"백화점! 백화점은 그대로 있는 거지?"

우리는 결국 명동 L백화점 정문 앞을 약속 장소로 정했다.

2

이십대와 삼십대를 통틀어, 육 개월이 넘도록 지속적인 데이트를 하고 딥키스 이상의 육체적 관계를 가진 상대는 총 셋이었다. 한 명은 나보다 입학 점수가 낮은 학교의 졸업생이어서, 또 한 명은 누이만 넷을 둔 외아들이어서, 그리고 다른 한 명은 아버지의 외도로 부모가 이혼한 가정 출신이라는 이유로, 엄마는 그들을 몹시 싫어했다. 엄마는 딸의 남편감으로 흠이 없는 청년을 바랐을 것이다. 어떤 불운과 악행의 가능성도 지니지 않은 남자. 그런 남자가 현실에 존재한다면 말이다. 나는 그들 중 누구와도 섹스를 하지 않았다. 결혼이 늦은 것을 제외하고는, 나는 내가 비교적 평범한 삶을 살아왔다고 생각한다. 한글은 여섯 살에 깨우쳤고 초등학교에 입학한 다음부터는 항상 상위권의 성적을 유지했다. 고등학교를 졸업하면 대학에 가고 대학을 졸업하면 취직을 하는 것처럼, 생의 전체 주기에서 결혼을 매우 주요한 사건으로 취급하는 사회 일반의 관습에 대해, 삐딱하거나 반항적인 견해를 품은 적도 없었다.

본격적으로 맞선 시장에 진출한 건 서른두번째 생일이 지나면서부터였다. 끝이 나지 않는 지루한 게임은 벌써 몇 해 동안 쉼없이 이어져오고 있었다. 서른아홉 살이며, 외국계 생명보험회사의 영업 사원이라는 오늘의 파트너는 이미 호텔 로비 라운지에 도착해 있었다. 웨이트리스가 나를 자리로 안내해주었다. 반 발짝 앞서 걷는 웨이트리스의 허리가 중국 인형처럼 잘록했다. 노숙해 보이는 베이지색 투피스를 선택한 것이 좀 후회되었다. 의자에서 벌떡 일어선 남자는 족히 백구십 센티미터는 넘어 보이는 장신이었다. 목에 매달린 빨간 넥타이가 아동복 사이즈의 그것처럼 앙증맞았다. 남자는 체구에 어울리지 않게 수다스러운 편에 속했다. 자신의 회사 생활과 최근에 관람한 액션영화, 좋아하는 술안주 취향에 이르기까지 화제를 종횡무진 가로지르며 끊임없이 떠들어댔다. 가벼운 고갯짓과 사려 깊은 미소로 대응하면서 나는 앞자리의 남자를 찬찬히 관찰했다. 1.5초의 첫인상으로 가부(可否)를 판단하는 것은 지극히 위험한 일이라고, 엄마는 누누이 강조하곤 했다.

어묵꼬치처럼 매듭 없이 긴 손가락, 깨알 같은 블랙헤드로 뒤덮인 콧잔등, 크게 웃을 때마다 보였다 안 보였다 하는 황금 재질의 어금니. 그래도 쌍꺼풀 없이 큰 눈은 제법 어글어글하고, 둥근 턱 선이 선량한 느낌을 주는 얼굴이었다. 중매쟁이의 말에 의하면 남자는 막내아들인 데다 연봉도 적지 않다고 했다. 결혼이 늦어진 것은 단지 때를 놓쳤을 뿐이라는 것이다. 남자는 자신이 담배도 술도 좋아하지 않으며 신실한 장로교 신자이므로 일요일에는 꼭 아침 예배에 참석한다고 강조했다.

"현주씨는 종교가 없다고 들었습니다만, 저는 하나님 안에서 하나 되는 가정을 만들고 싶습니다. 교회에 다닐 의향이 있으십니까?"

남자가 나에게 일정 수준 이상의 호감을 품은 것처럼 보였으므로 마음이 한결 여유로워졌다. 이 남자 정도면 현재 내가 선택할 수 있는 최선의 카드일지도 몰랐다. 저희들끼리 있을 때면 저 나이에 멀쩡한 총각이 가당키나 하냐고 수군거릴 게 틀림없는 기혼녀 친구들이, 내가 불과 한 살 연상의 미혼남과 결혼한다는 소식을 전하면 어떤 반응을 보일 것인지 궁금했다. 그러나 헤어질 때, 남자는 애프터에 대한 언질을 하지 않았다.

"처음 만나서는 함께 밥을 먹는 게 아니라더군요. 시장하실 테니 그만 들어가보시죠."

뒤돌아 걸어가는 남자의 완강한 등짝을 바라보면서 내가 아직 저녁을 먹지 못했다는 사실을 상기했다. 명치가 묵직하게 저려왔다.

3

거실은 종유동굴처럼 컴컴했다. 전등 스위치를 올리는 것과 동시에 살짝 열린 안방 문틈으로 중년 여자들의 흐드러진 웃음소리가 흘러나왔다. 밤 여덟 시 사십오 분. 엄마가 한참 일일연속극속에 몰입해 있을 시간이었다. 엄마의 일과는 드라마와 함께 진행되었다. 아름다운 이혼녀가 몰락한 전남편과 능력 있는 새 애인 사이에서 방황하는 아침드라마로 하루를 출발하여, 낮 동안에는 지나간 드라마들을 재탕해주는 케이블 방송에 채널을 고정시켜두었다. 딸부잣집 다섯 딸들의 좌충우돌 로맨스를 그린 삼 년전의 주말연속극, 출생의 비밀을 모른 채 사랑을 나누는 이복 남매의 비련을 다룬 오 년 전의 미니시리즈를, 환자용 침대에 비스듬히 누워 온종일 보고 또 보았다. 때로는 여자 주인공의 대사를한 템포 빨리 줄줄 읊어대기도 했다. 백 킬로그램에 육박하는 육중한 몸으로 김희선과 최지우의 목소리를 재현하는 엄마. 긴 백발을 아무렇게나 틀어 올리고 하루에 두 번씩 제 검지 끝을 바늘로 찔러 혈당 검사를 하는 엄마. 당뇨에 좋다는 누에고치 가루와다디단 초콜릿 케이크를 동시에 입속에 처넣는 엄마. 새끼발가락끝부터 서서히 썩어들어가고 있는 엄마. 나는 그 여자가 끔찍하게 지겨웠다.

식탁의 냄비 안에는 도가니탕으로 추정되는 희뿌연 뼈 국물이 담겨 있었다. 한 숟갈 떠먹어보았다. 차가운 국물에서는 누리고 비린 맛이 났다. 가스레인지의 불을 켜고 냄비를 데웠다. 밥을 말아 김치도 없이 깔깔한 입 안으로 떠 넣고 있는데 엄마가 다리를 절룩이며 부엌으로 나왔다. 드라마가 끝나고 아홉 시 뉴스가 시작된 모양이었다.

"밥도 못 얻어먹고 들어왔냐?"

나는 못 들은 척 숟가락질에 열중했다. 씹히지도 않은 밥알들이 목구멍 속으로 후루룩 넘어갔다.

"말 좀 해봐라. 이번엔 또 어떤 놈이 나왔는데?"

호기심 어린 눈동자를 굴리는 엄마에겐, 딸이 「백 번 선본 여자」 따위의 제목을 단 드라마의 노처녀 여주인공으로 보일지도 몰랐다.

"뻔하다. 그런 놈, 만날 것도 없다. 여자는 자존심이 제일이야. 아무리 사내가 없어도 그렇지, 어디 밥도 안 사 먹이는 놈을 만나냐. 아, 이년아. 좀 천천히 먹어."

혼자 북 치고 장구 치고 다하면서, 엄마는 냉장고에서 김치 보시기를 꺼내어 국그릇 옆으로 밀어놓았다. 물기 없이 말라비틀어진 김치 꽁다리들을 보자 입맛이 확 달아났다.

"착각하지 말아요. 그 사람이 미쳤다고 날 만나준대요?"

"아니. 니가 어디가 어때서?"

"진짜 몰라서 그러는 거예요? 마흔이 코앞인 데다……"

226

더 이상의 말은 속으로 삼켰다. 뱉어내봐야 엄마의 히스테리만 유발할 뿐 아무 소용도 없는 것이다. 독한 년, 엄마가 어떻게 되든 아무 상관도 없는 년, 손자 하나 못 안겨주는 주제에 조동이만 살아 있는 년. 끝도 없는 그런 넋두리라면 이제 지긋지긋했다. 나는 맥 없이 수저질을 했다.

"참, 내가 말 안 했지? 어젠가 누가 너 찾는 전화했었는데. 양채린이, 맞지?"

"……"

"걔가 옛날에 걔 아니냐. 미술 선생 가정 깨뜨린 애."

"엄마!"

"걔도 아직 시집 안 갔냐? 하긴 아주 야들야들 살랑살랑, 둔갑한 구미호 같은 목소릴 들으니까, 못해도 서너 번은 갔다 왔을 것 같더라만. 그런 앨랑은 멀리하는 게 상책이야. 지 버릇 남 주는 거 아니거든. 왜, 그때 그 미술 선생댁은 약까지 먹었다고 하지 않았냐."

썩지 않는 방부제라도 복용하는 사람처럼 엄마는 시간의 저편으로 흘러가버린 예전의 일들을 머릿속에 소상히 저장해두고 있었다. 이십 년 가까이 된 일이었다. 오드리 헵번의 열렬한 팬이던 사십대의 미술선생이 채린에게 리틀 오드리라는 별명을 지어주고, 방과 후면 미술실로 불러 초상화의 모델로 삼았던 것은 여고 2학년 즈음이었다. 당시를 풍미했던 루머대로, 둘이 정말로 모종의 관계였는지는 분명치 않았다. "귀찮아 죽겠는데 선생님이 자꾸 미술실로 오라고 그러는 거 있지? 그 선생님, 꼭 무슨 예술가처럼 한 시간 동안 구도만 잡는 거야. 나더러 움직이지 말라고 하고." 채린은 그렇게 투덜댔었다. 채린과 단 오 분이라도 같이 있어본 사람이라면 누구나, 그녀가 거짓말을 하지 못하는 아이라는 것을 알았다. 그 예쁘고 착한 소녀의 비극은 다만 머리가 나쁘다는 것뿐이었다. 나는 엄마가 맹신하는 기억 저장고의 오류를 살짝 바로잡아주었다.

"그 선생님이 이혼한 건 우리 졸업하고 한참 지난 다음이에요."

엄마가 코웃음을 쳤다.

"순진한 소리 마라. 너는 세상을 너무 몰라. 그러니 아직까지 이 모양이지."

그래, 그럴지도 모른다. 나는 조용히 일어나 국그릇의 건더기를 개수대에 쏟아 부었다.

4

그녀는 변한 것이 없었다.

어깨를 덮는 길이의 긴 생머리를 찰랑거리며 약속 장소에 나타난 그녀는 나에게 다가와 방긋 미소 지었다.

"현주 맞지? 어쩜, 세상에. 얼굴 너무 많이 상했다. 못 알아볼 뻔했잖아."

나는 넋을 잃고 그녀를 바라보았다. 품이 헐렁한 청재킷과 청치마, 드라이어로 한껏 세운 뒤 헤어스프레이를 뿌려 닭 벼슬처럼 빳빳하게 고정시킨 앞머리, 발목까지 올라오는 흰색 캔버스 천의 농구화까지. 양채린은 우리가 마지막으로 만났던 1989년의 모습 그대로, 내 앞에 나타났다.

"너무너무 반갑다. 그치?"

다감하게 내 팔짱을 끼며 그녀가 활짝 웃었다. 근처의 음식점에 마주 앉고 나서야 비로소 채린의 얼굴을 제대로 뜯어볼 수 있었다. 내 기억 속의 그녀는 복숭앗빛이 도는 통통한 뺨과 삶은 메추리알의 껍질을 벗겨놓은 것처럼 잡티 하나 없이 보들보들한 피부를 가지고 있었다. 지금 테이블 맞은편에 다리를 꼬고 앉아 우동 면발을 젓가락에 말아 올리고 있는 서른여덟 살의 양채린. 예전처럼 자르르 윤기가 흐르지는 않았지만 해맑간 낯빛은 여전했고, 귀염성 있게 반듯반듯한 이목구비도 그대로였다. 세월의 잔인한 흔적이 채린만을 슬쩍 비켜간 것 같았다. 아무리 예리한 눈썰미를 가진 사람이라도, 내후년에 사십 줄에 들어서는 그녀의 나이를 명확히 판단하기는 어려울 것이다. 혹시 저 시대착오적인 머리모양과 우스꽝스러운 옷차림 덕분일까? 문득 어지러웠다. 그녀는 제 몫의 튀김우동을 맛깔스럽게 먹는 틈틈이 나와 눈을 맞추어가며 자꾸 배시시 웃었다.

"왜 그렇게 웃어?"

"그냥. 너를 이렇게 다시 만나니까 참 좋다."

눈가에 부채꼴 모양의 주름을 만들며 눈웃음을 치는 모습이 그때나 지금이나 똑같았다. 찻집에서 채린은 파르페를 먹고 싶어했지만 메뉴에 없었다. 아쉬움이 역력한 표정으로 아이스크림을 선택했다. 나는 얼음이 가득 든 차가운 녹차를 시켰다. 왠지 심한 갈증이 났다. 채린은 연신 사방을 두리번거렸다.

"여기 좀 이상하지 않아? 실내가 아니라 꼭 환한 공원 한가운데 나앉은 것 같아."

"요즘에는 어디나 다 이렇던데."

"그래도 카페가 좀 아늑하고 어두컴컴한 맛도 있어야 하는 거 아니야?"

"옛날에나 그랬지. 요새 애들은 답답한 거 질색하잖아."

대화가 뚝 끊겼다. 딱히 둘 사이에 공유되는 화제가 있는 게 아니었으니 당연했다. 아직 십대로 보이는 옆자리의 소녀들이 살벌하게 직각으로 올려 붙인 채린의 앞머리를 흘끗거리며 노골적으로 킥킥댔다.

"우리 엄마는 내가 창피하대."

채린이 아이스크림 스푼을 핥으면서 대뜸 말했다.

"그래서 그런지 나를 자꾸만 피해. 하긴 나도 이해는 해. 남자 따라서 그 멀리까지 갔다 왔으니. 날 보면 얼마나 한심하고 답답하겠어? 그때 울 엄마가 되게 말렸거든. 엄마 말 들을 걸, 바보처럼. 돌아와봤더니 그새 우리 엄마 많이 늙었더라. 별로 오래 있지도 않았는데 말이야."

그러더니 어깨를 으쓱 올렸다 내리면서 중얼거렸다.

"그래도 생활비는 보내줘. 참, 나 요즘 따로 나와 살거든. 엄마도 그러라고 하고, 또……"

그녀는 말끝을 흐렸다.

"결혼 안 한 아가씨가 집 나와서 따로 사는 게 남의 눈에 이상하게 보인다는 건 나도 알아. 하지만 이제 그 정도 컨트롤은 나 혼자 알아서 해야지."

채린은 마치 제가 스물댓 살 먹은 씩씩한 처녀라도 되는 양 얘기하고 있었다. 나는 뭐라고 대꾸해야 할지 도저히 감이 잡히지 않았다.

"그럼 앞으로는 한국에 쭉 머물 거야?"

"응. 안 그래도 직장 알아보고 있어. 너도 알다시피 내가 온실 속의 화초처럼 컸잖아. 지금 생각하면 참 부끄러워. 대학 때 아빠 돌아가시고, 울 엄마 하시던 일도 예전에 접으셨거든. 얼른 자립해서 엄마 짐 덜어드려야 하는데 진짜 걱정되는 거 있지?"

그녀는 혀를 쏙 내밀면서 애교 있게 덧붙였다.

"솔직히 대학원 가볼까도 했는데, 너도 알다시피 내가 공부 쪽에는 영 젬병이잖아, 히히."

뭐가 뭔지 점점 더 알 수 없었다. 일찌감치 결혼한 동창들은 벌써 중학생 아이를 두고 있었다. 온실 속의 화초라거나, 자립 등의 단어는, 자식들에 관한 얘기를 할 때나 사용하는 것이었다. 이를테면, 우리 애를 온실 속의 화초로 키워서 걱정이야, 자립 정신이 부족할까 봐서, 라고 해야 어울리는 나이인 것이다. 관자놀이가 지끈지끈거렸다.

"현주야, 채린이 지금 진짜로 행복하다. 나 예전부터 너랑 친해지고 싶었거든. 너는 공부도 잘하고 모범생이고. 또 기댈 수 있는 언니 같아서 같이 있으면 맘이 되게 푸근해져. 참, 너, 남자 친구 있어?"

결혼했느냐는 질문이 아니라, 남자 친구가 있느냐는 질문을 받은 것은 꽤 오랜만이었으므로 좀 당황스러웠다. 나는 어설프게 고개를 저었다. 채린이 손뼉까지 치며 반색했다.

"어머, 잘됐네. 내 남자 친구한테 너 소개팅 시켜주라고 할게. 나 요즘 사귀는 사람, 되게 멋지다. 히힛."

천진난만하게 입술을 움직거리는 채린과 헤어져 집에 돌아오는데, 어릴 적, 놀이 공원 유령의 집에서 친구 손을 뿌리치고 도망쳐 나왔을 때처럼 뒤통수가 영 찜찜했다.

5

고1과 고2 때 같은 반이었고, 같은 대학에 진학해서도 동문회 등을 통해 꾸준히 만나고 지내기는 했으나 나는 한 번도 채린을 친한 친구라고 생각해본 적이 없었다. 여자 아이들이 많이 모인 집단에서는 어디나, 함께 몰려다니며 도시락을 먹고 여가 시간을 보내는 소집단들이 생긴다. 하지만 내가 아는 한, 양채린은 여고 3년 내내 어떤 소그룹에도 속하지 않았다. 어떤 소그룹에서도 채린을 자신들의 멤버로 받아들이지 않았다.

고등학교의 신입생 입학식에서부터 채린은 한눈에 확 뜨일 만큼 예쁜 아이였다. 교복 자율화 시대였다. 꽃샘바람이 횡횡 불어대는 운동장, 목까지 올라오는 털 스웨터와 겨울 점퍼를 입은 고

만고만한 단발머리들 틈에서 진회색 모직 스커트 정장을 갖춰 입은 소녀의 우아한 자태는 단연 돋보이는 것이었다. 재킷 속에 받쳐 입은, 나팔꽃처럼 둥글고 넓은 칼라의 흰색 블라우스는 여학생 잡지 속 하이틴 모델들이 즐겨 입는 스타일이었다. 오래지 않아 그녀가 별의 딸이라는 소문이 쫙 퍼졌다. 아버지는 투 스타인지 쓰리 스타인지 아무튼 육사 출신의 촉망받는 장군이며, 어머니는 신문에도 몇 번 나온 적이 있는 패션 디자이너라고 했다. 청소년 드라마에나 등장할 만한 근사한 조합의 부모였다. 한 반에 두어 명씩은 기본적으로 존재하는 이현주, 김은정, 박선영이 아니라 이름마저 독특한 양채린이었다. 공주로서의 요건을 완벽히 갖춘 그녀는, 그러나 퍽 의외의 성격을 소유하고 있었다. 새침하지도 않았고 내숭을 떨지도 않았다. 아무에게나 스스럼없이 재재거리고 누구한테나 무람없이 구는 채린은 오히려 푼수에 가까웠다. 많은 아이들이 채린의 주변에 몰려들었다.

선거 대신 자신의 재량으로 학급 임원을 임명하면서, 담임은 나를 부반장으로 그녀를 총무로 지목했다. 총무는 반장과 부반장 다음인, 반의 세번째 서열이었다.

"연합고사 점수 순이다. 아직은 서로를 잘 모를 테니까. 불만 없지?"

학급의 구성원 누구도 그에 대해 이의를 제기하지 않았다. 채린은 반을 위해 열성적으로 봉사했다. 학기 초에 시행되는 반 대항 환경미화대회를 위하여 며칠 동안이나 밤늦게까지 교실에 남아 일했고, 연보라색 레이스가 달린 교탁보와 전신거울을 자비로 장만하기도 했다. 채린의 아버지는 교내 육성회장의 자리를 흔쾌히 수락하였다. 이상한 징후가 전혀 없었던 것은 아니다. 영어 교사는 사범대학을 졸업하고 막 부임한 젊은 남자였는데, 정의로운 세상을 향한 열정적인 의지를 틈틈이 아이들 앞에 드러내곤 했다. 그가 별안간 채린을 일으켜 세워 교과서를 읽어보라고 시켰을 때, 나는 그 선생이 채린의 이름을 알고 있다는 데 대해 질투를 느꼈다. 어렵지 않은 문장이었다. 중학교 2학년 수준이면 유창하게 발음할 수 있는 영어 문장을 더듬더듬 제대로 읽어내지 못하는 채린을 보면서, 교실 안에는 잔잔한 파문이 일었다.

"그만! 됐다, 양채린. 다음엔 예습 좀 해와라. 그런데 너 오늘 아침에 학교까지 어떻게 왔지?"

영어선생의 느닷없는 질문에 채린은 대답을 하지 못하고 자동 인형처럼 눈만 깜빡 깜빡거렸다. 그가 한 말은 딱 한마디였다.

"학생이면 학생답게 버스를 타고 다녀야지."

채린이 검은 세단의 뒷자리에 앉아 등교하는 광경을 목격한 사람이 나뿐만은 아닌 모양이었다. 채린의 얼굴이 석류처럼 붉게 변했으나, 그 아이는 울음을 터트리거나 적의를 표현하는 대신 온순하고 고분고분한 음성으로, 네,라고 대답했다. 그것이 채린이었다.

채린과 관련된 본격적인 소문은 2학기가 시작되고 얼마 후, 교실 뒤쪽으로부터 은밀하게 퍼지기 시작했다. 담임의 책상을 청소하던 한 아이가, 1학기 기말고사의 학급 등수가 적힌 교사용 성적표를 몰래 훔쳐보았다고 했다. 입학 때부터 일이 등을 다투었던 반장과 내가 나란히 일이 등을 나누어 가졌고. 그리고. 삼 등은 양채린이 아닌 다른 아이라고 했다. 채린의 이름은 십 등 안에도 들어 있지 않았다. 그것만이 아니었다. 학급 정원 예순두 명 중에 양채린은, 육십이 등이라고 했다.

"그렇게 잘난 척하더니 결국 이런 거였어?"

"우리 반 일 등부터 꼴등까지 한 줄로 세우면 양채린 뒤에는 대걸레랑 주전자밖에 없겠네."

채린의 별명은 졸지에 대걸레가 되었다. 그 별명은 그 후로도 줄곧 채린의 뒤를 따라다녔다. 오랫동안 그것은 공공연하게 중의적 의미로 사용되었다.

6

그날의 맞선남이 연락을 해왔다. 가진 것 중에서 가장 높은 하이힐을 신고 나갔는데도 내 키는 남자의 어깨에 겨우 닿을락 말락했다. 남자는 본격적인 탐색 모드를 가동하기 시작한 눈치였다. 홀어머니가 계시다고 들었는데 건강하신가요? 혈당이 좀 높으세요. 그래요? 당뇨는 유전이 아니던가요? 저희 집엔 그런 사람이 한 명도 없어서 말입니다. 그럼 생활은 전적으로 현주씨의 월급으로 하는 건가요? 전부는 아니에요. 아버지가 남기신 작은 건물에서 월세가 들어와요. 어머니가 공무원으로 퇴직하셨기 때문에 연금도 나오고요. 오호, 그럼 저금액이 상당하시겠군요. 다른 형제가 없으시니 건물은 자연히 현주씨 앞으로 이전되는 건가요? 끝이 두려워지는 문답이었다. 그러나 결혼 경력이 없는 서른아홉 살의 총각이 흔한 것은 아니었다. 현실을 냉정히 받아들여야 한다는 것을 나는 이미 알고 있었기 때문에 그렇게 괴롭지는 않았다.

채린은 수시로 전화를 걸어왔다.

"현주야, 뭐 해?"

"지금 좀 바쁜데."

"어머나, 미안해. 이따가 다시 할게."

황급히 물러났다가도 두어 시간만 지나면 언제 그랬냐는 듯 또 전화를 했다. 스토커가 따로 없었다. 통화가 되지 않으면 휴대전화 사서함에 음성메시지를 남겨 놓았다.

"아아, 여보세요, 아아, 지금 녹음되는 건가? 현주야, 우리 언제 볼까? 나는 내일, 모레, 글피 다 좋은데. 현주야, 네가 회사 일이 많이 바쁘면 채린이가 회사 앞으로 놀러갈까?"

정말로 채린은 회사 앞으로 나를 찾아왔다. 공교롭게도 키다리 남자와의 데이트가 있는 날이었다. 이번에는 헤어스프레이를 덜 뿌렸는지 앞머리가 좀 죽어 있었다. 어쨌든 보기에 한결 나았다. 어깨에 패드가 들어간 큼지막한 연노란색 재킷은 언젠가 본 듯한 옷이었다.

"어쩌지? 오늘은 다른 약속이 있어서 가봐야 하는데."

"아냐, 괜찮아. 괜히 귀찮게 해서 미안해. 그냥 너 보고 싶어서, 그래서, 한번 와본 거야."

"같이…… 갈래?"

힘없이 돌아서는 채린을 왜 다시 불러 세웠는지 나도 모르겠다. 뒤돌아 걸어가는 그녀의 조붓한 어깨에서 치명적인 것을 잃어버린 어린 동물의 위태로움을 느꼈다는 것 말고는.

남자는 별로 싫어하는 기색이 아니었다. 친구 사이인데 많이 다르시네요, 라고 했을 뿐 나와 채린의 관계에 대해 꼬치꼬치 캐묻지도 않았다. 그가 화장실에 간 사이 채린이 내 귀에 대고 속삭였다.

"너 진짜 저 아저씨랑 사귀는 건 아니지?"

대답 대신 나는 맥주를 들이켰다. 채린과 같이 있으면 자꾸 목이 바짝바짝 탔다.

"솔직히 나도 옛날에 이런 연애 해봤거든. 근데 나중에 여자만 너무 힘들게 돼."

이번에는 제법 걱정 어린 말투였다. 도통 무슨 소리를 하는지 알 수가 없었다. 채린을 이리 데려온 데 대해 이미 스멀스멀 후회의 감정이 밀려오는 중이었다. 막상 남자가 자리에 돌아오자 채린은 제가 언제 그런 내색을 했냐는 듯 여성스럽고 살갑게 굴었다. 오징어도 먹기 좋게 찢어놓고, 낙지 소면의 사리도 젓가락을 들고 직접 비볐다. 남자가 재미없는 농담을 할 때마다 한 손을 입에 대고 과장되게 즐거워하는 채린의 태도에는 수줍음과 아양이 묘하게 뒤섞여 있었는데, 의도적인 것이라기보다는 자연스레 몸에 밴 자세 같았다. 생각보다 채린은 술이 세고, 남자는 약했다. 맥주 두어 잔에 벌겋게 취기가 오른 남자는 했던 말을 두어 번씩 되풀이했다. 뭔가 불안하다고 느낀 순간, 내 전화기가 요란하게 진동했다.

"어디냐?"

엄마가 다짜고짜 소리를 질렀다. 나는 수화음의 볼륨을 최소한으로 줄였다. 나와는 아랑곳없이 남자는 혀가 꼬이는 발음으로 보험 사기의 비하인드 스토리를 떠들어대고 있었다.

"그러니까 그 여자가 남편을 죽인 거예요. 차로 완전히 짓뭉개고 지나간 거죠."

"어머나, 세상에."

채린이 양손으로 얼굴을 가리고 놀라는 시늉을 했다. 떨떠름한 기분을 가누지 못하면서 나는 전화기를 들고 밖으로 나왔다.

"무슨 일이에요?"

"왜 아직 안 들어오냐?"

"오늘 늦을 거예요. 약속이 있단 말예요."

"선보는 날도 아닌데 무슨 약속이 있어? 누구 만나는데?"

엄마는 마치 여학생을 단속하는 기숙사 사감처럼 집요하게 캐물었다. 나는 수화기를 귀에서 떼고 입술을 깨물었다.

"혹시 그 밥도 안 먹이고 들여보낸 보험회사 놈 만나는 거 아니냐? 그런 쓸데없는 놈 만나고 다니려거든 혼자 있는 엄마 저녁이나 챙길 것이지. 천하에 이기적인 것 같으니라고."

나는 더 견디지 못했다.

"지금 아무 남자나 만나준다 그러면 고마워서 춤출 일이지. 엄마는 내가 몇 살인지 몰라요?"

"아니. 이년이 말대꾸하는 것 좀 봐. 지가 못나서 남들 다 가는 시집도 못 가놓고 왜 나한테 소리를 질러?"

"지금 바빠요. 나중에 들어가서 얘기해요."

"네가 아주 그 보험쟁이한테 정신이 나갔구나. 아이구, 저 순진한 년. 그놈이 보험 들어달라고 수작 부리는 건지도 모르고."

"아무것도 모르면서. 자꾸 간섭하지 말아요."

"아니, 이게 미쳤나. 아이구, 혈당 올라간다. 아이구, 죽겠다."

전화기 폴더를 힘껏 닫아버리고 나는 화장실로 갔다. 조도가 낮은 형광등, 지저분한 거울 속에서도 뺨의 기미 자국과 눈 밑의 그늘이 선명해 보였다.

테이블에 돌아와보니 아수라장이 벌어져 있었다. 맥주 거품을 뒤집어쓴 남자가 황망하게 입을 벌린 채로 앉아 있었다. 머리에서 뚝뚝 맥주 물이 떨어졌다. 흡사 비눗물에 빠진 기린의 몰골이었다. 채린 앞에 놓인 오백 시시 잔은 텅 비어 있었다. 불안스레 눈동자를 굴려대던 채린이 엄마 닭을 만난 병아리처럼 내 등 뒤로 얼른 숨었다.

"현주야. 나, 안 그러려고 했는데. 이 아저씨가 자꾸만 옆에 앉으려고 해서. 나는 너 때문에."

가쁜 호흡 때문에 알아듣기 힘들었다.

"아니. 이 여자가 무슨 소리 하는 거야? 아줌마가 먼저 살살 눈웃음쳤잖아!"

정신을 좀 차렸는지 남자가 벌떡 일어섰다. 그는 제 앞의 술잔을 사납게 움켜쥐었다. 미처 말릴 틈이 없었다. 벽에 부딪친 유리잔은 단번에 박살이 났다. 아아악! 채린의 비명이 비현실적으로

울려 퍼졌다. 벽을 타고 흘러내린 액체가 나무 바닥을 흥건히 적셨다. 차가운 맥주 방울이 내 울 스웨터에도 적잖이 튀었다. 물빨래도 불가능한 옷이었다. 직원 몇이 달려와 우리 테이블을 에워쌌다. 그중 가장 체격이 큰 남자 직원을 향해 나는 또박또박 부탁했다.

"죄송하지만 경찰을 불러주시겠어요?"

"이것들이 아주 쌍으로 미쳤군."

남자가 재수 옴 붙었다는 표정으로 쌩하니 도망가버린 다음에도 오래도록 채린은 내 어깨에 이마를 묻고 있었다. 거리를 걸으면서도 연방 용서를 구했다.

"미안해. 현주야. 진짜 미안해."

"할 수 없지, 뭐."

무뚝뚝한 대답이었지만 그녀는 꽤나 감격한 눈치였다.

"이해해줘서 고마워. 그리고 다시는 저런 느끼한 아저씨 만나지 마. 우리 스물다섯 살이잖아. 그렇게 급한 나이도 아니야."

도로 위는 전조등을 밝힌 자동차들로 뒤엉켜 있었다. 나는 걸음을 멈추고 마른침을 삼켰다.

"방금 뭐라고 했어? 우리가 몇 살이라고?"

"스물다섯 살."

뭐가 잘못되었느냐는 시선으로 그녀가 나를 바라보았다. 티 하나 없이 무구한 눈망울이었다.

"그럼 올해가, 올해가 몇 년도야?"

"천구백구십일 년이잖아."

세상에서 제일 쉬운 대답을 했다는 듯 채린이 아무렇지도 않게 씩 웃었다.

7

대학 졸업 앨범은 뽀얀 먼지를 뒤집어쓴 채 책꽂이 구석에 꽂혀 있었다. 채린은 도예과의 졸업생이었다. 입학 점수의 커트라인이 서울 시내에서 다섯 손가락 안에 드는 사립대학에 채린도 함께 합격했다는 사실을 알았을 때 나는 할 말을 잃었었다. 학교 이사장과 먼 친척이라는 둥, 스쿨버스를 몇 대 새로 뽑아주었다는 둥 그아이의 부정 입학을 확신하는 소문이 여고 동창생들 사이에 들끓었다. 풍문을 아는지 모르는지 그녀는 누구보다 발랄한 걸음으로 캠퍼스를 활보했고, 동문회에도 빠지지 않고 참석하여 끝까지 자리를 지켰다. 학생식당이나 복도 등지에서 나와 마주칠 때면 유난히 반가워하며 어깨를 끌어안곤 했다. 나는 남의 눈에 가혹해 보이지 않을 정도로만 살짝 웃어주었다.

내가 다닌 인문대학에도 그녀를 점찍은 남학생들이 많았다. 몇몇은 나를 찾아와 다리를 놓아달라는 부탁을 하기도 했다. 그들 중 가장 키가 작고 여드름 많은, 깡촌 출신 남학생에게만 채린의 연락처를 가르쳐 주었다. 예상과 달리 데이트에 성공했는지 그는 고맙다며 내게 자판기 커피 한 잔을 뽑아주었다. 그리고 한 학기가 지날 무렵, 국문과 촌놈 강철수가 미대 퀸카 양채린을 따먹었는데 별거 아니라더라, 는 내용의 소문이 복학생들을 중심으로 널리 퍼졌다. 조금 미안했지만 나로서도 불가항력의 일이었다.

졸업 사진 속의 채린은 목련꽃처럼 방싯거리고 있었다. 지난번 입고 나온 병아리색 재킷 차림이었다. 앨범 뒤편의 주소록에서 그녀의 본가 전화번호를 찾았다. 번호를 눌러야 하는지 말아야 하는지 나는 선뜻 결정을 내릴 수가 없었다. 남의 일에 어느 정도까지 개입하는 것이 옳은가. 무엇이 상식적인 태도인가. 상식이란, 무엇인가. 모든 것이 혼란스러웠다.

전화를 받은 젊은 여자는 놀라는 기미가 역력했다. 수화기 너머 아기가 칭얼대는 소리가 들렸다.

여자는, 언니가 이곳에 살지 않는다고 말했다.

"알고 있어요. 하지만 걱정이 되어서요. 음, 그러니까 채린이가, 좀 아픈 것 같아서요."

내 변명 같은 말투가 어쩐지 채린과 꼭 닮아 있었다. 나는 혀로 윗입술을 축였다. 채린의 여동생은 크게 한 번 한숨을 들이마시고는 데면데면하게 말했다.

"자세한 건 저도 잘 몰라요. 영구 귀국한 건 맞아요. 그곳에는 아마 다시 가지 않을 거예요. 거기서 무슨 일이 있었는지 모르지만, 아무튼 그 시간들이 통째로 사라진 것처럼 굴어요. 하지만 뭐, 저러다 금방 멀쩡해지겠죠."

"저, 혹시 병원에라도 가봐야 하는 게 아닌가요?"

나는 용기를 짜내어 말해보았다. 잠시 정적이 흘렀다.

"사실…… 우리 언니가 남한테 피해를 주는 건 아니잖아요?

242

일상생활을 못 하는 것도 아니고요. 그리고 지금은 경황이 없어요. 엄마도 아프시고, 저도 산후조리를 하는 중이거든요. 언니랑 동창이라면 더 잘 아시겠지만, 채린 언니가 워낙에 별로 또릿또 릿한 사람은 못 되잖아요?"

그녀의 여동생은, 리우데자네이루에 채린의 딸이 있다고 했다. 열 살이라고 했다.

8

낡은 국산 지프의 조수석 창밖으로 채린이 커다랗게 손을 흔들었다.

"현주야. 얼른 타."

차의 뒷좌석은 싸구려 휴지 상자, 꼬질꼬질 때가 탄 레이스 쿠션, 먹다 버린 음료수 캔 같은 잡동사니들로 가득했다. 나는 그 틈새에 엉거주춤 엉덩이를 걸친 채로, 운전석의 남자와 어색한 인사를 나누었다.

"처음 뵙겠습니다. 서진호라고 합니다."

주황색이 감도는 반투명 선글라스를 쓴 남자는 살쾡이처럼 하관이 빨았다. 한눈에도 건실해 보이는 인상은 아니었다.

"현주야. 운명이라는 건 원래 따로 정해져 있나 봐."

과거의 소공녀답게 품위 있는 칼질로 스테이크를 썰면서 채린은 서진호와의 첫 만남을 상기했다. 운명의 그날. 독립적인 여성으로 거듭나기 위해 무엇보다 전공을 살린 일자리를 구하는 게 급선무라는 결론을 내린 채린은 자필 이력서와 자기소개서를 각각 열다섯 부씩 작성하여 택시를 타고 무작정 화랑의 거리 인사동으로 갔다고 한다. 인사동 역시, 자신이 서울을 떠나 있던 일 년 사이에 크게 변화된 모습이었는데, 골목골목 화랑의 숫자가 크게 늘어나서 예상보다 쉽게 직장을 구할 수 있겠다는 희망이 움텄다고 한다. 하지만 부푼 기대와 달리, 문을 열고 들어간 갤러리마다 오너의 얼굴은 하나도 구경하지 못했고, 안내 데스크에 앉은 직원들은 그녀가 쭈뼛대며 내미는 서류 봉투를 보고 황당해하는 안색을 감추지 않았다.

"그냥 가려다가 이번이 마지막이라고 생각하고 한 군데 더 들어갔어. 거기서, 오빠를 만난 거야. 나한테 의자를 권하고 커피를 줬지."

"절친한 선배가 운영하는 갤러리예요. 공교롭게도 그 시간에 제가 잠깐 대신 봐주고 있었지요. 아마도 우리 채린이와 인연이 닿으려고 그랬나 봐요."

남자가 꽤나 자연스러운 동작으로 그녀의 목덜미를 쓰다듬었다. 내가 묻지도 않았는데 그는 자신이 곧 화랑 오픈을 앞두고 있다고 강조했다.

"지금 한국의 미술품 매매 시스템은 상상을 초월할 정도로 후진적이에요. 재능 있는 젊은 예술가들이 다른 고민 없이 마음껏 재능을 펼칠 수 있도록 대안 공간을 만들 예정이에요. 특별히 일반인들을 주주로 참여시켜서 말이지요."

일반인들,이라는 단어에 유달리 힘이 들어갔다. 너무 열정적이어서 불안한 남자. 서진호는 새로 벌일 화랑 사업에 대한 얘기만 주야장천 늘어놓았다. 나는 어떤 태도로 남자를 대해야 하는지 알 수 없었다. 이력서와 자기소개서까지 읽었다면 채린의 저 괴이쩍은 정신 상태에 대해 모를 리 없을 터였다. '미친 여자'에게 순수한 목적으로 접근하는 남자가 과연 존재할 것인가.

"실례지만, 몇 년생이세요?"

서진호는 나의 시선을 피하지 않았다. 오렌지 빛 안경 너머 가느다란 눈 속에 스친 곤혹을 숨기려 애쓰지도 않았다. 그는 느긋이 대답했다.

"우리나라 나이로, 서른두 살입니다."

채린이 화장실에 간 사이 나는 단도직입적으로 물었다.

"왜죠?"

"무슨 말씀입니까."

"채린이 상태를 모른다고 할 셈인가요."

서진호가 포크와 나이프를 접시 위에 내려놓았다. 두 손을 냅킨으로 닦은 다음, 깍지 껴 테이블 위에 올려놓았다. 거칠고 야무진 손등이었다.

"그 얘기라면 알고 있습니다. 하지만 그게 어쨌다는 거지요?"

"저 애는 환자예요. 올바른 판단을 내릴 수 없는. 이런 상황은 공정하지 않아요."

"……매사를 그런 식으로 생각합니까. 우리는 사랑하는 사이입니다. 제삼자가 간섭할 수 없는 우리만의 방식이 있는 겁니다."

나는 고기 대신 실수로 혀끝을 씹었다. 아야, 비명을 지르는 대신 핏빛 와인을 들이켰다. "귀엽고 아름다운 여잡니다. 내가 돌봐주고 싶어요. 진심입니다."

잊었다는 듯 남자가 나직하게 덧붙였다.

"저 사람이 어떤 세계에 살고 있건 행복하면 되는 게 아닙니까. 어떤 인간도 결국 자기가 믿는 대로 살아갈 뿐이니까."

그때 채린이 방글방글 웃으며 돌아왔다. 서진호가 그녀의 잘록한 허리를 팔로 감싸 안고는 보란 듯이 꾹꾹 주무르기 시작했다.

"아이, 오빠. 왜 그래요. 현주가 보잖아."

채린이 아기 고양이처럼 소리 내어 웃었다. 스테이크 삼인분과 포도주의 값은 그녀가 현금으로 계산했다. 계산대 앞에서 남자가 잠시 주춤거리는 사이 그녀가 얼른 제 지갑을 꺼냈다. 나는 슬며시 얼굴을 돌렸다. 모든 것이 자명했다.

9

다음 날부터 나는 핸드폰으로 걸려오는 채린의 전화를 피했다. 처음에는 하루에 한 통씩 부재중 전화를 남기던 그녀는, 열흘이 넘도록 나와 통화가 되지 않자 삼십 분 간격으로 전화를 걸어왔다. 끈기 하나는 세계 챔피언급이었다. 여러 차례 음성메시지를 남기기도 했다.

"무슨 일 생긴 건 아니지? 혹시 나쁜 일 있는 건 아니지? 채린이가 기다릴게. 사실은 할 말도 있고. 전화 꼭 해줘야 해."

나는 아예 전화기의 배터리를 빼버렸다. 언니한테 내색을 하지 말아달라는 채린 여동생의 부탁 때문은 아니었다. 그녀를 당장 격리와 구금이 필요한 중증 정신병자라고 생각해서 그런 것도 아니었다. 내후년이면 마흔이었다. 나는, 나를 감당하기에도 벅찼다. 그녀는 나에게 그저 수많은 동창생들 중의 하나일 뿐이었다.

"언제는 남자에 환장한 것처럼 굴더니 왜 또 변덕이냐."

아내를 자궁암으로 잃었다는 마흔두 살 의사와의 맞선을 거절하자, 엄마는 단박에 비아냥댔다.

"하긴 아무리 급해도 그렇지. 한번 결혼했던 남자는 나도 영 안 내킨다."

엄마는 오해했다. 그가 상처(喪妻)한 남자라 싫은 게 아니라, 상처(傷處)를 가지고 있어서 싫었다.

회사에서는 자잘한 실수를 반복해 직속 상사에게 질책을 들었다.

"왜 이렇게 부주의한거야? 정신을 어따 팔고 다니는 거지? 쯧쯧, 하여튼 나이 든 여자들이란."

상사가 대놓고 혀를 찼다. 그의 질타가 내 잘못보다 과도하다고 느꼈지만, 평소와 달리 화가 나지 않았다. 와사비가 많이 들어간 초밥을 무심코 입에 넣은 것처럼 코끝이 확 아려왔을 따름이다. 주말 오후에는 두어 달 전부터 예정되었던 동창 모임에 참석했다. 신도시의 사십 평형대 아파트를 새로 장만한 친구의 집들이를 겸한 자리였다. 거실 벽 한복판에는 진경산수화를 모사한 그림이 걸려 있었다. 로코코풍의 화려한 가죽 소파와 안 어울렸다. 몇 달째 보합세인 수도권 아파트의 가격 동향, 포장이사업체 일꾼들의 불친절과 발 고린내, 인기 가수와 여배우 커플의 파경 소식 등등이 두서없이 도마에 올랐다. 언제나 그렇듯 좌중의 화제는 결국 교육 문제로 귀결되었다.

"정말 세상이 어떻게 되려고 이러는 거니. 기본만 시켜도 가계 경제가 휘청한다니까."

그 집의 안주인이며 반도체 회사 중견 간부의 와이프가 엄살을 떨자, 중앙일간지 정치부 차장의 와이프가 심드렁하게 받았다.

"어디 어제오늘 얘기여야지. 너도 내년에 큰애 학교 넣어보면 알거야. 돈 들인 애랑 안 들인 애랑 얼마만큼 차이가 나는지, 아마 깜짝 놀랄 거다."

"다 부모의 저속한 욕심일 뿐이야."

똑 부러지게 의사를 표명하고 나선 것은 한국에서 제일 큰 법무법인 소속 변호사의 와이프였다. 전업 주부인 다른 동창들과 달리 그녀는 심심찮게 언론에 등장하는 환경운동가인 동시에 모교의 전임강사로 일하고 있었다.

"나는 우리 슬기한테 아무것도 바라지 않아. 반듯하고 건강하게 자라주는 것만으로도 큰 축복이고 감사해야 할 일이잖아."

교육방송 프로그램의 출연자 같은 그녀의 말에 좌중의 여자들이 제각각 묘한 표정을 지었다. 변호사와 환경운동가 부부가 그 외동딸의 조기 유학을 위해 보스턴의 유명한 사립초등학교와 옥스퍼드의 유서 깊은 귀족학교를 놓고 저울질 중이라는 소문은 이미 파다하게 퍼져 있었다.

"우리 친정 엄마가 슬기를 키워주셨듯이, 나도 나중에 슬기가 낳은 아이를 꼭 내 손으로 키워줄 거야. 그게 여자가 여자에 대해, 세상에 대해, 갚아야 할 빚 아니겠어?"

늦은 점심이 체한 것인지 아까부터 계속 속이 불편했다. 참으려고 노력했지만 나는 작게 트림을 했다. 환경운동가가 내 쪽을 흘끗 돌아보았다.

"현주야. 그래도 네가 우리 중에 제일 팔자 편한 줄이나 알아. 구질구질하게 얽매인 데 없이 너 한 몸 가뿐하잖아. 참, 최근에는 소개받은 남자 없어?"

"어머, 너 아직도 선보니?"

그때까지 한마디도 없이 가만히 있던 은행원의 와이프가 눈을 동그랗게 떴다. 그 부부는 겉으로 '아이 없는 쿨한 삶'을 표방하는 것과 달리 남편이 무정자증이라는 끊임없는 소문에 시달리고 있었다.

"꼭 결혼을 해야 한다는 조바심을 버려. 독신의 삶도 나쁠 것 없잖아."

"그래. 오십까지는 괜찮아. 앞으로는 폐경도 늦출 수 있을 거라던데."

"참, 다들 그 소식 들었니?"

내가 적절한 대답을 찾지 못해 어물어물하는 사이 정치부 기자의 와이프가 빠르게 화제를 낚아챘다.

"……양채린 말이야."

갑자기 주변이 조용해졌다.

"그 양채린이, 이혼했대."

"어머어머. 정말이야?"

"그래. 우리 사촌언니가 브라질 살잖아. 교포 사회에는 벌써 짜하게 퍼졌다더라. 걔가 워낙 개념이 없잖니. 위자료는커녕 몸만 간신히 빠져나왔다나 봐."

"치정 문제?"

"여기서 놀던 가락이 있는데 뻔하지 않겠어. 근데 이 경우는, 몰라, 맞바람이라는 설도 있고 남편이 자기가 먼저 잘못해놓고 애한테 뒤집어씌웠다는 소문도 있고. 복잡한가 봐."

"그 남편도 보통은 아니라던데? 왜, 몇 년 전인가는 채린이를 테니스챈가 골프챈가로 두들겨 팼다가 이웃한테 신고당했다는 소문도 돌았잖아."

금시초문이었다. 나는 목뼈를 숙이고 찻잔 받침에 그려진 장미 꽃잎의 개수를 셌다.

"그래도 꽤 오래 살았네?"

"하긴 채린이 옛날에 사귀던 남자들이랑 비교해보면 그 남편 되게 오래 참은 셈이긴 하지. 옛날 남자들은 죄다 몇 개월을 못 버티고 줄행랑을 쳤었잖아. 여자 얼굴 반반한 거 잠깐이지. 그렇게 맹한 애랑 어떻게 길게 사귀겠어."

한국에 들어온 채린은 아직 아무에게도 목격되지 않은 모양이었다. 하지만 결국 시간문제일 뿐이라는 것을 나는 잘 알고 있었다.

"지가 먼저 우리한테 연락하지도 않겠지만, 그래도 혹시 어떻게 끈이 닿더라도 절대 모르는 척해야 돼. 걔 이제 거칠 게 없는 몸인데, 한번 엮이면 또 누구한테 엎어질지 어떻게 아니."

"어머, 너 지금 남편 걱정하는 거야?"

모두들 까르르 웃었다.

"아무튼 친구는 사는 게 비슷비슷해야 해."

내가 갑자기 핸드백을 챙겨 일어서자, 다들 어리둥절한 표정을 지었다. 다급한 용무가 떠올랐다는 내 말은, 내 귀에조차 거짓말처럼 들렸다. 그러나 거짓말은 아니었다.

10

벽에 붙은 선풍기가 후텁지근한 바람을 뿜어내며 천천히 돌아가고 있었다. 그해 팔월 한복판. 그 중국집의 긴 복도에서는 들큼하고 시큼한 냄새가 마구 뒤섞여 풍겨왔다. 복도 양옆으로 정사각형의 방들이 다닥다닥 붙어 있었다. 가족 동반 친척 모임이었을 것이다. 남자 어른들은 바지를 척척 걷어올린 채 두껍게 튀긴 돼지고기와 눈물이 쏙 빠지도록 매운 짬뽕 국물을 안주 삼아 고량주를 마셨다. 여자 어른들은 녹말 범벅의 해산물과 군만두를 앞에 놓고 끝도 없이 지루한 수다를 나누었다. 따라온 아이들은 채열 살도 되지 않는 꼬마들이었다. 여고생인 내가 그 자리에 끼어 앉아 있다는 것만으로도 얼굴이 달아오르는 일이었다. 고기튀김을 두어 점 집어 오물거리고 나니 할 게 없었다.

복도의 다른 방들을 기웃거린 것은 열일곱 살짜리다운 호기심에서였다. 홀에서 제일 먼, 안쪽 방.

"나 이제 정말 싫다니까요."

여자가 신경질을 부리고 있었다. 붉은 주렴 너머 들려오는 그 목소리가 귀에 익었다. 나는 숨을 멈추었다.

"몇 번이나 말했잖아요. 너무 힘들어서 안 되겠어. 공부도 해야 하고."

구슬발 사이로, 채린의 옆모습이 보였다. 민소매의 블라우스 아래로 드러난 어깨가 동그랗고 하얬다. 옆자리의 남자는 나무 탁자에 얼굴을 처박고 있었다. 우는 모양이었다. 먹다 놓은 요리 그릇 위에 파리가 앵, 날아와 앉는 것까지 나는 놓치지 않고 보았다. 이윽고 남자가 얼굴을 들었다.

"내가 더 잘할게. 제발 헤어지자는 말만 하지 마."

그는, 영어 선생이었다. 언젠가 수업 시간에 채린에게 면박을 준 적이 있는 그 젊은 영어 교사의 눈에 눈물이 그렁그렁했다. 그가 채린의 맨 어깨에 얼굴을 묻었다. 한숨을 내쉬면서 채린은 손을 올려 선생의 등을 토닥였다. 하나로 묶은 채린의 머리칼이 천천히 흔들거렸다.

부정에는 어떤 방식으로든 응징이 따르게 마련이다. 그녀가 62명 중에 62등이라는 것은 내가 말하지 않아도 언제든 알려질 비밀이었다. 그 소문이 산불처럼 번지는 데 대해 나는 별다른 죄책감을 가지지 않았다. 그러나 그녀에게 대걸레라는 별명을 붙인 것은 내가 아니었다. 나는 그저, 채린의 뒤에 대걸레와 주전자밖에 없잖아, 라고 커다랗게 말했을 뿐이다. 그 말 속에 들어 있던

252

악의를 부인하지는 않겠다. 하지만 단정하고 규범적인 소녀라면 누구나 그녀에 대해 그만큼의 악의는 품고 있었을 것이다. 존재 자체만으로도 타인의 심기를 건드리는 인간은 어디에나 있다. 채린에게 어디서부터 사과해야 할지 막막했다.

11

그녀는 집에 있었다. 그녀답지 않게 물기가 쭉 빠진 빳빳한 목소리로 전화를 받았다. 순간 가슴이 덜컥 내려앉았다. 혹시 그녀가 정상으로, 돌아간 것일까. 꿈에서 깨어난 것일까.

"현주야, 나 그 사람이랑 헤어졌어. 그래서 너한테 전화 많이 했었는데. 네 목소리 듣고 싶어서. 울고 싶어서."

더 이상의 말은 묻지 않았다. 혹시 남자가 투자라는 명목으로 돈을 빌려가지 않았느냐는 따위의 질문도 하지 않았다.

"……괜찮은 거야?"

"그럼. 괜찮지 않으면 어쩌겠어?"

그녀가 야무지게 반문했다.

"돌이킬 수 없을 때 후회하는 것보다는 낫잖아."

한참 동안 우리는 아무 말도 하지 않았다.

"그래. ……우리는, 아직, 스물다섯 살이니까."

내 음성이 너무 작아서, 수화기 너머의 그녀에게까지 들렸는지는 잘 모르겠다.

롤 빗으로 앞머리를 둥글게 말고, 그 위에 헤어드라이어를 가져다 댄다. 뜨거운 열이 이마 위로 쏟아진다. 높이 세워진 머리칼을 손가락으로 살살 빗어 넘기면서 헤어스프레이를 힘껏 뿌린다. 옷장에 걸린 옷들 중에서 어깨에 사각의 커다란 패드가 들어간 구형 재킷과, 항아리 모양의 모직 스커트를 어렵게 찾아낸다. 1990년 2월, 대학 졸업을 기념하여 구입한 정장이다. 재킷의 소매에서 희미하게 좀약 냄새가 난다. 거울은 보지 않는다.

엄마는 텔레비전 앞에서 꾸벅꾸벅 졸고 있다. 조선 시대 궁녀로 분장한 젊은 여배우가 화면 속에서 희고 가지런한 치아를 드러내며 웃고 있다. 자다 깬 엄마가 내 모습을 보고 손등으로 눈을 비빈다.

"그 꼴을 하고 나가게?"

대답 대신 나는 조금 웃는다. 내 미소가 딱딱하게 보이지는 않았으면 좋겠다.

유행을 무시하며 살 수는 없을 줄 알았다. 이제는 그렇게 생각하지 않는다. 삶은 유행보다 더디게 지나간다. 채린과 나는 얼마나 더 이곳을 견딜 수 있을까. 하지만 위험하지 않은 길은 어디에도 없을 것이다. 이제 나는, 그녀에게 간다.

어두워지기 전에

포털 사이트 검색 창에 '독살'이라는 단어를 넣자, 동서양 역사 속의
무수한 독살 의심 사례들이 화면에 나타났다. 나폴레옹도, 정조도, 고종도, 스탈린도
누군가에 의해 독살당했을지 모른다는 내용의 웹 페이지들을 차근차근 읽어나갔다.
비소로, 청산으로, 청갈의 독으로 사람은 사람을 죽여왔다.

1

남편은 일곱번째 맞선 파트너였다.

스물아홉 살 가을의 일이다. 엄마는 그해가 지나면 자신과 딸의 인생이 종말을 맞이하기라도 한다는 듯 조급하게 굴었다. 구월과 시월, 일곱 번의 일요일마다 나는 맞선용으로 구입해놓은 샤넬 라인의 원피스를 입고 새로운 남자들을 소개받았다. 날씨가 추워져 새로운 옷이 필요해지기 전에 다행히 지금의 남편에게서 애프터 신청을 받았고 우리는 이듬해 삼월 결혼식을 올렸다. 예식장에서 엄마와 시어머니는 만족스러워 보였다. 국회의원 선거에서 무조건 가장 보수적인 정당의 후보자에게 투표하는 것까지 양가의 분위기는 여러모로 비슷했다. 나보다 네 살 위인 남편도 그동안 집안으로부터 만만찮은 압력을 받았으리라 짐작되었지만 굳이 물어보지는 않았다.

　결혼한 지 사 년이 되도록 임신이 되지 않자 친정 엄마와 시어머니는 번갈아 한약을 지어 들고 신혼집을 방문했다. 딸의 나이 삼십대 중반이 되었으며 가임 기간이 여유롭게 남아 있지 않다는 사실 때문에 엄마는 늘 불안해했고 시부모에게 미안해했다. 시어머니는 평균 이상의 교양을 소지한 분답게 직접적인 채근을 하지는 않았으나, 아이를 즐거운 인생의 방해꾼쯤으로 여기는 요즘 젊은 부부들의 이기적인 풍조에 대해 틈만 나면 개탄하곤 했다. 아이가 부모에게 주는 소소한 기쁨들은 무엇으로도 바꿀 수 없다는 둥, 아이를 낳아 키우는 지난한 희생의 과정을 거쳐야만 비로소 어른이 되는 거라는 둥 그런 얘기들을 듣고 있을 때 나는 우리가 섹스리스 부부라는 사실을 확 밝혀버리면 무슨 일이 벌어질까, 짓궂은 상상을 하곤 했다.

　남편과 나는 한국에서 시판되는 침대 중 가장 커다란 킹 사이즈 베드의 양끝에서 잠을 잤지만, 꼭 사이가 나쁘다는 의미는 아니었다. 그것은 상대에 대한 일종의 배려였다. 잠귀가 무척 밝고 새벽마다 꼭 한 번은 화장실에 가기 위해 깨나는 남편이 바깥쪽을, 벽을 바라보고 누워야만 잠드는 습관을 가진 내가 안쪽을 차지했다. 함께 잠들기 전에 남편은 내 이마에 가벼운 굿나이트 뽀뽀를 해주기도 했지만, 보통은 그가 거실에서 책을 보거나 컴퓨터 앞에 앉아 있는 동안 내가 먼저 침대로 갔다. 늦은 밤 혼자 캔 맥주 하나를 마시며 유유자적하는 시간이 없다면 사람이 무슨 낙으로 살겠느냐고 남편은 말하였다. 남편이 출근한 뒤에 언제나 혼자만의 시간을 누리고 있는 나로서는 알 듯 모를 듯한 얘기였다.

남국의 섬으로 떠난 신혼여행 당시만 해도 첫 날과 두번째 날 각각 한 번씩의 삽입 성교가 있었다. 남편은 서툴지는 않았으나 그것을 별로 즐기는 눈치도 아니었다. 일단 지속 시간이 굉장히 짧았기 때문에 나는 당황했고 그 당황함을 감추기 위해 어떻게 해야 하는지 알 길이 없었다. 여행의 마지막 날 밤, 모의고사를 치르는 대입 수험생 같은 표정의 남편이 잠옷을 벗기기 위해 다가왔을 때 나는 그의 손을 잡고 가련한 어조로 이야기했다. 익숙하지 않아서인지 이 일은 나에게 아직 버겁다, 심지어 아프기까지 하다, 앞으로 노력하겠으니 너무 미안하지만 당신이 오늘은 좀 참아주면 안되겠느냐, 거기까지 말하자 남편은 부드럽게 나의 손을 잡았다. 그는 이해가 빠른 남자였다.

한 달에 한 번쯤 간헐적으로 있었던 부부 관계는 결혼 일 년 뒤부터 느슨히 간격이 벌어지기 시작하더니 곧 전무해졌다. 부부 사이에 전에 없던, 둘만 아는 어떤 기묘한 친밀감이 생겨나기 시작한 시점이 바로 그 무렵이라고 나는 믿고 있었다. 아주 가끔씩 어머니들이 지어온 한약의 존재가 떠오를 때면 냉장고 윗간에서 한 포 꺼내어 전자레인지에 일 분 동안 데워 마셨다. 쓴맛이 났지만, 나는 이제 그 정도는 참을 줄 아는 나이가 된 것이 자랑스러웠다.

2

윗집 아이가 죽었다는 소식을 들은 것은 일요일이다. 사건 현장 최초의 발견자는 아이의 엄마. 서너 살쯤 된 아들의 손을 항상 꼭 붙들고 다니는 하얗고 깡마른 여자다.

"애 혼자 두고 잠깐 나갔다 왔는데 글쎄 입가에 침을 질질 흘리고 있더래."

나는 상가 정육점에서 들은 얘기를 남편에게 전해주었다.

"그래?"

마룻바닥에 신문지를 펼쳐놓고 발톱을 깎고 있던 남편이 등을 숙인 채 별 감흥 없이 말했다.

"돌연사구나."

"사람이 그렇게 죽을 수도 있나?"

"그럼. 나 군대 때 내무반 고참 하나도 그렇게 죽었는데."

처음 듣는 얘기였다. 그는 군대 시절 일화를 무용담처럼 떠벌리는 남자들을 환멸 가득한 눈빛으로 쳐다보는 인간이었다.

"정말이야?"

"응. 일요일 날 다들 축구하러 가는데 혼자 낮잠 자겠다고 하더니, 나중에 아무리 깨워도 안 일어나더라. 그때 그 사람 제대 두 달 전이었는데."

"어쩜. 너무 안됐다."

"그런가?"

남편이 어깨를 으쓱하더니 발톱을 모은 신문지를 착착 접었다.
나는 어쩐지 김이 새는 느낌이 들었다.

"당신은 무섭지 않아?"

"뭐가?"

나는 손가락으로 천장을 가리켰다.

"저기 위에서 사람이, 애가, 죽었는데."

"그렇게 생각하기 시작하면 끝이 있겠냐. 전 세계에 지금 이 순
간에도 죽어가는 애들이 얼마나 많을 텐데."

"그렇지만 아무래도 보통 일은 아닌가 봐. 경찰들도 다녀갔고
부검도 할 거래."

그 말을 하는데 칠부 소매의 카디건을 걸친 내 팔뚝에 좁쌀 같
은 소름이 쫙 끼쳤다. 남편은 접혀진 신문지를 휴지통에 넣고 리
모컨으로 텔레비전을 켰다. 「전국 노래자랑」이 방송되고 있었다.
몸의 굴곡이 다 드러나는 꽃무늬 바지를 입은 중년 여자가 엉덩이
를 흔들면서 트로트를 부르는 장면이었다. 날 울린 남자, 날 버린
남자, 사랑한 게 잘못이더라, 사랑한 게 잘못이더라. 나와 남편은
한동안 조용히 화면을 응시했다.

"참 가지가지야."

남편이 한마디 툭 뱉었다. 냉소적인 목소리가 어쩐지 심드렁하
게 들렸다. 나는 주방으로 가 식사를 준비했다. 좀 아까 사온 등
심은 비닐 포장 그대로 냉동실에 넣어두었다. 고기 굽는 냄새를
맡고 싶은 기분은 아니었다. 식은 미역국을 데우고 김치를 송송
썰었다. 올리브 기름과 양파를 듬뿍 넣고 밥과 함께 볶아야겠다

고 생각했다. 남편은 미식가였지만 내가 요리한 음식들은 별말 없이 비우는 편이었다. 싱크대 앞의 작은 유리창으로부터 환한 볕이 쏟아져 들어왔다. 한낮이었다. 어제 이맘때는 제 집 마루를 도도도 뛰어 가로지르는 아이의 발바닥 소리가 천장에 울려 퍼졌었다. 왜 애를 저렇게 놔두는 거지. 나는 아마 인상을 찌푸렸을 것이다. 남편이 나가고 없다는 데 대해 안도감이 들기도 했었다.

윗집의 소음을 나보다 훨씬 더 못 참아 했던 쪽은 남편이었다. 어린아이가 유발하는 것이 틀림없는, 위층에서 들려오는 여러 종류의 시끄러운 소리들에 대해서 그는 유난한 혐오의 감정을 숨기지 않았다. 쿵쿵쿵쿵 아이가 온 힘을 다해 제자리 뛰기라도 하는 듯한 소리가 둔중하게 울려 퍼지던 어느 날에는 마룻바닥에 리모컨을 확 패대기쳤을 정도였다. 에이 씨, 저 새끼 모가지를 확 비틀어버려. 평소 남편의 말투와 너무 달랐기 때문에 그 장면은 더 극적으로 내 머리에 각인되어 있다. 윗집에서는 아무 소리도 들려오지 않았다. 낯선 정적이었다. 남편 입장에서는 죄 없는 리모컨을 집어던질 원인이 사라진 셈이었다.

콧등이 납작하던 윗집 남자 아이. 고치 속의 누에처럼 매일매일 허옇게 살이 오르던 아이. 엘리베이터에서 마주칠 때면 볼살 속에 파묻힌 작은 눈을 찡그리며 웃던 그 아이에게 나는 한 번도 제대로 시선을 맞추어준 적이 없었다.

디저트로 플로리다산 오렌지를 꺼내놓으려던 내 계획에 아랑곳없이 남편은 계란 프라이를 얹은 김치볶음밥을 먹자마자 화장실로 가 양치를 했다. 학원에 가야 할 시간이었다. MBA에 진학하겠다는 것은 남편이 오랫동안 간직해온 희망 사항이었다. 두 달 전부터 그는 입학을 위한 본격적인 준비에 돌입했다.

"톱클래스에 들어가지 않는다면 졸업 후에도 큰 의미가 없어. 허영심 때문에 공중에 달러를 낭비하고 싶지는 않아."

그의 단호한 견해를 나는 마땅히 존중했다. 미국의 명문 경영 대학원에 입학하기 위해서는 토플과 G-MAT의 고득점 성적표를 첨부해야 했다. 매주 토요일과 일요일 오후에 다섯 시간씩 진행된다는 MBA 준비 클래스에서 그는 가장 연장자 축에 속할 것이다. 폴로남방을 바지 속에 집어넣고 파란색 백팩을 둘러맨 채 집을 나서는 남편의 뒷모습에서 어쩔 수 없는 중년 남자의 체취가 묻어났다. 나는 달콤한 오렌지 과육을 앞니로 깨물면서 남편을 배웅했다.

3

그날 저녁, 임시 반상회가 소집되었다. 언젠가의 반상회에서 어색하게 몸을 꼬고 앉아 있다가 느닷없이 새댁은 언제 좋은 소식 들려줄 거냐는 호기심 어린 질문 공세를 당하고 기겁한 뒤부터, 나는 그런 식의 모임에는 일체 참석하지 않았다. 경비실에 불참 벌금 오천 원을 흔쾌히 지불하는 쪽이 훨씬 가뿐했다. 그러나 이번에는 아무래도 가보지 않을 수가 없었다. 역시 901호 문제였다. 사건과 관련하여 불안해하지 말고, 만약을 대비하여 문단속들 잘하고, 무엇보다 다른 사람들에게 소문내는 행위를 지양하라는 것이었다.

"안 그래도 우리 동 전망이 나쁘다고 가격이 안 오르는 판인데 이런 일까지 잘못 소문나면 어쩌겠어요?"

십일 동 주민 일동이라는 명의로 조의금을 전달한다는 계획도 전해졌다. 경비원들의 상여금 조로 적립해둔 공금을 사용할 것인지, 새로 모금을 할 것인지를 놓고 가벼운 의견 충돌이 일어나 즉석 표결에 부쳐졌다. 나는 거둬둔 공금을 쓰자는 쪽에 한 표를 던졌다. 반상회가 끝나고도 동네 여자들은 각자의 집으로 들어가지 않고 계단참에 모여 웅성웅성댔다. 저마다 손지갑 하나씩을 옆구리에 낀 여자들이, 동네 소식통을 자처하는 십오 층 여자의 주위를 빙 둘러섰다. 소문의 윤곽은 더욱 뚜렷해져 있었다.

사건 발생 추정 시간은 토요일 밤 아홉 시경. 윗집 여자는 늦은 저녁 식사 후 갑자기 심한 두통을 느끼고 진통제를 사기 위해 길 건너 약국에 갔다. 아이는 텔레비전 앞에 그대로 놔둔 채로. 약사의 증언에 의하면 자신의 처방에 따라 진통제 두 알을 피로 회복용 드링크와 같이 마셨을 뿐 윗집 여자에게서는 평소와 다른 특기할 만한 점을 전혀 발견할 수 없었다고 한다. 그다음 증언자는 약국에서 한 블록 떨어진 도서 대여점 여주인. 저녁으로 짬뽕 한 젓가락을 막 집으려고 하는 찰나 윗집 여자가 들어왔기 때문에 정황을 확실히 기억한다고 했다. 윗집 여자는 연체료 오백 원과 함께 잡지를 반납하고 갔다. 총 소요 시간 이십여 분, 길어야 이십오 분쯤 걸리는 코스였다. 그리고 집에 돌아와 봤더니 아이가 마룻바닥에 반듯이 쓰러져 있어서 119에 신고했다는 대강의 스토리였다.

"그래서, 사인이 뭐래요?"

더 못 참겠다는 듯 누군가 물었다. 그 자리에 둘러섰던 여자들이 하나같이 눈망울을 반짝거렸다.

"그게 말이야."

모든 정보를 종합하여 시간 순서대로 보고하던 십오 층 여자가 갑자기 언성을 낮추었다.

"독, 살, 같대."

"네에?"

"부검해봐야 아는 거지마는 그렇게들 짐작하나 보더라고."

"그럼, 누가, 죽였다는, 거예요?"

"아우, 괜히 얘기했다. 어디 가서 절대 말하면 안 돼. 알았지?"

사방에 헐거운 침묵이 고였다. 나는 서둘러 집으로 돌아왔다. 문을 잠그는 동안 나도 모르게 다리가 후들거렸다. 남편은 아직 돌아오지 않았다. 아홉 시가 다 되어가고 있었다. 전화를 하려다 그만두었다. 수업이 끝난 뒤엔 수강생들 몇몇과 조직한 스터디 모임이 늦게까지 이어진다고 했다. 한 군데 집중할 때면 남편은 휴대전화 벨소리를 묵음 모드로 전환시켜두었다. 그럴 때면 신호음이 한 번, 두 번, 세 번, 정확히 열세 번까지 울린 뒤에 음성사서함 서비스로 넘어갔다. '지금은 전화를 받을 수 없습니다.' 아무래도 이물감을 떨치기 어려운 그 안내음을 적어도 이 순간만은 듣고 싶지 않았다.

친한 친구들 두엇을 떠올려보았다. 하나는 둘째를 임신하고 있는 주부였고, 또 하나는 네 살 연하의 남자 친구와 열애 중인 미혼녀였다. 우리 윗집에 살인 사건이 일어났어,라고 다짜고짜 내뱉기에 적절한 상대들은 아니었다. 나는 집 전화기 대신 휴대전화를 꺼내어 문자메시지를 보내기 시작했다. '언제 와? 좀 빨리 들어오면 안 돼? ㅠ.ㅠ' 아무래도 너무 과한 것 같다. 취소 버튼을 연달아 눌러, 울고 있는 이모티콘을 지웠다. 나는 남편에게 유약하거나 보호받아야 할 대상으로서의 이미지를 주고 싶지 않았다. 그런 것을 자존심이라고 부르는지도 모르겠다. '언제 와?' 내가 남편에게 보낸 전언은 결국 그 한마디였다. 엄지손가락으로 버튼을 누르는 순간부터 후회가 되었다.

나는 집 안의 전등을 모두 켰다. 시간을 견디기에는 역시 인터넷이 제일 좋았다. 네트워크 속을 유영하다 보면 혼자라는 기분은 곧 사라졌다. 포털 사이트 검색 창에 '독살'이라는 단어를 넣자, 동서양 역사 속의 무수한 독살 의심 사례들이 화면에 나타났다. 나폴레옹도, 정조도, 고종도, 스탈린도 누군가에 의해 독살당했을지 모른다는 내용의 웹 페이지들을 차근차근 읽어나갔다. 비소로, 청산으로, 전갈의 독으로 사람은 사람을 죽여왔다. '나폴레옹의 사인은 지난 한 세기 이상 위암에 의한 것으로 간주되어왔으나 사실은 세인트헬레나 섬에서 독살됐다는 것을 구십구 프로 확신한다고 영국의 권위 있는 나폴레옹 전문가 챈들러 박사가 밝혔다. 챈들러 박사에 의하면 육 년 동안 나폴레옹에게 규칙적으로 비소를 먹인 것은 가장 가까운 측근으로 알려진 샤를 드 몽톨론 공작이었다. 몽톨론은 수년 간 나폴레옹에게 소량의 비소가 든 포도주를 먹였다. 비소는 오렌지 음료, 쓴 아몬드 등과 섞이면 치명적인 칵테일이 된다.'

인간의 몸은 얼마나 취약한가. 새로운 두려움이 다른 두려움을 몰아냈다. 화면 속에 몰두하고 있을 때 문득 뒤에서 인기척이 느껴졌다. 깜짝 놀라 돌아보니 어느새 남편이 등 뒤에 서 있었다. 열쇠로 현관을 따고 들어온 모양이었다.

"뭘 그렇게 열심히 해? 채팅이라도 하는 거야?"

정말 궁금해서 묻는다기보다는 농담에 가까운 질문이었다. 정색을 하고서 '무슨 소리야, 채팅이라니. 사실은 당신을 기다리는데 잠이 안 와서 여기저기 둘러보던 중이야'라고 대답한다면 도리어 분위기가 어색해질 것이다. 나는 재빨리 인터넷 창을 닫고 쑥스럽게 웃었다.

"오늘 물은 꽝이네. 남자들이 자꾸 껄떡대기만 하고."

남편이 씩 장난스러운 미소를 지었다.

"그럼. 그런 데나 들락날락하는 놈들이 다 그렇지. 뭘 바라냐."

"저녁은 먹었어?"

"수업 끝나고 가볍게 먹었어."

"피곤하겠다. 얼른 씻고 자."

"응. 그래야겠어."

가끔 우리 부부의 대화가 텔레비전 단막극 속의 대사같이 느껴질 때가 있다. 남편이나 나나 일류 배우는 아니지만 그렇다고 어설픈 삼류도 아니리라 믿는다. 남편이 화장실로 들어가자 곧 소변 줄기 떨어지는 소리가 들려왔다. 그제야 문자메시지의 답장을 받지 못했다는 것이 떠올랐다. 윗집 아이의 뉴스도 아직 전해주지 못했다. 나는 재빨리 소리쳤다.

"여보, 윗집 애 말이야. 글쎄, 살해당한 거래."

남편은 아무 대꾸도 하지 않았다.

"독을 먹였다나 봐. 너무 끔찍하지?"

변기 물 내리는 소리도 나지 않았는데 그가 벌컥 화장실 문을 열고 나왔다. 남편처럼 깔끔한 남자에게, 전에 없던 일이다.

"누가 그래?"

기이하게도 남편은 흥분하고 있었다.

"으응, 반상회에서, 십오 층 여자가."

"그런 얼토당토않은 입방아를 믿어?"

남편은 남의 일에 절대로 화를 내는 사람이 아니다. 나는 의아해졌다.

"아니. 그런 게 아니라 거의 확실한대."

"말도 안 되는 얘기 괜히 믿지 마. 진실이라는 게 그렇게, 그렇게 단순한 게 아니야."

논리적 비약과 허둥거림. 전혀 남편답지 않다.

"당신, 오늘 밖에서 무슨 일 있었어?"

남편이 짧은 한숨을 뱉었다.

"어, 모르겠다. 오늘 내가 왜 이러냐. 피곤해서 그런가 봐."

그의 얼굴에 불안의 빛이 스쳐 지나는 것을, 나는 보고 말았다.

4

수사관은 자신을 윤(尹)이라고 소개했다. 남자는 내가 평소 막연히 상상했던 강력계 형사의 이미지와는 달랐다. 번들거리는 검은 가죽 점퍼를 걸치지도 않았고, 살쾡이처럼 안광이 날카롭게 빛나지도 않았다. 그는 골지의, 몸에 많이 붙는 티셔츠 차림이었는데 남편이라면 아무리 부탁해도 걸치지 않을 그런 스타일이었다. 어쩐지 여교사 앞에서 수줍어하는 다 자란 고등학생의 분위기를 풍기는 남자였다. 나는 일주일째 청소하지 않은 마룻바닥의 상태가 자꾸 신경 쓰였다. 커피를 권했지만 남자는 정중하게 사양했다.

"지금은 공무 수행 중이라서요. 고맙습니다, 선생님."

타인에게 선생님이라는 호칭으로 불리는 것은 처음이었으므로 어떻게 대꾸해야 할지 난감했다.

"강지원군 사건과 관련해서 몇 가지 여쭈어보겠습니다. 아시는 대로 편안하게 말씀해주시면 됩니다."

윗집 아이의 이름이 강지원인가 보았다. 강지원. 지원이. 그러겠다는 의미로 심호흡을 한 번 하고 양손을 깍지 끼워 무릎 위에 얌전히 올려놓았다. 윤은 바로 본론으로 들어갔다.

"22일, 지난 토요일 말입니다. 그날 무엇을 하셨습니까?"

남자의 콧등에 세로의 굵은 주름 한 줄이 도드라졌다. 나도 양미간에 신경을 모았다.

"오후에······ 백화점에 갔다가······ 들어와서 집에 있었는데요."

사실이었다. 그날 오후 케이블 채널을 여기저기 돌리면서 뭉그적거리다가 천천히 집을 나서 신촌의 백화점을 둘러보았다. 막 정기 바겐세일이 시작된 터라 사람이 굉장히 많았다. 영 캐주얼 매장에서 이번 시즌 유행할 거라는 연둣빛 면 재킷을 걸쳐보았다. 어린 판매원은 딱 손님을 위한 옷이라며 호들갑을 떨었다. 맘에 들기는 하는데 아줌마한테 이런 옷이 어떨지 모르겠다고 망설이자 판매원이 깜짝 놀라는 시늉을 했다. 결혼하신 줄 몰랐다, 주부처럼 보이지 않는다는 속이 빤히 들여다보이는 칭찬이 싫지 않았다.

계산은 남편의 백화점 크레디트 카드로 했다. 엘리베이터 안에서 베레모를 쓴 못생긴 꼬마 여자 아이가 내 무릎에 손바닥을 비벼댔다. 흰 바지에 성분을 알 수 없는 *끈끈한* 액체가 묻었다. 아이 엄마는 뻔뻔하게도 모르는 척 딴 데를 보고 있었다. 나는 길게 한숨을 내쉬었다. 지하 식당가에서 냉면을 먹으려고 했지만 대기하는 줄이 십 미터는 되어 보였다. 포장 팩에 담긴 충무김밥을 하나 집어 들고 식품 매장을 바삐 빠져나왔다. 차가 굉장히 막혔지만 집까지는 택시를 타고 왔다.

"집에 쭉 혼자 계셨습니까?"

나는 그렇다고 말했다. 그날, 충무김밥 속의 무는 슬며시 쉬어 있었고 오징어는 지나치게 달았다. 남편이라면 비웃기 위해서나 틀어놓았을 왁자지껄한 오락 프로그램을 보며 한 개씩 집어먹으니 그럭저럭 참을 만했다.

"혹시 위층에서 무슨 특별한 소리가 나거나 하지는 않았습니까? 그러니까 아이의 울음소리라든지 비명 소리라든지."

젓가락을 내려놓을 즈음 천장에서 드르르르거리는 소리가 들려오기는 했었다. 그러나 그것은 특별하다기보다는 일상적인 소음이었다. 윗집 아이가 이번에 선택한 장난감은 자동차나 오토바이, 하여튼 바퀴 달린 무언가가 틀림없었다. 또 시작이야, 중얼거리는 대신 나는 텔레비전의 볼륨을 크게 키웠다.

"사건이 일어난 건 언제 처음 아셨습니까?"

"아홉 시쯤인가 사이렌 소리가 들렸어요. 그냥 그런가 보다 했는데 그때 남편이 들어오면서 밖에 구급차가 와 있다고 알려주었죠."

스터디가 예상보다 일찍 끝났다고 말하는 남편은 어쩐지 미세하게 들떠 보였다.

"아래윗집이고 부부끼리 연배도 비슷한데, 지원이네 가족과는 가깝게 지내셨습니까?"

"글쎄, 마주칠 일이 많지 않아서."

"그렇군요. 아파트 생활이라는 게 아무래도 좀 그렇죠."

"예. 아무래도."

나는 말끝을 얼버무렸다. 실제로 윗집 여자와는, 우연히 눈빛이 부딪치면 그때서야 짧은 눈인사를 나눌 뿐 터놓고 지내는 사이가 아니었다. 이 아파트에는 젊은 핵가족으로 이루어진 세대가 유난히 많았다. 남편들이 도시 중심가로 출근한 사이 아내들은 유모차를 밀고 아파트 단지를 오가다 서로 사귀곤 하는 모양이었다. 어느 유아 수영장이 괜찮고 한글 선생님은 언제부터 불러야 하는지 등등의 잡다한 육아 정보를 교환하는 소그룹. 나로서는 끼어들 수도 없고, 끼어들 의사도 없는 커뮤니티였다. 형사의 시선이 거실 장식장 위의 사진들에 가 머물렀다. 세피아 톤의 사진 속에서 나는 소매 없는 드레스 차림에 장미 부케를 들었고, 남편은 한물간 밤무대 가수 같은 턱시도 차림이다. 공연히 얼굴이 붉어졌다.

"결혼하신 지는 얼마나 되셨습니까?"

"사 년이 좀 넘었어요."

"아직 아이는 없으신가 봅니다."

"네. 아직."

"한번 낳아보십시오. 세계관이 완전히 바뀝니다."

형사가 긴 손가락으로 짧은 머리칼을 쓸어 넘기는 시늉을 했다. 갑자기 나이가 열 살은 더 들어 보였다. 지갑 속에서 제 아이 사진이라도 꺼내어 들이밀까 봐 나는 덜컥 겁이 났다.

"아이들을, 좋아하십니까."

남자가 내 얼굴을 정면으로 바라보고 있었다. 나는 착각하고 있었다는 것을 깨달았다. 형사의 눈빛은 차갑지는 않았지만 매력적이지도 않았다.

"별로. 큰 관심은 없어요."

나는 솔직히 인정했다.

"……하지만 타인에게 폐를 끼치는 경우는 누구든, 아이든 어른이든 좋아하지 않아요."

"이미 알고 계시겠지만 이것은, 살인 사건입니다."

남자가 정색을 했다. 나는 어떤 표정을 지어야 하는지 알 수 없

272

었다. 그는 전형적인 수사관의 음성으로 말을 이었다.

"일산에서, 목동에서, 홍제동에서, 연달아 비슷한 사건이 일어났습니다. 피해자는 유아. 청산염 중독. 주말 저녁, 보호자가 잠시 한눈을 판 사이 일어났다는 공통점이 있습니다."

"……"

"희생된 어린아이의 부모들은 서로 일면식도 없는 사입니다. 그들을 한 줄로 엮을 어떤 고리도 보이지 않지요. 어려운 경웁니다. 단, 불특정 대상을 타깃으로 했다고 가정하면 얘기가 재밌어지겠지만."

내 입에서 예기치 못한 헛기침이 튀어나왔다.

"아, 놀라지 마십시오. 세상엔 별 미친놈들이 다 있는 법이니까요. 아이 혐오증뿐 아니라 노인 혐오증 환자도 있다더군요, 쯧. 어쨌든 천사 같은 아이를 상대로 한 범죄보다 더 잔악무도한 건 없을 겁니다."

그것은 말하자면 여름이 지나고 가을이 온다, 는 명제처럼 자명한 진리였으므로 나는 침묵했다.

"용의주도한 놈입니다. 지금까지의 증거물이라고는 이백오십 미리 미터의 족적뿐이지요. 이백오십. 여자라고 할 수도, 남자라고 할 수도 있는 치수 아닙니까."

이어서 당연하다는 듯 수사관은 나의 신발 사이즈를 물어왔다. 실내화 속 맨발을 흘끔거리는 것을 잊지 않았다. 나는, 구두는 이백삼십 밀리, 운동화는 양말을 신어야 하기 때문에 이백삼십오 밀리를 신는다고 설명해주었다. 남편의 발 사이즈가 이백오십 밀리라는 것은 말하지 않았다.

5

　나는 남편을 사랑한다. 깊이 고민해본 적은 없지만 그것을 의심하지는 않는다. 사랑이 뭐 별다르리라는 착각은 스물다섯 이전에나 하는 것이다. 서른이 넘고, 결혼 생활을 해본 이들이라면 잔잔한 저녁 호수 같은 사랑의 위력에 대해 인정하지 않을 수 없을 것이다. 설령 그것이 인공 낙원이라 해도 말이다. 우리는 그런대로 평온한 커플이다. 요즈음 섹스리스 부부는 아주 흔하므로, 치명적인 문제가 될 것도 없다. 우리를 묶고 있는 것은, 이를테면 동지애 같은 것이라고 믿는다.

　나는 남편이라는 사람에 대해 잘 알고 있다. 대체로 온화해 보이는 그의 성품이 실은 타인에 대한 무관심과 냉소주의로부터 비롯되었다는 것뿐만 아니다. 고등어구이보다 갈치구이를 좋아하고 청량음료를 마시지 않으며 국산 코미디 영화를 보지 않는다는 그의 취향. 최근 허리띠의 구멍을 두 칸 뒤로 늘렸고 주식 투자로 약간의 손해를 보았으며 성적인 문제에 현저히 열의가 떨어지고 있다는 그의 근황. 또 있다. 171센티미터의 키와 68킬로그램의 몸무게, 오천만 원의 연봉, 슬슬 숱이 빠지기 시작한 뒤통수, 그 뒤통수의 납작한 골격까지도 나는 모조리 알고 있었다. 펄펄 끓는 물을 꿀꺽 삼킨 듯 목이 아파왔다.

나는 '유아 연쇄 살인 사건 미궁'이라는 제목의 신문 기사를 잘 보이도록 펼쳐서 거실 탁자 위에 올려놓았다. 여느 때처럼 밤늦게 퇴근한 남편은 탁자 따위 아랑곳없이 컴퓨터 화면 속에 코를 박고 있었다.

"채팅해?"

언젠가 그가 나에게 했던 것처럼 슬며시 말을 붙여보았다.

"아니."

남편답다. 그는 이처럼 항상 덤덤하고 명쾌하다. 나는 안도했지만 그것은 곧 실망으로 바뀌었다. 허브차를 한 잔 가져다주었는데도 그가 고맙다는 짧은 인사를 생략했기 때문이다. 타인의 호의에 적절한 형태로 답례하는 것이 그의 타고난 성정이었다. 그의 정신을 온통 빼앗아가버린 모니터 너머를 넘겨다보았다. 화면 속은, 크고 작은 총들로 가득했다. 총. 조준하여 방아쇠를 당기는 것만으로 상대에게 치명상을 입히는 무기. 남편이 이런 데 취미가 있다고는 상상해본 적도 없다. 총. 확실히, 청산염보다는 간명한 방법일 것이다.

"당신, 이런 거 좋아했어?"

내 목소리가 명랑을 과장하는 것처럼 들려서 마뜩치 않다.

"어, 이거? 어쩌다 보니 흘러 들어와서 구경하던 중이야."

남편 역시 짐짓 가장하거나 숨기고 싶은 순간이 있을까.

"인터넷이 원래 그렇잖아."

한마디 덧붙이는 품이 평소답지 않은 것만은 맞다.

"그래도 의외다. 당신은 폭력적인 것에는 별 관심 없는 줄 알았는데."

"편견을 버려. 나도 남잔데."

그는 농담도 정색을 하고 했다. 나는 싱긋 웃어주었다. 남편이 황황히 컴퓨터 윈도를 종료했다. 양팔을 깍지 껴 한껏 뒤로 젖히고 기지개를 켜는 포즈에서, 이제 대화를 그만두고 싶다는 은근한 열망이 전해져왔다. 나는 그를 뚫어지게 쳐다보았다.

"세브란스 병원이래."

"무슨 소리야?"

남편이 나를 마주 보았다. 마흔 살까지 고작 두 해밖에 남지 않은 남자. 거실의 밝지 않은 할로겐 조명 아래에서도 그의 낯빛은 거뭇거뭇해 보였다. 피부 노화가 서서히 진행 중이었다.

"경비실 옆에 공지 붙은 거 못 봤어?"

"아니. 못 봤는데."

"윗집 빈소 말이야."

그의 표정에 당혹감이 고스란히 드러났다.

"그런데, 그게 어떻다고?"

나는 턱짓으로 탁자 위의 신문을 가리켰다.

유아 연쇄 살인 사건이 처음 발생한 것은 약 두 달 전. 지난 삼월 중순의 토요일 저녁이었다. 일산의 한 아파트에서 두 살 김모 양이 숨진 채로 발견되었다. 외할머니가 아이를 재워두고 잠깐 이웃으로 마실 다녀온 사이 일어난 일이다. 경찰은 처음에 단순한 사고사이거나 돌연사로 추측했지만 부검 결과 여자 아이의 자그마한 위장에서는 청산의 흔적이 다량 검출되었다. 심한 가정불

276

화를 겪고 있던 김모양의 부모가 용의선상에 올랐지만, 그 시간 각자의 애인을 만나고 있었다는 알리바이가 확실했으므로 수사는 답보 상태에 빠졌다.

두번째 희생자는 목동에 사는 만 4세, 최모군. 김양 사건으로 부터 보름가량 지난, 비 오는 일요일 밤이었다. 역시 부모가 잠깐 외출한 틈에 아이는 죽어 있었다. 맞벌이 공무원인 최모 군의 부모는 성실하고 무난하게 살아온 편이었고 부부 관계도 썩 원만했다는 측면에서 김모양 사건과는 별 유사점을 찾을 수 없었다. 단한 가지, 청산염 중독이라는 사인을 제외하고는 말이다.

수사진영 내부에서도 이것을 연쇄 사건이라고 규정해야 할지 아닐지를 놓고 논란이 일었다. 그리고 마침내 홍제동에서 세번째 희생자가 나왔다. 경찰은 부랴부랴 특별 수사본부를 편성했다. 기사 말미에는, 정신과 의사의 말을 인용해 무동기(無動機) 범죄의 가능성이 제기되고 있었다. 동기가 불분명하고 피해자와 범인간의 인과 관계도 찾을 수 없는 이런 범죄는 사회가 선진화될수록 점점 늘어가리라는 우려 섞인 분석이었다.

"그래서, 뭐?"

짜증이 역력한 어투였다. 나는 물끄러미 나의 남편을 응시했다. 연쇄 살인 사건이 시작된 시점과 당신이 MBA학원의 주말반에 다니기 시작한 시점이 정확히 일치하지 않느냐고 추궁할 수는 없는 노릇이었다. 당신, 이백오십 밀리의 신발을 신고 다니지 않느냐고. 당신, 윗집 아이의 모가지를 확 비틀어버린다고 말하지 않았느냐고. 당신, 아이라면 진저리치며 싫어하지 않느냐고. 당신, 요즘 당신의 내부 깊은 곳에서 물결치는 그것이 무엇이냐고.

"같이 갈래?"

"어딜?"

"빈소."

"미쳤어?"

"왜, 어때서? 모르는 사이도 아니고 아래윗집 사는 사이에 그런 일을 당했는데 얼굴을 비추는 게 예의잖아."

"예의라."

그가 잠깐 말을 멈추었다. 눈알의 검은자위가 고요히 흔들렸다.

"좋지. 그럼 가보든가."

나는 대답하지 않았다. 집 안은 다시 조용해졌다. 남편은 부엌으로 가더니 냉장고에서 캔맥주를 꺼내어 땄다. 나는 거실에서, 남편은 식탁 의자에서, 우리 부부는 제각각의 소용돌이 속으로 미끄러져 들어갔다.

"당신, 요즘 나한테 할 말 없어?"

말을 뱉는 순간 내가 졌음을 알았다. 후회는 되지 않았다. 남편이 의자에서 몸을 일으켰다. 우리의 시선이 공중에서 성기게 부딪혔다. 차게 식은 샥스핀 수프처럼 그가 대꾸했다.

"왜 그래, 자꾸. 피곤한 사람한테."

가슴이 뻐개질 것 같았다. 남편이 다닌다는 학원에 전화를 하는 것은 아주 간단한 일이었다. 남편의 이름을 말하자, 전화를 받은 여직원은 '저희 수강생이 맞으세요? 명단에 없으신데'라고 도리어 의아해했다. 이 얘기를 그대로 전하면, 남편은 뭐라고 할까? 나를 스토커 취급할까? 세상 모든 사람들이 나의 남편이라고 부르는 남자. 나와 그 남자가 어떤 사이인지 내게는 영원한 미스터리였다.

그는 완강한 표정으로 입을 다물고 있었다. 고집스러운 입매에 더는 얘기하고 싶지 않다는 의지가 적나라하게 드러나 있었다. 늙지도 젊지도 않은 그 남자는 무척 피로해 보였다. 썩어 들어가는 내장을 확 까발려 쇼윈도에 진열하고 싶다는 욕망이 주춤주춤 사그라졌다.

그래, 언제나 딱 여기까지였다. 물고 뜯고 찢고 부수고 피 흘리는 전투는 우리와 거리가 멀었다. 한쪽 눈을 감고 한쪽 귀를 막는 태도가 공동생활에 합당한 지혜라고 믿어왔다. 평화적 거리를 유지하자는 무언의 약속. 그것이야말로 우리의 격렬한 부부 관계인지도 몰랐다.

남편은 침실로 들어갔다. 바보처럼, 문을 콩 닫지도 않았다. 그는 한국에서 시판되는 침대 중 가장 커다란 킹사이즈 베드의 가장자리에 모로 누워 자는 체하고 있을 것이다. 나는 욕실로 갔다. 칫솔을 입에 물고 어금니를 박박 문댔다. 맵싸한 치약 거품이 자꾸만 목구멍 속으로 넘어갔다. 이를 다 닦고 나면 미지근한 물로 세수를 할 것이다. 순면 수건으로 물기를 씻고, 심호흡을 한 뒤 침실 문을 열 것이다. 그리고 불을 끄고는 남편이 바라보는 쪽과 반대 방향을 향해 누워 잠들 것이다. 사랑도 증오도 꿈도 환멸도 기화되어버린, 늙은 광대처럼. 우리의 조로(早老)는 이미 충분했다. 결심은 오래 걸리지 않았다. 나는 칫솔을 세면대에 팽개쳤다.

"우리, 얘기 좀 해."

방문을 열었을 때, 남편은 흐느끼고 있었다. 억울하게 죽은 포로의 무덤처럼 가만가만 일렁이는 그의 어깨. 그는 내가 손을 뻗어도 닿지 않을 거리에 놓여 있었다. 나는 얌전히 문을 닫았다. 더 이상의 증거는 필요치 않았다.

6

강씨 상가(喪家)는 십삼 호였다. 문상객이 거의 없는 낮의 빈소는 휑뎅그렁하고 을씨년스러웠다. 미리 준비한 흰 봉투 안에는 빳빳한 만 원권 열장을 넣었다. 강보에 싸여 있을 때부터 보아온 아이에게 그 정도는 해줄 수 있었다. 영정 속의 아이는 내가 아는 윗집 아이와는 사뭇 달랐다. 더 작고, 병약한 느낌을 주었다. 나는 한 번도 안아보지 못한 그 아이를 위해 허리 숙여 사과하고 공손히 국화 한 송이를 바쳤다.

상주는 아이의 젊은 아버지였다. 그는 내가 자신의 아랫집 여자라는 걸 아는지 모르는지, 와주셔서 고맙다고, 지원 엄마는 병실에서 링거를 맞는 중이라고 배터리가 방전된 녹음기처럼 말했다. 나는 너무 상심하지 마시라고 위로하려다가 거두고 목례만을 하였다. 조의금 접수처에 봉투를 내밀고 그곳을 빠져나왔다. 햇빛이 징그럽게 꿈틀거리는 봄, 대낮이었다.

병원 정문까지 걷는 동안 이제부터 가야 할 목적지에 대해 생각했다. 남편이 울었다는 정황이 결정적 증거로 채택될 만한지는 알 수 없지만, 윤형사에게 찾아가 남편을 밀고할 수도 있을 것이다. 황당무계한 추리소설 놀이를 그만두고 네일숍으로 가 손톱의 큐티클을 정리하고 프렌치 스타일로 단장할 수도 있을 것이다. 봄 정기 바겐세일이 절정인 백화점에 들러서는 연둣빛 면 재킷과 어울리는 짧은 청치마를 사고, 정말 결혼하셨어요? 그렇게 안 보이시는걸요, 아부하는 판매원에게 여유 있게 웃어줄 수도, 아마 그럴 수도 있을 것이다. 누가 뭐래도 나는 결혼한 여자가 명확하니까 말이다.

그러나 일단 그를 만나는 것이 먼저일 터였다. 남편의 회사 건물은 광화문에 있었다. 결혼을 하기 전에도 결혼을 하고 난 뒤에도 그의 직장에 찾아갈 일은 생기지 않았다. 빌딩 로비의 커피숍에서 남편이 내려오기를 기다리는 설정은 텔레비전 드라마에서나 보았을 뿐이다. 드라마를 흉내 내고 있다는 기분은 그럴듯했다. 내 전화를 받고 남편은 소스라치게 놀라는 눈치였다. 남편을 기다리는 동안 무슨 음료를 시키는 게 어울리는지 골똘히 생각해보았다. 여배우들은 남자의 얼굴에 늘 뭔가를 들이붓곤 했다. 오렌지주스는 흰 와이셔츠를 착색시킬 것이고, 뜨거운 커피는 2도 이상의 화상을 입힐 것이다.

남편은 오래지 않아 나타났다. 내 손으로 다린 입생로랑 셔츠와 내가 선물한 닥스 넥타이 차림이었지만, 로비를 걸어 다니는 다른 샐러리맨들과 구별하기 어려웠다. 거리에서 무심코 스쳐 지났다면 아마 단숨에 알아보지 못했을 것이다. 가슴이 쿵덕쿵덕

뛰었다. 자리에 앉자마자 남편은 유리잔 속의 찬물을 단숨에 들이켰다. 첫마디를 어떻게 떼야 하나 고심했지만 평범하게 시작하는 편이 좋을 것 같았다.

"왜, 그랬어?"

남편이 갑자기 테이블 위에 이마를 박았다.

"불쌍한 여자야."

파국은 엉뚱하게 왔다. 나는 두 눈을 똑바로 뜨고 그 남자의 고백을 경청했다.

"그 새끼, 회사를 휘저은 걸로도 모자라서 당신까지 찾아가다니. 여보, 정말 미안해. 이런 꼴 보이는 게 아닌데. 하지만 우리, 남들이 아무렇게나 떠드는 그런 사이 아니야. 우리 정말 순수하게, 그래, 이건 내가 인정할게, 순수하게 좋아하는 사이야. 아아, 일이 어쩌다 이렇게까지 꼬였는지 모르겠다. ……하지만 당신은 당신이니까, 다른 여자들하고는 다르니까, 이해해줄 거라고 믿어."

진실은 자명했다. 남편과 사귀던 같은 부서 여직원의 남편이, 며칠 전 사무실을 급습했다. 그는 남편의 책상 한가운데 식칼을 꽂은 후 자기 아내의 뒷덜미를 질질 끌고 어디론가 사라졌다. 남편은 사랑과 평판을, 동시에 잃었다. 세상에서 가장 불행한 사나이가 내게 애원하고 있었다.

"용서해달라는 말은 안 할게. 어차피 그럴 자격도 없는 놈이니까. 하지만 우릴 제발 그냥 있는 그대로 봐줘. 휴, 나 진짜 병신 같지만 이렇게는 도저히 못 끝내겠다. 우리 이렇게 쉽게 끝낼 수가 없어. 당신이 조금만, 조금만 도와줘."

남편은 도와달라는 말을 거듭 되풀이했다. 대체 나더러 뭘 어떻게 도와달라는 건지 알 수가 없었다. 숨을 훅 들이마신 것은, 남편이 자연스레 반복하는 '우리'라는 말속에 내가 들어 있지 않음을 깨닫고 나서였다.

"그래서, 당신이 죽인 거야?"

그러고 싶지 않은데 목소리가 갈라져서 나왔다. 남편이 나를 멀거니 건너다보았다.

"……그게 무슨 소리야?"

"불쌍한 애들인데, 왜 그랬어."

남편의 눈이 튀어나올 듯 커졌다. 이 남자는, 아니 어쩌면 나는, 지금 혼신을 다해 일생일대의 명연기를 펼쳐 보이고 있었다.

"아직 조그만 애기들이잖아, 근데 왜 그랬어."

남편이 연방 주위를 둘러보았다.

"일단 집에 가 있어. 나중에 얘기하자."

"죽이지 말지, 왜 그랬어, 당신, 왜 그랬어."

"자꾸 무슨 이상한 얘기야. 당신 미쳤어? 정신 차려."

남편은 목소리를 한껏 낮추었다.

"그러니까 왜 그랬어? 왜 그랬는데?"

"아우. 진짜. 다 내 잘못이다, 엉. 여보, 정신 좀 차려봐, 제발."

"왜 그랬어! 왜 그랬어! 왜 그랬어!"

남편이 두터운 손바닥으로 내 입을 막을 때까지 나는 목청껏 소리를 질렀다. 울대뼈가 짜릿했다. 마흔 살까지 고작 두 해밖에 안 남은 남자. 격무와 알코올과 니코틴과 현실과 욕망 사이에 납작하게 끼어버린 이 남자. 그는 내 앞에 무릎을 꿇고 악어의 눈물을 흘리지도 못했다. 나는 그의 뺨을 호되게 후려치지도 못했다. 우리 부부는 역시 일류 배우는 못되는 모양이었다.

7

시간은 더디게 지났다. 유월 중순께 일산 2세 여아 김모양 살인 사건의 범인으로 피해자 아버지의 옛 애인이 긴급 체포되었다. 야구 모자를 깊숙이 뒤집어쓴 여자가, 정말 사랑했는데 배신당해서 그랬습니다,라고 천연덕스레 진술하는 광경이 아홉 시 뉴스로 중계되었다. 그녀는 스물세 살이라고 했다. 긴 장마가 시작되기 직전이었다. 대기는 습기를 머금은 눅눅한 바람으로 가득 차 있었고, 스물세 살 여자 아이는 다른 두 건의 독살 사건과는 결단코 무관하다고 주장하고 있었다. 끝이 없을 것 같던 여름이 지나고 다시 긴소매 옷을 꺼내 입을 날씨가 되도록 홍제동 아파트 4세 남아 살인 사건의 범인은 오리무중이었다.

그가, 다혈질 남편을 둔 유부녀와의 로맨스를 깨끗하게 접었는지는 잘 모르겠다. 아무튼 두 계절이 넘도록 사건의 관련자 모두들 지옥과 연옥을 번갈아 겪고 있다는 것만은 부인할 수 없는 사실이었다. 영원한 천국을 꿈꾸는 자는 종교 시설을 찾아가는 편이 낫다는 건, 이 도시의 시민이라면 다들 알고 있는 비밀 아닌 비밀이었다.

　남편은 그날 나에게 애원했던 일을 수치스럽게 여기고 있을까, 가끔 궁금했다. 내가 맹렬히 질투했던 대상이 그들의 관계가 아니라 그토록 유치한 열정이었음을 인정하기 싫은 것처럼 그도 그렇겠지, 짐작할 따름이다. 우리 부부는, 우리는, 여전히 침대의 양 끝단에서 잠을 잤다. 훼손된 것은 아무 것도 없었다. 윗집 여자와는 이따금 엘리베이터나 근처 슈퍼마켓에서 마주쳤다. 그녀와 나는 여전히 눈인사만 나누었다. 날이 추워지자 윗집 여자의 깡마른 배는 동글동글한 빵처럼 제법 부풀어 올랐다. 뱃속의 아이는 예정대로 태어날 것이고, 무럭무럭 자라서 다시 쿵쿵쿵 마룻바닥을 뛰어다닐 것이다. 위층에서 아무리 시끄럽게 굴어도, 모가지를 비틀어버리겠다는 식의 교양 없는 욕설을 남편은 절대로 입 밖에 내지 못할 것이다. 노인들의 충고는 대체로 옳았다. 지난한 희생의 과정을 거쳐야만 사람은 비로소 어른이 된다. 완전한 가정을 이루려면 반드시 대가가 필요했다. 가임기도 얼마 남지 않았는데 이제야 그걸 알게 되다니. 최근에 나는 어떻게 해서든 임신을 해야겠다는 긍정적인 사고방식을 가지게 되었다. 문은 결국, 열리거나 닫힌다.

익명의 당신에게

연희는 자신의 남자 친구의 얼굴을 새삼 말끄러미 들여다보았다.
눈매, 콧잔등, 입술, 안경, 어디 하나 평범하지 않은 데가 없었다. 지하철 옆자리에 앉았대도,
거리에서 어깨를 스치고 지나간대도 기억에 남지 않을 인상이었다. 왜 나는 그를 사랑하는 것일까.
막막하고 불가해한 닻에 발목 잡힌 자의 도취에 젖어 연희는 자문했다.

항문외과

사건이 최초로 알려진 것은 B대학 부속병원 항문외과 병동의 입원실 담당 간호사를 통해서였다. 일요일 아침 여섯 시 삼십 분 경, 주간 근무를 위해 간호사실에 들어서던 그녀는 한 통의 전화를 받았다. 전화를 건 사람은 1014호 환자로, 치열 수술 후 입원 중인 만 사십이 세의 여자였다. "저, 이런 걸 여쭤봐도 될지." 환자는 머뭇머뭇 말을 꺼냈다. "아까 새벽에 말이에요. 왜 갑자기 사진을 찍은 건가요?" "예에? 그게 무슨 말씀이시죠?" 간호사가 의아해하며 반문하자 수화기 너머에서 꼴깍 침 넘어가는 소리가 들렸다. 임상 경력 오 년차의 간호사는 뭔가 예사롭지 않은 일이 발생했다는 것을 직감적으로 알아차렸다. "계속 말씀해보세요. 언제, 누가, 어디를 찍었다는 거죠?" "저기, 그러니까 새벽 두 시 좀 넘어서, 어떤 의사 선생님이 와서, 저를." 수화기를 내동댕이

치고 간호사는 1014호로 달려갔다. 환자는 혼자였고 두 눈이 벌 겋게 충혈된 채였다. 환자가 더듬더듬 진술을 시작한 지 십 초 만 에 간호사는 살짝 열린 병실 문을 황급히 닫아걸었다.

부리나케 그리고 은밀하게 관계자 대책회의가 소집되었다. 항 문외과 과장은 경기도 광주의 골프장 앞에서 차를 돌렸고, 수간 호사는 그날 정오로 예정된 사촌동생의 결혼식에 불참을 통보했 다. 원탁에 둥그렇게 둘러앉기는 했지만 무슨 사단이 벌어진 것 인지 제대로 아는 사람은 없었다. 과장이 담당 간호사를 채근했 다. "복잡한 얘기는 생략하고 팩트만 말해보세요. 그래서 정확하 게 뭐가 어떻게 됐다는 겁니까?" "그게, 저……" 아무래도 단숨 에 읊어댈 수 있는 사안은 아니었다. 간호사는 잠깐 숨을 고른 다 음 과장의 요구대로 자명한 '사실'을 브리핑했다. "1014호는 이 인실입니다. 어제 오후 동실을 쓰던 다른 환자가 퇴원했고 지난 밤에는 주옥경 환자뿐이었습니다. 새벽 약 두 시경으로 추정되는 시간, 누군가 해당 병실에 침입, 핀셋과 솜을 이용하여 환자의 항 문을 소독하고, 사진을 찍었습니다." 좌중에는 한동안 야릇한 침 묵만이 감돌았다.

검사 결과, 일회용 소독 솜을 통해 피해자의 분문(糞門)을 적 신 약물은 노멀셀라인, 즉 생리식염수로 밝혀졌다. 아무나 손쉽 게 구할 수 있는 것이었다. 환자의 맥박, 혈압, 호흡 수 등을 포 함한 바이탈 사인은 모두 정상이었으며 환부에 별다른 외상도 남 아 있지 않았다. 환자는 항문을 비롯하여 아랫도리 전체가 못 견 디게 욱신거린다면서 극심한 통증을 호소했고, 즉시 VIP용 입원실로 옮겨졌다. 신경정신과 전문의는 정신적 충격에 의한 일시적인 증상이라고 진단하였고 정량의 안정제 투여를 지시하였다. 환자가 링거 바늘에 대해 몹시 강한 적대감을 보였기 때문에 안정제는 주사제 대신 알약으로 지급되었다. 남한강변에서 라이브 카페를 운영한다는 환자의 남편은 울화를 참지 못하고 맨주먹으로 병실 문짝을 내리쳐서 응급 조치를 받아야 했다. 과에서는 보안에 최선을 다했지만 소문은 삽시간에 병원 전체로 퍼져나갔다.

임상병리사

월요일 점심시간, B대학 부속병원의 직원들은 삼삼오오 모여 앉아 이 엽기적인 사건에 관한 대화를 나누기에 여념이 없었다. "변태도 종류가 많다더니 세상에 참 별 놈이 다 있네." "그러게 말이야. 거길 대체 왜 찍었대. 누가 그런 짓을 한 걸까?" "설마 의국 사람이겠어? 어디서 가운 하나 주워 입고 들어온 동네 건달이겠지." "아니야. 그 병실에 여자 환자만 있다는 걸 알았다는 점도 그렇고 여러 정황으로 봐서 병원 사정을 잘 아는 사람 소행 같다던데." "그럼 내부자란 말이야? 아우, 끔찍해." 여자들은 소름이 끼친다는 듯 몸을 떨면서도 부지런히 젓가락을 놀렸다. 동료들이 쑥덕거리는 데 끼어들어 몇 마디 의미 없는 감탄사를 보태기는 했지만, 이 사건에 대한 연희의 견해는 특별할 것이 없었다. 동료로부터 사건 개요를 전해 들었을 때는 물론 놀랐으며 뒤이어 뒷수습하려면 실무자들 고생깨나 하겠네, 라는 생각이 들었지만 그뿐이었다. 오전 내내 그녀는 보다 현실적인 문제로 예리하게 곤두서 있었다. 연희는 B대학 부속병원 진단의학센터 소속 임상병리사였다. 이즈음, 도무지 그녀의 신경을 긁지 않는 일이 없었다. 너무 밍밍한 나머지 식욕마저 뚝 떨어뜨리는 직원식당의 닭곰탕, 기한을 조금 어겼다고 대뜸 일 좀 똑바로 할 수 없냐며 땍땍거리는 간호사들, 사귄 지 여섯 달이 넘었지만 가슴 아래로는 절대 진도를 나가지 않는 남자 친구, 그리고 곧 의사 사위 보게 생겼다는 기대를 만방에 과시하는 부모까지. 요새 연희의 머릿속은 잡동사니가 켜켜이 쌓인 서랍처럼 어수선했다. 밥을 먹다 말고 연희는 한 번 더 휴대전화기를 확인했다. 지난 토요일 저녁 헤어진 이후 지금까지 남자 친구 상현은 전화는커녕 문자메시지 한 통 보내지 않고 있었다. 그래, 바쁘겠지, 바쁠 거야. 그녀는 마음을 가라앉히려 애썼다.

뒤 테이블에서 왁자한 소음이 전해져왔다. 언쟁이 벌어진 모양이었다. "어머머, 기막혀. 설마 세상 모든 남자들이 죄다 김선생님처럼 생각하는 건 아니죠? 그 아줌마는 환자였다고요. 환자가 의사 시키는 대로 하는 게 당연하잖아요. 게다가 잠자다 깼으니 얼떨결에 의심할 정신이나 있었겠어요." "쩝, 뭘 그렇게까지 흥분하고 난리야. 나는 그냥 그 아줌마가 부주의했다고 말했을 뿐인데. 안 그래?" "그래. 별것도 아닌 일로 예민하게 굴지들 마. 그나저나 그 여자 사십대라며? 아직 봐줄 만한가 봐? 더 젊은 여자들 놔두고 왜 아줌마를……" "그러게 말이야. 그리고 찍으려면 앞을 찍지 왜 뒤를 찍어?" "아, 정말 너무들 하시는 거 아니에요? 혹시 김선생님이 범인 아니에요? 아니면 최선생님인가?" "엥, 미쳤어? 지금 누굴 또라이 변태 취급하는 거야?" 연희는 스테인리스 숟가락을 소리 나게 내려놓고 일어섰다. 반납구까지 식판을 들고 가는데 관자놀이가 쿡쿡 쑤셨다.

증언

심야 무단 병실 침입 및 성적 수치심 유발 행위에 대해 보고받은 B대학 부속병원장의 반응은 단호했다. "기자나 경찰이 알면 끝장이다. 무조건 막아!" 피해자 주옥경의 외상 후 스트레스 증세는 하루가 지나자 제법 호전된 듯했다. 더는 항문의 통증을 호소하지 않았으며 사건 직후에 비해 안정적인 감정 상태를 유지하였다. 흥분을 가라앉히지 못하는 것은 오히려 그 남편 쪽이었다. 금연 구역인 병실 복도에서 담배를 뻑뻑 피워대고 그것도 모자라 땅바닥에 꽁초를 버리고는 신발 밑창으로 짓이기기까지 하는데도 아무도 제지하지 못했다. "쌍. 내가 병 고치라고 입원시켰지. 변태 새끼한테 내 마누라 똥구멍 보여주려고 입원시킨 줄 알아?" 남자가 전화기를 꺼내 들자 관계자들의 얼굴이 흙빛이 되었다. "어디, 112에 신고하면 되나?" 버튼을 누르는 시늉에 원무과장이 남자의 팔목을 움켜쥐었다. "아유, 선생님, 왜 이러세요. 일단 진정을 좀 하세요. 저희가 지금 정말 최선을 다하고 있습니다." "최선을 다한다고? 놀고들 있네. 벌써 이틀쨌데 지금까지 아무 대책이 없잖아. 범인 새끼 당장 잡아서 내 눈앞에 끌고 오라니까!" "아주 조금만 기다려주세요. 저희가 지금 자체적으로 이 잡듯이 색출 작업을 벌이고 있습니다."

남성 성별을 가진 항문외과 전공의 및 수련의, 그리고 젊은 펠로우들은 혐의를 완강히 부인했다. 매일 지겹도록 보는 것이 타인의 그곳인지라 안 그래도 짜증스러운데 우리가 왜 귀찮게 그런 짓을 벌이겠느냐는 그들의 항변에도 일리는 있어 보였다. 불행히도 피해자는 한밤의 가해자에 관해 많은 것을 기억하고 있지 못했다. "글쎄, 처음 보는 얼굴 같기도 하고 한두 번 봤던 얼굴 같기도 하고. 원래 흰 가운 입혀놓으면 당최 다들 비슷비슷해 보여서 말예요. 키는 보통이었던 것 같고 체격은, 음, 크지도 작지도 않았던 것 같아요. 얼굴은, 확실치 않은데, 안경을 썼던가, 아, 맞아요, 좀 얄팍한 안경테였어요. 뭐랄까, 굉장히 평범한 인상이었어요. 딱 전형적인 젊은 의사같이 생겼다니까요. 헤어스타일? 대머리가 아닌 이상 한국 남자들 머리모양이 다 거기서 거기 아닌가요. 나 그때 자다 일어나서 몽롱한 상태였다니까요. 그놈이 뭐라고 말했냐고요? 처음엔 내 이름 확인하데요. 주옥경씨 맞으시죠? 라고. 그렇다고 했죠. 그랬더니 대뜸, 벗으세요, 라고 했어요. 놀라서 쳐다봤더니 한국말 못 알아듣느냐고, 소독해야 한다고 하더라고요. 점잖은 목소리였어요. 굵지도 가늘지도 않고 적당한 톤으로, 아까 저녁에 했어야 되는데 무슨 착오가 있어서 못 했다고, 지금 소독 안 하면 큰일 난다고 하더라고요. 그러고는 그 번쩍이는 집게 있죠? 아, 핀셋. 그걸 흔들었어요. 그때 가슴에 찬 아이디카드가 같이 흔들리는 걸 봤죠. 아니요, 이름은 못 봤다고 벌써 몇 번이나 말했잖아요. 의사가 큰일 난다는데 환자로서는 당연히 놀라지 않겠어요? 사실 병원에 입원해 있으면 하루에도 꽤 여러 번 옷을 올렸다 내려야 하거든요. 그래서 환자복을 아예 원피스로 만들었나 봐요. 아무튼 나는 의사가 시키는 대로 했을 뿐이에요. 소독할 때? 글쎄, 엉덩이를 요렇게 좀 들여다보는 거 같더니 손가락으로 거기를 벌리고 솜을 몇 번 쓱쓱 문질렀어요. 손가락을 속에다가? 아휴, 집어넣진 않았어요. 그냥 겉에만 조심스럽게. 그런 더러운 짓까지는 안 했다니까요." 특기할 만한 점은 마치 그곳을 처음 본다는 듯 한동안 물끄러미 관찰하기만 했다는 것. 피해자는 바로 그 순간에, 어쩐지 상당히 찜찜하다는 느낌을 받았다고 했다. 자신의 항문을, 몹시 객관적인 자세로 사물화하여 대하던 항문외과의 담당 선생들과는 사뭇 다른 태도였기 때문이란다.

"그러고 나더니, 갑자기 사진 좀 찍겠다고 하더라고요. 왜냐고 묻기도 전에, 자기가 먼저 그러데요. 수술 잘 됐는지, 잘 아물고 있는지 꼭 찍어둬야 하는 거라고. 거 참 이상하네 싶었지만 의사 말을 어떻게 거역해요. 원래 성형 수술한 다음에도 비포 애프터 사진 같은 거 찍으니까 그 비슷한 건가 보다 짐작했지. 어떤 카메라였는지 내가 어떻게 알아요? 나야 엎어져 있었으니까 셔터 누르는 소리 듣고 다 찍었나 보다 한 거죠. 아 그나저나 그놈이 내 사진 가지고 있을 텐데 어쩜 좋아. 정말 미치고 팔짝 뛰겠네."

보통 키에 보통 체격, 보통 목소리를 가졌으며 안경을 착용한 젊은 의사는 대학병원 내에 적어도 백여 명 가까이 존재했다. 행정실에 비상이 걸렸다. 다른 업무는 일시 중단되었고, 직원들이 전부 매달려 인사 기록 카드를 검토했다. 증명사진의 절반 가까이가 안경을 쓴 사진이었다. 젊다는 기준을 몇 살까지로 할 것인지 애매모호했으나 피해자의 나이를 고려했을 때 삼십대 초중반을 포함해야 한다는 의견이 설득력을 얻었다. 결국 상한선은 삼십오 세로 정해졌다. 크지도 작지도 않은 키라면 백칠십 센티미터에서 백팔십 센티미터까지를 뜻한다는 데 대부분의 직원이 동의했다. 분류가 거의 끝났을 즈음 누군가가, 안경은 변장용일 수도 있지 않겠느냐고 큰 소리로 말했다. 결국 삼십오 세 이하의, 백칠십 센티미터에서 백팔십 센티미터 사이의, 안경을 끼거나 벗은, 그러니까 병원의 거의 모든 수련의와 전공의들이 용의선상에 올랐다. 논의는 원점으로 되돌아갔다.

비

화요일 점심시간이 다 되었으나 상현에게서는 연락이 없었다. 연희는 B대학 부속병원 별관 지하 일 층의 진단의학센터를 나왔다. 같은 건물 한 층 아래의 직원식당 대신, 본관으로 향했다. 건물과 건물 사이에서 걸음을 멈추고 상현에게 전화를 걸었다. 그녀의 이름과 번호가 상현의 액정 화면에 뜰 터였다. 상현은 전화를 받지 않았다. 혹시 급한 수술이 있는지도 몰랐다. 본관 삼 층은 종합수술실이 있는 곳이었다. 연희는 수술실 근처의 복도를 천천히 두 바퀴 돌았다. 상현의 모습은 보이지 않았다. 겨우 사흘 동안 연락이 없었을 뿐이다. 조급해하지 말자. 연희는 스스로를 다독였다. 연희가 상현을 사랑하는 것은 그가 얼마 뒤면 안과 전문의가 되리라는 세속적 이유 때문만은 결코 아니었다. 연희에게 있어 사랑이란 감정은 보다 복잡하고 예민한 것이었다. 그 감정

296

이 열정적으로 작동하기 위해서는 무엇보다 취향의 문제가 해결되어야 했다. 취향을 마음이 끌리는 방향이라고 정의할 수 있다면, 여러 면에서 상현은 연희가 지향하는 방향에 서 있는 사람이었다. 왕가위 영화 좋아하세요?라고 물었을 때 지금껏 연희가 만나온 남자들은 대개 맨송맨송한 표정으로 잘 모르겠다는 대답을 돌려주었었다. 가뭄에 콩 나듯, 그 사람 유명한 감독이잖아요, 라고 알은체하는 이도 없지 않았지만 뒤이어, 난 도통 뭔 소린지 모르겠던데 연희씨는 그런 영화가 재밌나 봐요,라는 말을 무신경하게 툭 던짐으로써 그녀의 기대를 무참히 짓밟곤 했다. 하지만 똑같은 질문을 던졌을 때 상현이 보인 반응은 전혀 달랐다. "아무래도 「열혈남아」나 「아비정전」 같은 초기작들이 더 문제적이었다고 생각하지만 개인적으로는 「화양연화」 쪽이 끌려. 불륜서사라는 형식은 불완전한 우리들 인생에 대한 감독의 처연한 은유가 아닐까." 상현이 선택하는 어휘들은 단정하고도 명쾌했지만 정작 그 문장이 의미하는 바는 별로 와 닿지 않았다. 그러나 상관없었다. 그가 왕가위의 이름을 안다는 사실만으로도 연희는 충분히 만족했다. 누군가와 온전한 소통을 나누기 위한 기본 요건은 무엇보다 문화적 취향의 공유라고 연희는 생각했다. 그리고 사실 「화양연화」의 매력을 찬미할 줄 아는 안과 의사를 만나기가 쉬운 일은 아니었다.

지난 토요일의 데이트는 비교적 평범했었다. 병원 주차장에서 만나도 될 것을, 상현은 꼭 병원에서 몇 블록 떨어진 길가에서 보자고 말했다. "병원 사람들 눈에 띄어서 좋을 게 뭐 있어? 괜히 입에만 오르내리지. 나는 상관없지만 연희씨는 여자니까 조심해야지." 토요일 오전부터 제법 굵은 빗줄기가 쏟아졌다. 약속 장소까지 걸어가는 동안 연희의 바지 아랫단이 흠뻑 젖었고 데이트를 위해 정성껏 드라이한 머리칼은 볼품없이 처졌다. 상현의 차가 도착한 것은, 모범택시의 바퀴가 연희의 앙증맞은 연두색 우산을 향해 한바탕 빗물 세례를 퍼붓고 지나간 다음이었다. 상현의 차 안은 쾌적했다. 열선을 장착한 크림 빛 가죽 시트는 물기 없이 보송보송했고 스피커에서는 요요마와 피아졸라의 리베르탱고가 흘러나왔다. 상현이 온화한 미소를 지으며 말했다. "비 참 예쁘게 오네." 예상치 못했던 모멸감이 치솟아 올라서 연희는 몹시 당황했다. 그녀는 얼른 창밖으로 눈길을 돌렸다. 투명한 물방울들이 유리창에 달라붙지 못하고 빠르게 미끄러져 내렸다. "이런 날은 맑은 국물을 먹어야 돼. 강남에 복 지리 잘하는 데 있으니까 넘어가자." 그것이 상현의 언어였다.

　그는 마음만 먹으면, 서울 시내 유명 이탈리안 레스토랑들의 올리브오일 링귀니를 비교하는 짧은 보고서를 작성해낼 수도 있을 만큼 미각에 집착하는 남자였다. "인간이 죽을 때까지 몇 끼나 먹을 수 있을 것 같아? 나는 끼니를 때운다는 말이 세상에서 제일 무식해 보여." 그는, 오직 맛으로만 승부하는 뒷골목 허름한 식당들의 지리를 손바닥 들여다보듯 훤히 꿰고 있었다. 우리 밀과 열 가지 해물을 넣어 끓인 항아리수제비를 먹기 위해 합정동으로, 오사카식 정통 수타 우동을 먹기 위해 천호동으로, 오독오독 싱싱하게 씹히는 양곱창을 먹기 위해 삼성동으로 그녀를 데리고 다녔다.

비 오는 주말 오후답게 교통량이 많았다. 역삼동의 복 요리 전문점에 도착했을 때는 세 시가 훌쩍 넘어 있었다. 식당 문 앞에 걸린 '준비 중'이라는 팻말을 보고도 상현은 유리문을 몇 차례나 두드렸다. 안쪽에서는 아무런 응답이 없었다. "저녁 식사는 다섯 시부터라고 씌어 있잖아요. 우리 오늘은 다른 거 먹어요." 연희가 소매를 잡아끌었지만 상현은 좀처럼 발을 떼지 않았다. "연희씨, 배 많이 고프지는 않지? 앞으로 한 시간 반 정도만 기다리면 되겠는데, 이 근처에서 좀 버텨보자." 콘플레이크로 아침 식사를 한 뒤 연희는 반나절이 넘도록 아무것도 먹지 못한 상태였다. 아까보다 가늘어지긴 했어도 비는 계속 추적추적 내리고 있었다. 허기와 습기 때문인지 연희의 눈가가 아려왔다. "우리 그냥 저기서 대충 먹으면 안 돼요?" 연희가 가리킨 옆 식당은 입간판에 돼지갈비, 해장국, 낙지볶음이라는 글자들이 계통 없이 나열된 곳이었다. 상현이 소리 내어 웃었다. "무슨 시골 동네 의원이냐. 소아과, 내과, 산부인과 아주 골고루 늘어났네. 흐흐, 저기서 먹자니, 연희씨, 지금 농담한 거지?" 연희는 힘없이 답했다. "그래요. 재미없는 농담이었어요." 인근 피시방에서 기어이 다섯 시까지 기다려 원하던 복국을 먹은 뒤에 그들은 커피 한 잔 마시지 않고 헤어졌다. 연희를 데려다주는 동안 상현은 연신 하품을 했다. 그는 다시 병원에 들어가보아야 한다고 했다. "이번 주말엔 당직 없다고 하지 않았어요?" "어, 원래는 아닌데 후배 놈이 장모가 위독하다나. 그래서 바꿨어." "후배는, 일찍 결혼했나 보네요." "응."

상현은 앞만 보고 운전했다. 연희의 집 근처에 다다라 차를 세우고 그는 연희에게 키스했다. 연희는 속으로 숫자를 셌다. 다섯을 세기도 전에 상현은 입술을 뗐다. 상현은 세 번 데이트 당 한 번 꼴로 연희에게 키스했으며 입술을 붙였다 떼는 시간은 최장 10초를 넘지 않았다. 열 번에 한 번 정도는 손바닥으로 그녀의 젖가슴을 쓰다듬기도 했지만 손을 브래지어 속으로 밀어넣은 적은 없었다. 상현의 스킨십은 어쩐지 본인의 들끓는 욕망에 의해서가 아니라 상대방에 대한 예의의 차원에서 하는 행동이라는 느낌을 주었다. 그래, 이 사람은 적어도 여자를 고무 인형으로 대하는 플레이보이는 아니니 안심이야. 우리는 서서히 서로를 알아가는 중이니까. 연희는 그렇게 생각했다. 그것이 잘못된 판단이었을까. 남자가 여자의 몸에 흥미를 보이지 않는다는 건 그녀의 모든 것에 관심이 없다는 간접적 신호일까. 그녀의 과거, 현재, 그리고 미래에 대하여. 상현은 연희에게 이미 명료한 자기 의사를 밝힌 것인지도 모른다. 역겹도록 싱거울 게 분명한 점심 식사를 미련 없이 포기하고서 연희는 미친 듯이 재다이얼 버튼을 눌러댔다.

몽타주

화요일 오후 주옥경의 주치의는 환자가 퇴원해도 좋다는 결정을 내렸다. 그 사건의 발발 여부와 관계없이 예정되었던 치료 결과라는 것이다. 하지만 보호자의 반발은 예상보다 거셌다. "이렇게 설렁설렁 넘어가려는 걸 누가 모를 줄 알고? 요즘이 어떤 세상인지 파악이 안 되는 모양인데, 확실히 알게 해드리지." 주옥경의 남편이 손바닥을 펼쳤다. 은색의 납작한 물건은 초소형 녹음기였다. "이럴 때가 올 줄 알고 빌려뒀는데 말이야. 당신네들이 죄송하다는 말, 용서해달라는 말, 최선을 다하겠다는 말, 이 안에 죄다 들어 있거든. 우리 동창 놈이 방송국 기자야. 재벌 병원에서 자행된 성폭력과 회유, 협박, 말 바꾸기. 이거 힘없는 서민을 물로 보는 거 아니야?" 피해자 측의 요구는 크게 두 가지였다. 첫째, 범인이 잡힐 때까지 병원에 머물며 추이를 지켜보겠다는 것. 둘째, 범인 색출 작업에 직접 나서겠다는 것.

누군가 몽타주를 작성하자는 안을 제시했다. 비밀리에 컴퓨터 그래픽 전문가가 초빙되었다. 급히 완성된 몽타주는 안경을 쓴 경우와 쓰지 않은 경우로 나뉘어 있었다. 주옥경은 시험 문제를 받아든 아이처럼 갸웃거렸다. "맞는 것 같기도 하고, 아닌 것 같기도 하고. 아우, 어려워. 잘 모르겠어요." 옆에 서 있던 남편이 그녀를 우악스레 노려보았다. "이 여편네가 범인 잡을 생각이 있는 거야, 없는 거야. 빨리 제대로 대답 못해?" 주옥경이 눈을 가늘게 뜨고 다시 두 장의 몽타주를 번갈아 들여다보았다. "그러고 보니, 그럭저럭 비슷한 것 같네요."

문제는, 몽타주 속 남자가 과연 누구냐는 것이었다. 어떤 경우라도 인사 기록 카드를 외부인에게 노출할 수 없다는 반대도 만만치 않았으나 마땅한 대안이 없었다. 인사 기록 카드 묶음이 주옥경의 입원실로 옮겨졌다. 신장 170~180센티미터, 35세 이하라는 기준으로 이미 한차례 추려진 서류들이었다. "나더러 이걸 다 보라고요?" 환자가 볼멘소리를 했다. 원무과 직원과 간호사가 각각 한 명씩 그녀의 병상에 배치되어 서류 넘기는 것을 도왔다. 스무번째 카드를 덮고 나서 환자는 침상에 드러누웠다. "머리 아파 죽겠네. 내가 원래 글자로 된 것만 읽으면 골이 띵해지거든요." 혈기왕성한 나이의 원무과 직원이 참지 못하고 한마디 했다. "지금 남의 인적 사항을 읽으라는 게 아니잖습니까. 사진을 보셔야죠. 몽타주와 비교하면서." 환자의 뺨이 붉게 달아올랐다. "당신이 뭘 안다고, 그래요?" 그녀는 소리쳤다. "여자한테 그게 얼마나, 수치스러운 일인지도 모르면서, 나더러 왜 자꾸 그걸 떠올리라는 건데?" 경험 많은 간호사가 얼른 수습에 나섰다. "이럴 때일수록 마음 강하게 잡수시고요. 어떻게 해서든 범인을 꼭 잡아야죠. 멀쩡한 면상을 해갖고 그런 미친 짓을 자행하는 인간이 누군지 밝혀서 개망신을 줘야 되지 않겠어요?" 주옥경은 간호사가 따라준 무가당 오렌지주스 한잔을 다 비우고 나서야 겨우 진정을 찾았다. 원무과 직원은 조용히 스물한번째 카드를 넘겼다. 꼬박 세 시간이 흐른 후 열 장의 인사 기록 카드가 추려졌다. 그 명단은 곧바로 상부에 전해졌다.

하드 디스크

상현이 아예 모든 전화를 받지 않았다면, 연희는 차마 그의 집을 찾아가는 용기를 내지는 못했을 것이다. "예, 한상현입니다." 절도 있는 목소리가 들리자 연희는 너무 놀라서 조직검사실의 수화기를 던지듯 내려놓았다. 연희가 휴대전화로 걸었을 때는 절대로 전화를 받지 않던 상현이, 병원 구내번호가 뜨자 단번에 받았던 것이다. 상현의 원룸은 병원에서 멀지 않은 곳에 있었다. 안에 들어가본 적은 없지만 건물 앞은 두어 차례 지나가보았었다. 남부지방에서 고등학교를 졸업한 그는 학부 때부터 줄곧 학교 인근에서 혼자 살아왔다고 했다. 비록 초대를 받은 것은 아니라 해도 명색이 첫 방문이었다. 연희는 원룸 주택 단지 앞의 편의점에서 호두 맛 아이스크림을 한 통 샀다. 계산대에서 차례를 기다리다가 언젠가 상현이 들려주었던 일화를 떠올렸다. "본과 2학년쯤에 말이야. 매일 밤 집 앞 편의점에서 맥주 한 캔씩을 사가지고 들어가는 습관이 있었거든. 샤워하고 나서 한 캔 쫙 들이키면 피곤이 풀리고 잠도 잘 오니까. 늘 하이트를 마시곤 했는데 그날따라 좀 강한 맛이 당기더라고. 그래서 밀러를 샀지. 근데 계산대에 있던 남자가 바코드를 찍으면서 그러는 거야. '입맛이 바뀌셨나 봐요.' 얼마나 기가 막히던지. 그다음 날부터 바로 좀 떨어진 다른 편의점으로 옮겼어." 그 후로 두 번 다시 가지 않았다는 편의점이 여기일까. 연희는 떨지 않으려고 노력하면서 초인종을 눌렀다.

상현이 나오자마자 다짜고짜 아이스크림 통이 담긴 비닐봉지를 건넸다. "빈손으로 오기가 뭐해서요." 상현은 트레이닝복 차림이었다. 당황했겠지만 그는 별 내색 없이 비닐봉지를 받아 들었다. 연희는 상현을 따라 안으로 들어섰다. 벽으로 막혀 있지 않은 실내는 꽤 넓었고 정갈한 편이었다. 연희는 이인용 헝겊 소파의 끄트머리에 엉거주춤 엉덩이를 걸치고 앉았다. "연희씨 어떻게 여기 올 생각을 다 했어?" "걱정돼서요. 연락도 안 되고 무슨 일이라도 있을까 봐." "일은 무슨. 우리 만난 지 얼마 안 된 것 같은

데?" "그래도 이렇게 오랫동안 연락이 안 된 적은 없었어요." "그런가. 이번 주에 계속 너무 바빴어. 수술도 많았고. 내일쯤 전화하려고 했는데." 상현이 미소 짓자 연희의 감정이 복받쳤다. "전화 여러 번 했었어요. 몰랐어요?" "그래? 내 전화기가 고장인가봐. 정말 중요한 전화가 안 울리다니." 상현이 턱을 살짝 내밀면서 한쪽 눈을 찡긋했다. 연희는 비로소 안심했다. 거짓말이어도 좋았다. 거짓말을 할 정도의 성의가 남아 있으니 적어도 이별의 순간이 닥친 것은 아니었다. 연희는 상현을 껴안았다. 상현이 그녀를 마주 안아주었다. 자동차 안보다는 이인용 소파가 확실히 움직이기에 자유로웠다. 둘은 전에 없이 열정적인 입맞춤을 나누었다. 키스를 하는 도중에 연희가 상현의 무릎 위에 올라앉는 자세가 되었다. 상현이 그토록 흥분하며 그녀의 입술을 빠는 것은 처음이었다. 연희는 저도 모르게 손톱을 세워 상현의 목덜미를 어루만졌다. 그 순간 상현이 그녀에게서 황급히 몸을 뗐다.

"미안해. 아이스크림 다 녹겠다. 냉장고에 넣어줄래?" 바지 앞섶을 움켜쥐고 서둘러 화장실로 들어가면서 그는 멋쩍게 부탁했다. 연희가, 이미 반 액체 상태가 된 호두 맛 아이스크림을 냉동실에 넣고 다시 소파로 돌아와 앉은 후에도 화장실에서는 콸콸 물 흐르는 소리만 계속해서 들려왔다. 수돗물 소리로 은폐한 채 그 안에서 상현이 대체 무엇을 하고 있는지 연희는 알고 싶지 않았다. 가끔은 모르는 척하는 것이 더 나은 상황도 존재하는 법이었다. 그녀는 방 안을 둘러보았다. 탁자 위에 놓인 노트북의 바탕화면은 미국의 글래머 스타 제니퍼 로페즈의 사진이었다. 터질 것처럼 부풀어 오른 육체가 탱크톱과 초미니스커트에 감싸여 있었다. 그가 이런 타입의 여자를 좋아하는지는 몰랐다. 바탕화면 아래쪽에 미처 닫지 못하고 내려놓은 창이 보였다. 파일 폴더명이 'h'였다. 연희는 조심스레 마우스를 클릭해 창을 확대시켜 보았다. 꼭 끼는 흰 바지를 입은 실룩대는 엉덩이, 아슬아슬한 끈 팬티가 걸려 있는 엉덩이, 비키니 수영복 아래로 빠져나온 희디흰 엉덩이. 여자의 몸에 엉덩이밖에 존재하지 않는 것처럼 오로지 그 부분만을 확대해 촬영한 사진들이었다. 누군가 직접, 몰래 찍은 것이 분명했다. 연희는 얼른 폴더를 제자리로 돌려놓았다. 용무를 마치고 나온 상현의 눈빛은 평상시의 상태로 되돌아가 있었다. "에티오피아 모카 하라가 있는데, 마셔봐." 그는 커피 광고 속 남자 모델처럼 부드럽게 권유했다. "아니. 밤에 커피 잘 안 마셔요." "그래? 연희씨 예민한 편이구나, 몰랐네." 어깨를 으쓱하며 뒤돌아서는 동작이 평소와 전혀 다를 바 없었다. 연희는 서늘한 공포를 느꼈다. 그녀는 자신의 남자 친구에 대해 알 만큼 안다고 자신해왔던 것이다.

입장

다음 날, 인사 기록 카드의 증명사진을 토대로 가려진 열 명의 젊은 의사들이 차례로 호출되었다. 면담은 부원장이 주관하고 행정실장이 배석한 가운데 이루어졌다. 병원 일이 힘들지 않느냐, 주어진 일들은 마음에 드느냐 같은 하나마나한 질문에 대해 영문을 모르는 그들은 모범적 답변을 고르느라 땀을 뻘뻘 흘렸다. 저

는 이 일을 천직으로 생각합니다, 고되지만 보람이 있습니다, 등
의 하나마나한 대답들이 주류를 이루었다. 책꽂이 뒤편에 설치된
고성능 녹화 카메라에 그들의 모습이 고스란히 담겼다.

녹화된 화면을 보는 주옥경의 얼굴에는 고뇌의 빛이 역력히 드
러났다. 아닌 게 아니라 그 열 명의 남자들은 친형제처럼 닮아 보
였다. "이 안에 없습니까?" 병원 관계자가 물었다. "글쎄, 뭐라
고 해야 할지." 주옥경이 혼잣말처럼 중얼거렸다. 옆에 있던 주옥
경의 남편은 부아를 감추지 않았다. "내가 보기에 너는 범인을 잡
을 생각이 없다. 그 새끼를 일부러 감싸주는 거지? 젊은 의사 새
끼가 만져주니 좋았나 보지?" 여자의 낯빛이 붉게 상기되었다.
"말 똑바로 해. 만진 건 아니라니까!" "헹, 만지기만 했는지 딴
짓까지 했는지 알게 뭐야. 집게를 들고 거길 문질렀다면서?" "이
인간이 정말!" 병원 직원들이 부부 싸움을 뜯어말려야 했다. "자,
앞으로 돌려드릴 테니까 처음부터 다시 한 번 천천히 보세요." 주
옥경이 부르르 몸을 떤 것은, 흰 가운을 입은 일곱번째 남자가 방
문을 열고 들어오는 장면에서였다. 실내가 적막해졌다. 모든 이
들이 주옥경의 입술만을 주시했다. "저 새끼야? 응? 말해봐, 어
서." 주옥경의 남편이 아내를 채근했다. 누군가 마른침 넘기는 소
리만 또렷이 들렸다. 주옥경의 목소리는 아주 작았다. "……비슷
한 것 같아요." "오 마이 갓." 방 안 어딘가에서 깊은 탄식 소리가
흘러나왔다. "정말 확실합니까?" "……그런 것 같아요." 아까보
다는 조금 더 커진 목소리였다. "그러니까 그 새끼가 저 새끼란
말이지?" 연쇄 살인 용의자를 발견한 형사반장처럼 주옥경의 남

306

편이 비디오 화면을 향해 주먹을 휘둘렀다.

인사 기록 카드에 기재된 일곱번째 남자의 프로필은 다음과 같았다. 한상현. 전북 전주 출생, 174cm, 64kg. B대학교 의과대학 졸업, B대학 부속병원 인턴 수료, 육군 제 ×사단 의무장교 전역, B대학 부속병원 안과 레지던트.

안과 진료과장은 보수적 낭만주의자였다. 귀띔을 받고 그는 몹시 난감해했다. 한상현은 유능한 전공수련의일뿐더러 자신의 직속 제자였다. '저는 한상현이 스무 살이었을 때부터 보아왔습니다'로 시작하여 '그는 차분하고 온순한 성품을 가진 장래가 촉망되는 수련의로서 비록 한순간의 오판으로 잘못된 행동을 저지르기는 하였으나'로 이어지는 탄원서라도 써야 하는 건 아닌지 고민하던 과장은 상현을 방으로 불렀다. "우리 사나이 대 사나이로 허심탄회하게 얘기해보자. 왜 그런 거냐?" "예?" "이 녀석이. 항문외과 사건 말이야." "무슨 말씀이신지." "두 시간 뒤에 회의가 열린다. 나, 그쪽 과장, 그리고 부원장님이 참석할거야. 대책 방안이 논의되겠지. 구체적으로는, 너를 어떻게 처리할 것인지가 관건일 테지. 항문외과에서는 가장 혹독한 처벌을 주장할 거야. 우리 과의 입장도 어떻게든 밝혀야 할 텐데. 참, 나로서는 네가 원망스럽구나." 아까부터 눈만 끔벅거리고 있는 상현이 못마땅하기도 하고 안쓰럽기도 해서 과장은 긴 한숨을 내쉬었다. "혹시 모르니까 의국의 짐은 정리해둬라. 문제될 만한 게 있으면 다 치워두고. 행정 쪽에서 연락하기 전에 어쨌든 내가 먼저 알려줄게. 대기하고 있어." 상현은 붙박이가구처럼 그 자리에서 꼼짝하지 않았다. "나가봐." 과장이 턱짓으로 문을 가리켰다. 상현은 그제야 입을 열었다. "저, 아닌데요." "소용없어. 피해자가 널 지목했단다. 네가 자기 입원실에 들어왔다고 했대." "그럴 리가 없습니다. 저는 최근 몇 년 동안 그 층에는 올라간 적도 없어요." 과장이 헛기침을 했다. 생각보다 일이 복잡해져가고 있었다. 파렴치 행위를 저지른 제자에 대한 선처를 호소할 수는 있어도 구명결사대의 역할을 떠맡을 수는 없는 노릇이었다. "흠흠, 나야 널 믿고 싶지만 조직의 생리라는 게 또 만만하지가 않지 않냐. 일단은 처분을 기다려보자."

회의가 열리자, 예상했던 대로 항문외과 과장이 제일 흥분했다. 앞으로 어떤 여성이 B대학병원을 찾을 것인가, 이것은 병원의 존폐를 위협하는 엄청난 사건이며 극악무도한 범행이다, 나아가 이는 단순히 병원 망신으로 끝날 일이 아니라 여차하면 B대학 전체의 이미지에도 결정적인 타격이 될 것이다, 라는 요지의 비분강개성 발언을 장황하게 늘어놓았다. 안과 과장은 연신 맹물만 들이켰다. 병원 측에서는 어떻게 해서든 빨리 덮어버리는 것을 급선무로 여기고 있었다. 안 그래도 지역 신문 한 곳에서 정보를 입수했다는 낌새가 포착되었고 병원 여성 노조의 움직임도 심상찮았다. "조속히 합의를 합시다. 가해자더러 백배사죄하게 하고 중징계하고." 선례가 없었으므로 여기서의 중징계가 의미하는 바가 무언지는 아무도 몰랐다. 안과 과장은 회의의 끄트머리에 이르러서야 겨우 끼어들 수 있었다. "수련의들의 생활을 지도하고 책임 감독해야 하는 사람으로서 참 부끄러움을 금하기 어렵습니다. 다만 젊은 혈기에 저지른 일이고 또 본인도 잘못을 뉘우치고 있으니 창창한 미래를 보아서라도 극단적 책벌만은 피하는 편이 어떨까 합니다." 그가 채 말을 마치기도 전에 항문외과 과장이 끼어들었다. "그럼 그렇지. 본인도 자백했구먼." 안과 과장은 차마 아니라고 대답하지 못했다. "부원장님, 더 볼 것도 없습니다. 피해자 측에서 딴소리하기 전에 어서 수습하지요."

대질은, 만일의 사태에 대비하여 주옥경의 남편이 병실을 비운 사이에 이루어졌다. 원무과 직원들에 의해 끌려오다시피 하여 한상현은 주옥경의 병실에 들어섰다. 한상현을 보자마자 주옥경은 냉랭하게 벽 쪽으로 돌아누웠다. "아줌마, 저 아세요? 우리 처음 보잖아요. 나한테 왜 이래요?" 한상현의 고함은 으레 있을 법한 비열한 변명으로 치부되었다. 주옥경은 자신의 진술을 번복하지 않았다. 병원에 돌아온 주옥경의 남편은, 죄가 밉지 사람이 밉겠습니까, 라는 식의 급작스러운 태도 변화를 보였다. "마음 같아서야 갈아 마셔도 시원치 않지만 그 새끼 남은 인생이 불쌍해서 봐주기로 했수다. 나도 자식 키우는 입장에 남의 새끼 교도소에 처넣기도 찜찜하고." 없던 일처럼 넘어가는 대가로 그쪽에서 제시한 액수가 만만치 않다는 풍설이 병원 안팎에 나돌았다.

연인들

그 시간, 연희는 욕실에서 샤워를 했다. 망고 향의 바디 클렌저를 온몸에 바르다가 엉덩이 부분에서 멈칫했다. 알몸의 거품을 닦지 않은 채로 거울 앞으로 갔다. 거울을 등지고 서서 뒤를 돌아보았다. 이런 자세가 아니라면 엉덩이를 볼 수 없었다. 그녀는 빈약하달 수도 풍만하달 수도 없는 보통 사이즈의 엉덩이를 가지고 있었다. 어쩌다 가끔 꼭 붙는 청바지를 입었을 때를 제외하곤 자신의 엉덩이에 큰 관심을 두지 않고 살아왔다. 걸어가거나 뛰어갈 때면 반드시 엉덩이가 바짝 붙어 따라오고 있다는 걸 의식하지도 않았다. 상현이 지나가는 여자들의 엉덩이를 유심히 쳐다본다든가 하는 기미를 보인 적은 없었다. 그는 그 사진들을 제 손으로 찍었을까, 직접? 혼란스러워서 머릿속이 터질 것 같았다. 연희는 쏟아지는 물줄기에 심신을 내맡겼다. 젖은 머리칼에 타월을 두르고 나와 보니 부재중 전화가 연거푸 세 통 와 있었다. 발신자는 상현이었다. 드문 일이었다. 지금 만나자는 상현의 목소리는 전에 없이 조급했다.

운전석의 상현은 의사 가운을 입은 채였다. 반쯤 넋이 나간 표정이었다. "미안해. 이럴 때 생각나는 사람이 연희씨밖에 없다." 연희의 가슴이 덜컥 내려앉았다. "내가 좀 설명하기 곤란한, 이상한 일에 휘말리게 됐거든. 연희씨는 날 믿지? 나라는 인간을?" 상현이 연희에게 얼굴을 가까이 가져다 댔다. 어금니가 썩기 시작한 듯 옅은 입내가 풍겼다. "우리 지난주 토요일에 몇 시쯤 헤어졌었지? 한 아홉 시쯤 됐었나?" "아니요. 집에 들어오니 일곱시가 좀 넘어 있었어요. 그때 시작하는 쇼 프로를 거의 앞부터 봤거든요." "그랬나. 혹시 그날 연희씨가 집에 들어간 시간을 가족 말고 다른 사람이 알고 있지는 않아? 가령 병원 동료와 통화를 했다든지." 연희는 직장 동료들과 주말에까지 따로 연락을 나눌

310

정도로 살갑게 지내는 편이 아니었다. "다행이야. 연희씨한테 내가 부탁을 하나 하려고 하는데. 어려운 건 아니고, 토요일 밤에 말이야. 우리가 계속 같이 있었다고 그렇게 얘기해주면 안 될까? 새벽까지, 아니 아침까지 줄곧 같이 보냈다고." 연희는 그날 밤 병원으로 되돌아간다던 상현의 말을 기억하고 있었다. "상현씨 그날 야간 당직이었잖아요." "아아, 당직." 상현의 눈동자가 불안하게 흔들렸다. "아니었어, 그날은. 다른 개인적인 일이 있어서 병원에 안 들어가고 그냥 나 혼자 있었어. 그런데 그걸 증명해줄 사람이 없네. 연희씨가 날 좀 도와주면 좋겠는데. 이렇게 간절히 부탁할게." 상현은 기도하듯 두 손바닥이라도 모을 태세였다.

잔뜩 찌푸려진 그의 이마가 연희의 눈에 들어왔다. 연희는 자신의 남자 친구의 얼굴을 새삼 말끄러미 들여다보았다. 눈매, 콧잔등, 입술, 안경, 어디 하나 평범하지 않은 데가 없었다. 지하철 옆자리에 앉았대도, 거리에서 어깨를 스치고 지나간대도 기억에 남지 않을 인상이었다. 왜 나는 그를 사랑하는 것일까. 막막하고 불가해한 덫에 발목 잡힌 자의 도취에 젖어 연희는 자문했다. 하드 디스크 속의 파일에 대해 물어야 한다면 왠지 지금이 적기일 것 같았다. 연희는 상현의 손을 잡고, 말했다. "그 얘기를 누구한테 하면 돼요?" "우리 과장한테. 아니 더 높은 사람에게 말해야 하나." 다급한 탓인지 상현의 계획은 별로 치밀하지 못했다. "급한 대로 우선 알리바이만 입증하면 되니까. 안 그러면, 아아 나는, 완전히 끝장이야." 언제나 여유로우며 현실로부터 묘하게 한 발 빼고 있는 사람처럼 보였던 상현이 금방이라도 부서질 것 같은 연약한 소년이 되어 연희 앞에서 덜덜 떨고 있었다. 남자가 괴로 워할 때는 아무것도 캐묻지 말고 무조건 위로해주어라, 그것이 현명한 연인의 자세일지니. 언젠가 여성 잡지에서 읽은 구절이었 다. 불멸의 사랑을 위한 이브의 비밀 노트. 아마도 그것이 기사의 제목이었을 것이다. 연희는 상현의 상반신을 안고 등허리를 가만 히 토닥여주었다. 왜, 라는 의문사는 입 밖에 내지 않았다.

종합병원은 백화점이나 방송국만큼 소문에 민감한 직장이었다. 지난해 안과로 파견 근무를 나간 적 있는 진단의학센터 직원이 동 료들을 모아놓고 항문외과 심야 성추행 사건의 속보를 전했다. 안 과 간호사에게서 직접 들은 따끈따끈한 뉴스라는 점을 강조했다. "열 길 물속은 알아도 한 길 사람 속은 모른다더니. 그 선생, 안 과 스테이션에서 제일 멀쩡하잖아. 신사적이고 유머도 있고 아무 튼 되게 정상적이란 말이야." "원래 변태들이 겉보기엔 멀쩡하다 잖아요." "그럼 이제 그 선생 어떻게 되는 거지? 구속되나?" "설 마 위에서 일을 그렇게 확대시키겠어. 어떻게든 대충 무마하겠지. 그래도 그 인간은 인생 종치는 거지. 쫓겨날걸, 아마." 상현을 알 고 있다는 직원이 자꾸 그의 이름을 '안상현'이라고 발음해서 연 희는 화가 났다. 안상현이 아니라 한상현이야, 라고 톡 쏘아주고 싶었지만 입술만 깨물었다.

점심시간에 연희는 직원식당 대신 병원 로비 라운지의 카페테 리아로 갔다. 단체급식장의 냄새는 맡고 싶지 않았다. 주문한 야 채 샌드위치는 마요네즈 범벅이었다. 차가운 양상추를 깨죽거리 면서 그녀는 자신이 맞닥뜨려야 하는 문제에 대하여 깊은 상념에 빠졌다. 상현은 지금 지옥의 시간을 보내고 있겠지. 그가 진범일까? 아니면 억울한 희생양일까? 당했다는 사람이 있으니 저지른 사람도 있을 것이다. 거짓말하는 사람이 있으니 속는 사람도 있을 것이다. 사람이 태어나고 사람이 아프고 사람이 죽는 곳. 병원은 항상 낯선 사람들로 바글거렸다. 연희는 자신이 이름 모를 커다란 괴물의 뱃속에 들어와 앉아 있는 것처럼 느껴졌다. 사랑하는 사람을 위해, 사랑을 지키기 위해, 제 안의 부적절한 욕망과 대면해야 하는 순간은 누구에게나 있을 것이다. 지금이 바로 그 숭고하고 비루한 때라는 것을 연희는 깨달았다. 이제부터 해야 할 일이 많았다. 억지로라도 식욕을 내야 했다. 연희는 샌드위치 조각을 맹렬히 씹어 삼켰다.

먼지

고민 해결 도움센터는 역삼동 테헤란로의 번화한 오피스빌딩에 사무실을 두고 있었다. 같은 층에는 연희도 전에 이름을 들어본 적 있는 인터넷여행사와 영화제작사가 입주해 있었다. 짐작과 어긋나는 사실은 서늘한 침착함을 선사한다. 올리브그린 색의 카펫이 깔린 대기실에서 차례를 기다리며 패션지 최신호를 넘길 때에 연희의 가슴은 조마조마하게 죄어들지 않았다. 감색 줄무늬 양복을 빼입은 연희의 담당자는 심부름센터 직원이 아니라 BMW코리아의 영업 사원이라고 해야 어울릴 듯 말쑥했다. 생년과 이름이 다였으니, 연희가 가진 정보는 빈약한 편이었다. 1963년생, 주옥경. 담당자가 싱긋 미소 지었다. "적어도 흔한 이름은 아니로군

요. 시간은 좀 단축될 겁니다." "전화로도 말씀드렸지만, 빠르면
빠를수록 좋아요." "기본 사항은 내일 이 시간까지 가능합니다.
고급정보는 며칠 더 주셔야 하지만요." 하루가 급했다. 병원의 보
직자 회의에서는 늦어도 며칠 안에 상현의 거취를 결정할 것이다.
권고사직이냐 해고냐만이 변수였다. 양쪽 모두 상현이 쌓아온 수
련 생활을 물거품으로 돌아가게 한다. 병원 측에선 형사상 혹은
민사상 책임을 물게 하진 않아도, 합의금 일부를 상현더러 변제
하라고 나올지도 몰랐다. 모두들 피해자의 증언이 뒤집을 수 없
는 증거라고 믿었다. 거꾸로 보면 피해자의 증언 말고는 증거가
없다는 뜻이기도 했다. "특별히 관심을 두시는 사항이라도?" 담
당자의 사려 깊은 질문에 연희는 예의 바르게 대답했다. "아무거
나. 먼지만 날 수 있다면 무엇이든 괜찮아요." 남자가 창밖을 응
시했다. 빌딩과 빌딩 사이에 위태롭게 웅크린 하늘빛이 동태 눈
알처럼 흐리멍덩했다. "이런 곳에 살면서 먼지가 안 나길 바라다
니요. 걱정 마세요. 인간이 곧 먼지니까." 연희는 큼직한 숄더백
을 열고 준비해간 현금 뭉치를 밀어놓았다. 흥정을 마치고 건물
밖으로 나왔다. 눈이 시었다. 대낮의 거리는 분주히 움직이는 행
인들로 붐볐다. B대학 부속병원에 입사한 뒤 평일 오후에 조퇴해
보기는 처음이었다. 크레졸 냄새 진동하는 회색 병동 안에 있으
면 저 너머의 바깥 세계가 얼마나 숨 가쁘게 돌아가는지, 무슨 꽃
이 피고 졌는지, 언제 봄이 가고 초여름이 되었는지 놓치고 지내
기 십상이었다. 상현도 그랬을 것이다. 그런데 B대학병원의 가운
을 벗어야 하다니! 연희는 나직이 중얼거려보았다. 상현씨, 납득

할 수 없다면 끝까지 맞서요. 싸워요. 마하트마 간디나 이순신 장군처럼.

이메일은 약속한 시간에 정확히 맞추어 도착했다. 살다 보면 상호 신뢰만큼 중요한 것도 드물다. 그쪽에서 시킨 대로 연희는 첨부파일을 USB에 옮긴 뒤 원본 메일을 즉시 삭제했다. 보고서는 꽤 흥미로웠다. 주옥경은 재작년부터, 그녀의 남편은 올해 초부터 신용 불량자 리스트에 올라 있었다. 제1금융권과 제2금융권의 부채만도 서울 시내 웬만한 아파트 전세가에 달했다. 양평의 라이브 카페는 일찍이 남의 손에 넘어간 상태였으며 정기적 수입원도 존재하지 않았다. 종합병원의 2인용 병실 요금은 6인용에 비해 네 배나 비쌌다. 이만하면 피해자 부부의 수상쩍은 의도를 의심하기에 모자라지 않을 것이다. 물증은 없었지만 그 점에선 그쪽이나 이쪽이나 마찬가지였다. 주옥경의 전과 기록은 깨끗했으나 다행히도 그녀의 남편은 그렇지 않았다. 그에게는 세 번의 사기 전과와 한 번의 도박 전과가 기록되어 있었다. 전과 4범이라는 의미였다.

연희는 컴퓨터의 한글 문서를 열었다. 새하얀 백지 바탕을 마주 대하니 심장이 세차게 고동쳤다. 자신에게 딱 맞는 적성은 어쩌면 임상병리사가 아니라 소설가였을지도 몰랐다. 고심 끝에 연희는 편지의 첫머리를 이렇게 시작하기로 했다. 익명의 당신에게. 아무리 봐도, '존경하는 선생님께' 따위보다는 훨씬 세련된 호명이었다. 편지는 안과와 항문외과를 포함한 B대학 부속병원 스물두 개 진료과, 암 전문 클리닉, 사무처, 감사실과 직원 노조 등등의 우편함에 고루 배달될 것이다. 이 편지를 읽게 될 이가 누구인지 그녀도 몰랐으니 전혀 엉뚱한 호칭만은 아니었다. 익명의 당신에게. 안녕하세요. 불쑥 편지를 드리게 되어 대단히 죄송하게 생각합니다. 최근 귀원에서 일어난 모종의 사건과 관련하여 드릴 말씀이 있어 망설이다가 서신을 띄우게 되었습니다. 저는 이 사건의 피해자를 자처하는 최호만, 주옥경 부부의 이웃에 사는 일개 시민입니다. 평소 이들 부부의 신용하기 어려운 경제관념과 사기 행각에 의해 물질적 정신적 피해를 입은 사례가 속출하는 바, 귀원은 부디 그들의 비윤리적 행태와 세 치 혀에 현혹되지 않으시기를 간절히 염원합니다. 다음에 첨부하는 문서들을 읽어보시고 현명한 판단 내리시기 바랍니다. 아래 첨부물을 포함한 이 편지는 오늘로부터 일주일 이내에 국내 주요 일간지 및 인터넷 매체, 3대 방송사에 동시 발송될 예정입니다. 귀하의 건강과 가정의 행복을 기원하겠습니다. 연희는 주옥경 부부의 신원 조회 정보를 보기 좋게 재편집하여 편지와 함께 프린터로 출력했다. 종이를 접어 봉투에 담고 겉봉에 우표를 붙일 때는 탐정영화에서 본 것처럼 면장갑을 끼었다.

주옥경 부부가 사는 아파트 단지는 서울의 동쪽 끝에 위치해 있었다. 연희는 500번 버스를 타고 그곳으로 갔다. 우체통은 근처 상가의 문방구 앞에 초라하게 서 있었다. 들고 온 편지들을 그 속에 집어넣으려 생각해보니, 이깟 투서 몇 통으로는 그 무엇도 뒤바꿀 수 있을 것 같지 않았다. 연희는 머리를 좌우로 흔들었다. 그래도 마음을 고쳐먹지는 않을 것이다. 편지가 도착해 있을 사흘 뒤 연희는 B대학 부속병원 원장을 직접 찾아갈 것이다. 그리고 고백할 것이다. "토요일 밤 내내 한상현씨는 저와 함께 있었습니다. 그는 제 엉덩이를 유난히 사랑스러워했지요. 자, 보세요. 크지도 작지도 않은, 참으로 평범하고 또 아름다운 엉덩이가 아닌가요?" 병원장의 비서가 만남을 제지한다면 부원장을 찾아갈 것이다. 병원의 모든 보직 교수들을 다 만날 것이다. 아니면 B대학 총장이라도, 국무총리라도, 대통령이라도, 그 누구라도. 결혼 축의금이나 장례부의금을 낼 때 쓰이는 규격 봉투가 하나 둘씩 툭툭, 우체통 깊은 곳으로 떨어져 내렸다. 자전거를 탄 남자 아이가 그녀 곁을 스쳐 지나갔다. 벚꽃이 흩날리는 봄날이었다. 흰 면장갑을 낀 채 빨간 우체통 앞에 하염없이 서 있는 한 여자를 안장 위의 아이가 힐끔 뒤돌아보았다.

당신은 파국으로부터 안전한가?

박 혜 경

1. 체제귀속의 전략, 혹은 여성을 연기(演技)하는 여성들

2002년 정이현의 등장은 기존의 여성문학과 구별되는 낯선 소설의 출현을 예고하는 것이었다. 그녀의 소설들에서는 우리가 여성 소설에서 익히 보아왔던, 가정이라는 삶의 울타리에 갇힌 여성들이 겪는 일상의 균열과 그로부터의 일탈을 꿈꾸는 짙은 내면의 언어도, 가부장제도하에서 와해되어가는 여성의 자기정체성 문제에 대한 공격적인 성찰도 찾아보기 어렵다. 오히려 그녀의 소설 속 여주인공들은 여성이라는 제도적 구속을 받아들이는 방식에 있어 철저히 세속적이고 순응적이다. 그것이 결혼을 통한 신분상승이든 돈을 물 쓰듯 쓰는 멋들어진 삶이든 성공한 여성에게 주어지는 화려한 스포트라이트든 바비인형 같은 날씬한 몸매든, 그녀들의 욕망은 이 시대가 요구하는 잘나가는 여성의 이미지 바깥으로 한 발자국도 벗어나지 않는다. 일상으로부터의 일탈 욕구나 가부장제도하에서 여성이 겪는 억압이라는 문제를 제기한다면 단번에 코웃음을 치며 돌아서버릴 듯한 그녀들은 철저히 체제귀속형의 인물들이다.

그러나 그녀들은 또한 체제가 제공하는 어떠한 낭만적 환상에도 온전히 귀속되지 않는다는 점에서 이중적인 정체성을 지닌다. 그녀들의 세속적 영악과 철저히 타산적인 현실감각 속에서 낭만적 순진성이란 여지없는 냉소의 대상으로 전락한다. 그녀들은 체제가 만들어낸 여성, 혹은 여성의 삶에 대한 낭만적 허구들을 믿는 대신 이용하며, 내면화하는 대신 전략화한다. 물론 그것은 그녀들이 그 낭만적 허구가 만들어낸 잘나가는 여성의 이미지에 꼭 부합하는 삶을 열렬히 갈망하기 때문이다. 이를테면 「낭만적 사랑과 사회」의 여주인공이 순결한 여자라는 낭만적 허구를 사수하기 위해 보여주는 철저히 계산된 일련의 행위들은 잘나가는 남자와의 결혼이 가져다줄 행복이라는 또 다른 낭만적 허구를 그녀가 의심의 여지 없는 삶의 가치로 받아들이고 있기 때문이다. 「트렁크」의 주인공 또한 성공이라는 허구적 목표를 위해 끊임없이 사회가 여성에게 요구하는 낭만적 역할을 계산하고 연기한다. 그녀들은 여성의 사회적 운명에 수동적인 여성도 아니지만 저항적인 여성도 아니다. 그녀들에게 사회적으로 관습화된 여성의 이미지들은 벗어나야 할 억압이 아니라 목표 성취를 위한 주요한 전략적 카드이다. 자신의 욕망과 행동을 목표 성취라는 단일 코드에 집중하는 그녀들에게 삶이란 매순간의 행동 요령을 숙지하고 그에 따라 자신의 행동을 조율하는 치밀하게 짜여진 각종 매뉴얼들의 경연장이다. 이러한 매뉴얼들의 공식 속에서 감정은 냉소의 대상일 뿐만 아니라 제거되어야 할 장애물일 뿐이다.

시대의 관습에 의해 이상화된 삶의 이미지를 성취하기 위해 그녀들이 여성에게 요구되는 관습적 덕목들을 치밀하게 매뉴얼화하는 태도는 남들과 차별화되려는 그녀들의 욕망이, 그럼에도 불구하고 남들과 닮은꼴인 삶의 테두리 밖으로 밀려나지 않으려는 치열한 안간힘임을, 정이현의 소설들은 보여준다. 그리고 마침내 그녀들의 영악한 계산이 봉착하게 될 불길한 결말까지도. 자신이 설치한 계산의 덫에 스스로 걸려드는 이 영악한 헛똑똑이들의 삶을 정이현은 계몽도 냉소도 아닌, 욕망하는 주체 내부의 시선을 통해 들려준다. 정이현이 열어 보인 낯선 소설의 지평은 관찰하는 외부의 시선이 아닌 욕망하는 내부의 시선으로, 천사의 얼굴을 한 악마라는 자본주의적 욕망의 생태학을 놀랍도록 생생하게 재현해내는 방식에 있다. 정이현의 소설에 등장하는 여성들이 악녀라면, 그 악녀들의 영혼을 사로잡고 있는 것은 도덕적 판단의 잣대를 무력화하는 이 시대의 휘황찬란한 욕망의 성채, 닿을 수 없는 거리 저편에서 "눈 한번 깜빡이지 않"는 차갑고 도도한 얼굴로 그녀들을 바라보는 "큐빅처럼 흩뿌려진 서울의 불빛들"(『낭만적 사랑과 사회』, p.35)이다. 그러니 불빛과 불빛을 향해 모여드는 불나방들 중 어느 쪽이 더 나쁜가?

정이현의 소설 속 인물들은 결코 관습으로부터의 일탈을 꿈꾸는 반사회적 인물들이 아니다. 심지어는 악녀들조차도 철저하게 관습화된 삶의 테두리를 벗어나지 않는 체제순응형의 여성들일 뿐이다. 더 정확히 말하자. 그녀들은 자기 욕망의 매뉴얼에 따라 체제순응을 연기하는 여성들이다. 체제로부터의 일탈? 그녀들에게 그것은 체제가 부여하는 순진한 환상과 별다를 바 없는 낭만적 환상에 지나지 않는다. 그녀들은 자신들이 체제로부터의 일탈이 애초부터 불가능한 사회를 살고 있다는 것을 일찌감치 간파해버린 여성들인 것이다. 이쯤에서 악녀를 키운 건 악한 사회라는 명제의 선명성을 들고 나오지 않더라도, 정이현이 이들의 욕망을 개인의 욕망을 관리하는 사회적 메커니즘의 틀 안에서 가시화하고 있는 것만은 분명해 보인다. 2,30대 여성들의 도발적이고 쿨한 성풍속도를 그리고 있는 작품이라고 말해지는 『달콤한 나의 도시』에 등장하는 인물들 또한 기실은 끈끈이주걱에 달라붙어 있듯 보이지 않는 욕망의 끈에 매달려 허우적대는 시대적 삶의 풍속에서 한 치도 벗어나 있지 않다. 겉보기에 성과 결혼에 대한 도덕적 억압에서 벗어난 자유롭고 쿨한 소비문화를 즐기고 있는 것처럼 보이는 그녀들에게도 여자들의 삶 속에 프로그래밍되어 있는 결혼이라는 관문은 어떠한 희생을 감수하고라도 올인해야 할 지상 최대의 과제이다. 의사 남편과의 굴욕적인 결혼을 감행하는 재인이나, 연하의 연인과의 불안한 동거 생활을 파국으로 몰아가는 은수 모두 도발적이기는커녕 결혼의 강박에서 벗어나지 못하는 이 시대의 너무나 낯익고 평균적인 여성의 삶을 시연해 보이고 있을 뿐이다. 이 소설의 도발성은 차라리 어떠한 낭만적 환상도 배제된 결혼제도의 적나라한 세속성에, 또 인물들의 지극히 일상적이고 세속적인 욕망을 어떠한 낭만적 과장이나 미화없이 지극히 현미경적인 내부자의 시선으로 그려내는 작가의 서술방식에 있다. 결혼의 서사든 불륜의 서사든 사랑이라는 낭만적 코드가 서사의 흐름을 조율하는 소설의 관습에 익숙해 있는 독자들에게 결혼과 사랑에 관한 관습적 서사를 벗어던진 자리에서 나타나는 욕망의 맨얼굴은 너무나 낯익어서 오히려 도발적인 느낌을 준다. 아마도 이 시대 2,30대 여성들의 평균적인 일상과 그 미세한 내면을 이렇듯 정밀하게 사실적으로 그려보인 작품은 달리 찾아보기 어려울 듯싶다.

이 작품에서 여성 인물들 못지않게 흥미를 끄는 것은 김영수라는 인물이다. 김영수는, 보통의 키, 보통의 몸무게, 보통의 학벌, 보통의 감각을 지니고, 남들과 다르지 않는 평범한 삶이 삶의 유일한 목표인 은수가 자신의 결혼 상대자로 선택한, 역시 모든 것이 너무나 평범해 보이는 인물이다. 평범하다는 것, 남들과 다르지 않다는 것은 얼마나 안전한가. 은수가 태오와의 관계를 파국으로 몰아가면서 기를 쓰고 사회가 요구하는 평균적인 삶의 울타리 안으로 들어가려는 것 또한 "넘어지지 않기 위해, 부서져 산산조각나지 않기 위해," "박살나지 않기"(『달콤한 나의 도시』, p.150) 위해서이다. 그러나 사회가 정해놓은 삶의 규정 속도를 어기지 않는 삶이 우리를 안전하게 보호해줄 것이란 생각은 또 얼마나 순진한 환상에 지나지 않는 것일까? 김영수라는 평범하기 짝이 없는 이름 뒤에 숨은 사연이 드러나는 순간, 김영수의 평범함이란 살아가기 위한 그의 필사적인 연기였음이 밝혀지고, 그들의 결혼은 결국 파국으로 마무리된다. 김영수라는 평범한 이름 뒤에 숨어 살아온 그는 기실 사회적으로 부재하는 존재였던 것. 작가는 은수가 김영수와 만나는 시점부터 그의 평범함을 반복해서 부각시킴으로써, 평범함 뒤에 숨어 있는 존재의 공허, 거대한 블랙홀처럼 존재의 개별성을 빨아들이는 제도적 욕망의 텅 빈 내부가 드러나는 순간을 예비한다. 그리하여 소설의 마지막에서 은수는 "솔직히 나도 가끔씩 내가 '오은수'를 흉내 내며 사는 건 아닐까 궁금해요. 내 이름이 오은수가 맞는지, 내 이름과 진짜 나 사이에 뭐가 있는지"(『달콤한 나의 도시』, p.434)라는 물음과 마주치게 되는 것이다.

2. 붕괴하는 세계 속에서의 삶

정이현의 소설들은 우리에게 체제 바깥으로의 일탈은, 일시적인 낭만적 환상이나 거짓 위안이 아니라면, 더 이상 불가능하다는 것을 되풀이해서 확인시킨다. 체제는 힘이 세다. 그녀는 그러한 사실에 대해 절망도 체념도, 냉소도 흥분도 하지 않는다. 그저 그렇다고 말할 뿐이다. 작가에게 남은 것은 체제가 제공하는 욕망의 끈끈이주걱에 매달려 살아가는 삶의 매순간에 의문부호를 달아주는 일뿐이다. 관습으로 프로그래밍되어 있는 삶의 과정에서 벗어나지 않는 삶이란 과연 안전한가? 사회적으로 보장된 안정된 삶이란 과연 우리를 지켜주는 견고한 울타리인가? 『오늘의 거짓말』은 이러한 물음을 젊은 여성의 성과 결혼이라는 문제의 범주를 넘어 보다 전방위적인 삶의 양태들에로 가져간다. 첫 창작집에서 여성 화자의 도발적인 언술로 자기 욕망의 실현에 적극적인 젊은 여성들의 내밀한 삶의 이면을 드러내 보여주던 작가는 이 작품집에서 보다 다채로운 삶의 층위들로 시선을 옮겨가면서 소설의 정공법에 좀더 가까워진다. 작가는 자기 욕망으로 앙앙불락하며 계산하거나 연기하는 영악한 여성들 대신에 중산층적인 안정된 삶의 궤도 안에서 살아가는 인물들의 삶을 세심하고 차분하게 관찰한다. 이처럼 흥분과 냉소를 배제한 세심한 관찰을 쿨하다고만 말해버리기는 다소 미진하다. 쿨하다는 것이 대상이나 사태에 대해 감정적으로 개입하지 않음으로써 스스로에게 도덕적 무책임성을 부과하는 냉소적 태도를 포함하는 것이라면 더욱 그렇다. 정이현의 문장이 보여주는, 대상에 대한 과도한 정서적 대응을 억제하는 지적 세련성이란 차라리 삶이라는 허구의 심연을 들여다보는, 더 이상 삶의 진실을 믿지 않게 된 자의 언술 태도에 가깝다. 세상이 유포하는 어떠한 낭만적 환상도 허구임을 알아차린 자의 페이소스가 그녀의 문장에서 감지되는 것이다. 절망과 환멸의 과장된 제스처 없이 절망적인 현실의 한 단면을 세밀하게 드러내 보이는 그녀의 문장들은 겉보기에 안정된 중산층의 삶 내부에서 다양한 균열의 조짐들을 읽어낸다. 그 조짐들은 종종 작품 속에서 반복되는 메타포들의 활용을 통해 가시화되기도 한다.

「삼풍백화점」은 이른바 강남권이라 불리는, 이 시대 중상류층의 삶을 대변하는 지역에서 성장한 여주인공의 삶을 보여준다. 막

대학을 졸업하고 구직자의 대열에 합류한 그녀에게서 「낭만적 사랑과 사회」나 「소녀시대」에 등장하는, 강남으로 표상되는 욕망의 메커니즘을 맹목적으로 추종하는 여성을 만나기는 어렵다. 그녀는 타산적이지도 않고 부모세대를 희화화하는 되바라진 언사를 구사하지도 않는다. "서태지의 1,2,3집 앨범과 르모쓰리 기종의 워드프로세서를 그해 봄 나는 가지고 있었다"거나, "비교적 온화한 중도우파의 부모, 슈퍼 싱글 사이즈의 깨끗한 침대, 반투명한 초록색 모토롤라 호출기와 네 개의 핸드백" 등으로 자신을 소개하는 그녀 역시, 자신의 소유물이 자신의 가치를 대변한다고 믿는 강남식의 소비문화를 공유하고 있기는 하다. 그러나 이 작품에 배어 있는 짙은 페이소스는 이와 같은 작중화자의 말을 다른 의미로 받아들이게 한다. 자신이 소유한 모든 것을 구태의연한 것으로 치부하는 그녀는, 한때는 영재일 뻔했으나 현재는 무기력한 실업자 대열에 합류한, 강남 여자 이전에 이 시대의 어디서나 흔히 만날 수 있는 평범한 여자이다. 제도권 교육과 삼풍백화점이 표상하는 화려한 소비문화가 겹치는 지점에서 성장한 그녀는 상식이 요구하는 삶의 절차를 받아들이면서도 그러한 자신을 혐오하고, 도시적 삶이 요구하는 인간관계의 매뉴얼을 준수하면서도 "마음과 마음 사이의 알맞은 거리를 측정하는 일은 그때나 지금이나 내겐 몹시 어렵기만 하다"고 말한다. "서태지와 동갑이라는 사실은 그때나 지금이나 나에게 자긍심과 열패감을 동시에 선사한다"는 그녀의 말처럼, 그녀는 소비문화가 추구하는 물질적 가치와 기성세대의 보수적 가치관에 동의하지 않으면서도 그로부터 벗어난 삶 또한 원하지 않는다. 작가가 그녀를 통해 들려주는 것은 1990년대의 현실을 살아가는 한 여성의 지극히 일상적인 내면 풍경인 것이다.

작품은 그녀가 백화점에서 판매원으로 일하는 강북 출신의 여고 동창생 R과 우연히 만나게 된 후부터 삼풍백화점이 붕괴되기까지의 시간을 서술한다. 그녀의 평범하고 지루한 일상의 틈새로 간간히 끼어들어오는 고딕체 활자들은 아무도 알아차리지 못한, 그러나 소리없이 다가오는 붕괴의 조짐을 예고한다. 백화점의 붕괴와 함께 R은 실종되고, 그녀에게는 어느 날 R이 주었던 R의 방 열쇠만이 남겨진다. 백화점이 붕괴된 자리는 초고층 주상복합 아파트가 들어서는 것으로 감쪽같이 봉합되고, 나는 "작고 불완전한 은색 열쇠를 책상 서랍 맨 아래 칸에 넣어둔 채, 십 년을 보"낸다. 그 '작고 불완전한' R의 열쇠로 세상의 어떤 문을 열 수 있을까? 작품은 마치 R의 실종이 불러오는 짙은 페이소스에 응답하듯 "그곳을 떠난 뒤에야 나는 글을 쓸 수 있게 되었다"는 문장으로 마무리된다.

붕괴의 조짐은 어디에나 있다. 파국에의 예감을 불러오는 불길한 틈새는 정이현의 작품들 어디서나 수시로 출몰한다. 「그 남자의 리허설」에서는 남자의 몸에서 풍겨나오는 정체를 알 수 없는 지독한 냄새로, 「어금니」에서는 어금니의 예리한 통증, 혹은 상추 이파리에 달라붙어 있는 작고 검은 한 마리 벌레로, 「어두워지기 전에」에서는 유아 살해의 혐의를 불러일으키는 남편의 비밀스런 행적으로, 「빛의 제국」에서는 한 소년원생의 의문의 죽음으로,

「비밀과외」에서는 엄마의 가출 등등으로 말이다. 「비밀과외」에는 "국민학교를 졸업한 다음 중학교에 입학하고 중학교를 졸업한 다음 고등학교에 입학하는 상식적인 삶을 온몸으로 살아낸" '너'가 등장한다. '너'를 '나'로 바꿔 읽어도 전혀 어색함이 느껴지지 않는 이 작품에서 '너'는 성인이 된 화자가 자신의 중학시절을 호명하는 호칭으로 들린다. 너의 공교육은 1980년대와 "톱니바퀴처럼 맞물리며 진행되었"으니, 네가 갓 중학교에 입학했을 무렵에는 법에 의해 과외가 금지되었을 시점일 터. 그러나 너는 "과외를 안 하면 공부를 못하게 되고, 공부를 못하면 대학에 못 가게 되고, 대학에 못 가면 시집도 못 간단다. 그래도 괜찮겠니? 이 사회의 낙오자가 되어버려도?"라고 말하는 엄마의 지시에 따라 "남들도 다 그렇게 했기 때문에" 비밀과외를 시작한다. 딸을 사회의 낙오자로 만들지 않기 위해 엄마에게 법을 어기도록 만드는 사회와 초등학교를 나오면 중학교에 가고 중학교를 나오면 고등학교에 간다는 공교육의 질서만큼이나 확고하고 단호한 엄마의 신념 사이에는 과연 어떤 차이가 있을까?

엄마의 불법 행각은 여기서 그치지 않는다. 엄마는 자신의 오랜 숙원인 "화목한 부부와 귀여운 자녀로 구성된 4인 가족이 '포니 투' 자가용의 앞뒤에 다정히 나눠 타고 외식하러 나가는 그림엽서 같은 풍경"을 위해 불법으로 미제 물건들을 팔러 다닌다. 시대가 권장하는 중산층 가정의 모범적인 삶의 이미지를 실현하기 위해 불법을 저지를 수밖에 없는 엄마의 딜레마는 결국 엄마의 가출과 실종이라는 파국으로 마무리된다. 불법은 또 있다. 너의 성적을 십일 등으로 올려놓음으로써 너에게 "믿음이 운명을 이기는 순간은 꼭 온다"는 확신을 심어주었던 과외 선생은 학생 시위에 가담했다 쫓기는 듯한 초췌한 모습으로 너를 찾아와 밀린 과외비를 요구하고, 너는 자신의 통장과 저금통을 탈탈 털어 과외비를 마련해준다. 엄마와 과외 선생이 떠나간 파국의 현실 속에 홀로 남겨진 열네 살의 너. 1980년대와 톱니바퀴처럼 맞물린 너의 학창시절은 그렇게 지울 수 없는 상처로 왔다 간다. 이제 겨우 열네 살인 너의 삶 위에도 체제의 그늘은 그토록 짙은 그림자를 드리우는 것이다. 이처럼 공교육의 틀이 제공하는 "상식적인 삶을 온몸으로 살아낸" 너는, 그와 같은 상식적인 삶의 혜택을 누리지 못한 문제아들을 국가가 관리한다는 목적으로 지어진 소년원에서 의문의 죽음으로 사라져버린 「빛의 제국」의 장유희와 얼마나 다른 것일까? "어떻게 하면 사랑하는 아이들을 온전한 정상인으로 만들 수 있을지 늘 머리를 맞대고 연구"하는 자비로운 빛의 제국에서 체제의 그늘은 누구에게나 공평히 내리쬐는 것이다.

3. 파국의 봉합된 틈새들

누구에게나 정해진 프로그램에 따라 설계된 안정된 삶의 유혹에서 벗어나기란 쉽지 않은 일이다. 그것이 불의와 손잡는 일이거나 누군가의 희생을 필요로 하는 일일지라도 안정된 삶에의 유혹은 놀랄 만큼 집요한 흡인력을 발휘한다. 「어금니」에서 빗길 교통사고를 일으킨 아들과 동승했던 여자아이의 죽음을 감쪽같이 처리해버리려는 남편의 음모에 대해 '나'는 어떠한 개입도 간섭도 하지 않는다. 아들의 장래를 위해, 그들의 평화롭고 안정된 삶을 위해, 아들과 동승했던 소녀의 죽음 뒤에 숨겨진 비밀은 완벽하게 은폐된다. 그녀를 괴롭히던 간헐적인 어금니의 통증만이, 혹은 상추에 들러붙어 있던 검은 벌레만이 한 줄기 불길한 파국에의 예감처럼 그들의 삶 속을 관통한다. 그러나 아말감을 벗겨낸 어금니의 통증은 점차 희미해지고, 빠득빠득 씻어낸 상추에서는 더 이상 벌레가 나타나지 않는다. 삼풍백화점이 무너진 자리처럼, 파국의 틈새는 말끔히 봉합되는 것이다. 이런 의미에서 "아마도 나는, 나와 영원히 화해하지 못할 것이다"라는 그녀의 마지막 말은 차라리 그들의 알리바이가 완벽했음을 입증하는 역설적인 표현으로 들린다.

　「익명의 당신에게」의 연희 또한 사랑하는 남자와의 안정된 결합을 위해 이러한 음모자의 대열에 동승한다. 그녀에게 안정된 삶을 보장해줄 유능한 안과의사에다 그녀가 바라는 세련된 문화 취향까지 갖춘 상현은 그가 지닌 기이한 성적 취향으로 인해 의사직을 박탈당할 위기에 처한다. 상현은 자신이 환자의 엉덩이 사진을 찍어간 범인으로 지목되자 연희에게 자신의 알리바이를 입증해줄 거짓 진술을 요구하고, 그녀는 비로소 세련된 문화적 취향과 좀처럼 감정에 휘둘리지 않는 냉담함으로 스스로를 위장했던 상현의, "눈매, 콧잔등, 입술, 안경, 어디 하나 평범하지 않은 데가 없"는, "거리에서 어깨를 스치고 지나간대도 기억에 남지 않을" 범속함을 발견하게 된다. 그럼에도 불구하고 그녀는 "남자가 괴로워할 때는 아무것도 캐묻지 말고 무조건 위로해주어라"라는, "언젠가 여성 잡지에서 읽은 구절"에 따라 상현의 알리바이를 입증하는 데 동의한다. 연희에게 그것은 사랑이라는 숭고한 가치를 지키기 위한 비루한 선택이다. 그러나 그 선택의 직전 그녀를 스쳐 지났던 상현의 범속함에 대한 한 순간의 예리한 통찰은 그녀의 선택에 개운치 않은 뒷맛을 남긴다. 사랑을 지키기 위해서 그녀가 선택한 것은 기실 어떠한 환란 앞에서도 사랑의 숭고함을 사수하는 일에 주저치 않는 그녀 자신의 숭고함이 아니었을까? 그녀가 참조한 여성잡지처럼 사랑에 대한 각종 매뉴얼들을 통해 권장되고 유포되는 진실한 사랑이라는 이름의 저 끈질긴 자기 환상 말이다.

「어두워지기 전에」는 이 지점에서 한 발 더 나아간다. 남편과 섹스리스 부부관계를 유지하고 있는 '나'는 격정적인 사랑 대신 "잔잔한 저녁호수 같은 사랑의 위력"이 자신과 남편을 묶어주고 있다고 믿는다. 그러나 작품 속에서 일어나는 유아 연쇄 살인 사건과 남편이 사건의 범인임을 암시하는 일련의 정황증거들은 "나는 남편이라는 사람에 대해 잘 알고 있다"는 그녀의 믿음이 그녀가 사수하려는 평온한 부부생활만큼이나 허구로 가득 찬 것임을 드러내고야 만다. 그녀가 잘 알고 있다고 믿어왔던 남편에 대해 그녀가 알고 있는 것들, 이를테면 "고등어구이보다 갈치구이를 좋아하고 청량음료를 마시지 않으며 국산 코미디 영화를 보지 않는다는 그의 취향"이나, "171센티미터의 키와 68킬로그램의 몸무게, 오천만 원의 연봉, 슬슬 숱이 빠지기 시작한 뒤통수"와 같은 것들은 그들이 서로에 대한 예의와 존중이라고 믿으며 유지해왔던 적당한 감정적 거리만큼이나 피상적인 정보들에 지나지 않는다. 그녀가 남편의 회사에서 보게 된, "거리에서 무심코 스쳐 지났다면 아마 단숨에 알아보지 못했을" 정도로 다른 샐러리맨과 구별하기 어려운 남편의 모습은 또 어떤가? 그들이 범속함에서 벗어난 다소 특별한 부부생활을 누리고 있다는 그녀의 믿음은 기실 서로에 대한 예의와 존중이 가려준 허구적 위장에 지나지 않았던 것이다. 말하자면, 그들은 부부생활을 했던 것이 아니라 부부생활을 연기했던 것.

작가는 남편이 유아 살인 사건의 범인일지도 모른다는 몇 가지 뚜렷한 정황증거만 제시할 뿐 끝내 진범이 누구인지 속시원히 밝혀주지 않는다. 남편의 혼외정사를 암시하는 이후의 상황은 살인 사건의 실체를 더욱 모호하게 만들어버린다. 다만 분명한 것은 이 모든 풀리지 않는 의혹에도 불구하고 그들의 평온한 부부생활은 계속된다는 점이다. "완전한 가정을 이루려면 반드시 대가가 필요"하기 때문에, 그들은 마땅히 그 대가를 치렀을 뿐이다. "한쪽 눈을 감고 한쪽 귀를 막는 태도가 공동생활에 합당한 지혜라고 믿어왔다. 평화적 거리를 유지하자는 무언의 약속. 그것이야말로 우리의 격렬한 부부 관계인지도 몰랐다"라는 나의 말은 어떠한 파국에의 예감에도 불구하고 결혼이라는 안정된 제도의 틀 안에 남아 있으려는 욕망의 격렬함을 암시한다. 모든 파국의 틈새들을 집어삼키는 평온한 일상에의 욕망은 그토록 집요하고 격렬하다.

체제의 안정된 일상으로 진입하는 문은 그러나 누구에게나 입장을 허락할 만큼 관대한 문이 아니다. 「그 남자의 리허설」은 담배를 사기 위해 맨몸으로 자신의 초고층 아파트를 빠져나온 남자가 아내에게서 아파트의 카드 키를 받기 위해 동분서주하는 이야기를 들려준다. "지갑도, 휴대폰도, 신분증도 없"다는 것은, 그가 그 아파트의 입주민임을 증명하는 것이 불가능하다는 것을 의미한다. 한때 보이소프라노로 촉망받았던, 그러나 지금은 시립 합창단의 월급쟁이 가수로 살아가는 그에게 잘나가는 오페라단 단장인 아내 명의의 초고층 아파트 한 칸은 애초부터 어울리지 않는 짝이었던 것. 카드 키를 받기 위해 허둥대는 동안 그의 몸에는 무언가 서서히 썩어가는 듯한 종잡을 수 없는 지독한 냄새가 따라다닌다. 그 냄새는 혹시 이 세계의 질서와 어울리지 않는 자기 존재의 잉여성에 대한 그의 불안을 암시하는 것일까? 자신에게 입장을 허용하지 않는 자신의 집으로 들어가기 위한 그의 허둥거림은 결국 세상이라는 무대에서 펼쳐지는 삶으로부터 퇴장당하지 않으려는 그의 필사적인 리허설이었던 셈이다.

4. 환멸의 세계에서 살아남기

환상이 깨어지는 순간의 환멸은 누구에게나 찾아온다. 그 환상이 사랑에 대한 것이든 결혼에 대한 것이든, 자신의 삶 전부에 대한 것이든 말이다. 환상을 벗겨내고 바라보면, 아마도 우리의 삶이란 고작해야 그 환멸의 긴 시간을 살아내는 일에 지나지 않을 것이다. 「타인의 고독」의 '나'는 전처가 그에게 남겨두고 간 성대를 제거해버린 강아지와 함께, 「오늘의 거짓말」의 '나'는 홈쇼핑 사이트에 거짓 사용후기를 올리는 대가로 주어지는 "나는 나를 벌어 먹이는 사람이 되었고, 적어도 그건 내일과 모레도 어제와 오늘처럼 반복되리라는 공포를 견디는 것만큼이나 경이로운 일이잖아"라는 위안과 함께 그 현실을 견디고 있다. "자유의 대가로서 고독을 지불해야" 하는 그들의 삶은 기실 "'기브 앤 테이크'의 계약으로 이루어진 거대한 네트워크" 안의 부자유를 살아가기 위한 어쩔 수 없는 선택이다. 그들이 누리는 황량한 자유와 공허한 평화는 현실의 불가항력을 수락했을 때 주어지는 최소한의 생존 양식일 뿐이다. 현실의 불가항력을 거부함으로써 주어지는 일순간의 파국 대신 그들은 고독과 체념이라는 일용할 양식을 선택한다. 그리하여 파국은 일상 속에서 끊임없이 연기되고 연장된다.

그러나 살아가기 위해 끊임없이 무언가를 하고 무언가가 되어야 하는 것이 삶이라면, 우리에게는 왜 살아가기 위해 무언가를 하지 않고 무언가가 되지 않을 자유는 없는 걸까? 인터넷 회사에 사직서를 던진 「오늘의 거짓말」의 '나'는 "아무거나, 하고 싶어지는 걸" 하기 위해 환멸의 일상 바깥으로 걸어나온다. 그녀가 선택한 무위도식과 허송세월의 삶 앞에서 그녀는 "헛되고 헛되니 모든 것이 헛되면 좀 어때"라고 말한다. 아무것도 되지 않고 하지 않는 헛된 삶 속에서 그녀는 자신이 원하는 대로 삶 속에 숨어 있는 "진짜 비밀의 공포"와 만날 수 있을까? 그럴 수 있을지도 모른다.

다만 그녀가 무위도식과 허송세월의 공포를 끝까지 감당해낼 수 있다면. 아무것도 하지 않는 삶은 어쩌면 무언가 해야 하고 되어야 하는 맹목의 삶이 놓쳐버린 저 깊은 생의 비밀을 열어 보여줄 지도 모를 테니 말이다.

그러나 누구나 환상에 기대지 않는 온전한 정신으로 환멸의 현실과 마주 선 순간을 견딜 수 있는 것은 아니다. 누군가에게 환상의 가면을 벗겨낸 현실과 마주 서는 일은 목숨을 지불해야 할 만큼 치명적인 독이 될 수도 있다. 환상의 유혹은 집요하고 끈질기다. 환멸의 생생한 맨얼굴과 마주 서는 순간의 고통에 대한 본능적인 두려움은 비록 거짓에 불과할지라도 우리가 왜 끊임없이 환상이라는 마취제를 필요로 하는지를 말해준다. 정신의 나이가 스물다섯에 멈춰버린 「위험한 독신녀」의 양채린에게 대학 졸업 후 마주치게 된 현실은 아마도 그녀의 정신이 감당해낼 수 있는 고통의 한계치를 넘어서는 것이었을 것이다. 대학을 졸업하던 무렵에 유행했던 옷차림과 스스로를 '채린이'라고 부르는 유아적 말투로 30대 후반인 눈앞의 현실을 온몸으로 부정하는 채린의 퇴행적 행동은 우리에게 환상 없이는 견디어낼 수 없는 삶의 냉혹한 맨얼굴을 고통스럽게 환기시킨다. 그녀의 망가진 영혼을 장악해버린 환상은 그녀에게 현실에서 살아가기 위한 최소한의 자기방어인 셈이다. 그녀를 망가뜨린 병이 동시에 그녀를 살아가게 하는 힘이라는 이 역설!

그렇다면 학창시절 낙제생이었던 채린과는 달리 우등생이었던 '나'는 어떤가? 채린처럼 현실에 대한 어떠한 환상도 품은 적 없이 "고등학교를 졸업하면 대학에 가고 대학을 졸업하면 취직을 하는" 생의 사이클을 한 번도 벗어나본 적 없는 "비교적 평범한 삶을 살아"온 '나'는 피곤한 직장생활과 결혼을 둘러싼 밀고 밀리는 게임에서 점점 지쳐가고 있다. 그녀에게 처음에는 귀찮음과 황당함으로 다가왔던 채린의 등장은 점차 "무엇이 상식적인 태도인가. 상식이란, 무엇인가. 모든 것이 혼란스러웠다"는 생각을 불러온다. 관습이 정해놓은 프로그램을 벗어나지 않는 안정된 삶이 행복한 삶이라고 믿는 것이 상식이라면, 그 상식은 또한 얼마나 거짓된 환상에 불과한 것인가를, '나'의 비루하고 메마른 현실은 고스란히 드러내 보여준다. 상식이 요구하는 환상과 채린의 환상은 어떻게 다른가? 다르다면, 한쪽이 정상인 반면 다른 한쪽은 비정상이라는 점이다. 그 때문에 채린의 유아적인 영혼은, 그녀 스스로 의도하지 않았음에도 불구하고 위험하고 반사회적이다. 그녀의 병은 정상이라고 불리는 쪽에 속하기 위한 우리의 비루한 안간힘을 자꾸만 뒤돌아보게 만들기 때문이다. 작품의 말미에서 '나'는 "유행을 무시하며 살 수는 없을 줄 알았다. 이제는 그렇게 생각하지 않는다. 삶은 유행보다 더디게 지나간다. 채린과 나는 얼마나 더 이곳을 견딜 수 있을까"라고 말한다. '나'는 상식과 정상이라는 환상으로 무장한 현실을 거부하고 기꺼이 채린의 위험한 환상에 동참하기로 결정하는 것이다. 그 길이 파국으로 향해 가는 길이라도, "새끼발가락 끝부터 서서히 썩어들어가고 있는 엄마"와 맞선 시장의 "끝이 나지 않는 지루한 게임"을 견뎌야 하는 '나'의 삶 자체가 이미 일상의 이름으로 주어진 파국의 현실이 아니던가? 그러니 "위험하지 않은 길은 어디에도 없"는 것이다.

　정이현의 소설들은 지금 당신들이 살고 있는 현실이 시시각각 붕괴의 시간이 다가오는 삼풍백화점과 얼마나 다른가라고 묻고 있다. 끊임없이 욕망 뒤에 숨은 파국의 그림자를 그려내고 있다는 점에서 『낭만적 사랑과 사회』와 『오늘의 거짓말』 사이의 차이는 겉으로 보이는 것만큼 크지 않다. 정이현의 소설들이 반복해서 제도와 상식의 틀을 벗어나지 않는 인물들의 평범함을 강조하는 것은 이러한 현실이 특정한 인물들의 것이 아닌 우리의 전면적이고 보편적인 현실임을 보여주고자 하기 때문일 것이다. 정이현의 소설이 들려주는 것처럼, 소비사회가 창조한 거대한 욕망의 성채 안에 놓인 우리의 일상이 파국의 순간 위에 걸쳐진 아슬아슬한 널빤지 위의 삶과 다르지 않다면, 나, 혹은 당신은 파국으로부터 얼마나 안전한가?

작가의 말

작업 공간을 옮겼다. 같은 건물, 같은 라인의 몇 층 아랫집. 책상과 노트북, 전자레인지와 허브 화분, 욕실의 반쯤 쓴 비누까지 모든 것들이 같은 자리에 놓였다. 멀리 고속도로가 내다보이는 창밖 풍경도 그대로다. 괜히 멀거니 앉아 있다가 식사 때를 놓치곤, 먹다 만 과일이라도 없나 냉장고를 뒤지는 습관도 그대로다.

이사 이틀째, 예전 집과 똑같은 위치, 똑같은 모양의 싱크대에 선 채 늦은 점심 대신 검붉은 자두 네 알을 빡빡 씻는다. 수도꼭지를 잠그고 고개를 들었을 때, 불현듯 나를 기습한 섬뜩한 느낌, 낯선 기시감에 대하여 어떻게 설명할 수 있을까. 머물 듯 머무르지 않은 것이 혹시 내 안의 시간은 아닐까.

1985년, 1979년, 2004년, 1972년, 1995년…… 이 소설집에는 강중강중 지나온 그 나날들이 담겨 있다. 1970년대와 1980년대와 1990년대, 그리고 2000년대의 일상은 엇비슷하면서도 무척 다른 것이었다. 2007년이라는 나의 현재 안에는 그 같거나 다른 층위의 시간들이 켜켜이 쌓여 있다.

입 밖에 내는 순간 모든 언어가 불완전해지는 것처럼, 호출하는 순간 어떤 기억도 불완전해진다. 그러니 오늘 떠올리는 어제란, 거짓말이 될 명시적 운명을 타고났는지도 모른다. 그럼에도 꼭 한번, 나만의 휘파람으로 그들을 불러내보고 싶었다.

여기, 내일의 기억이 가만 깃들어 있다면 더 좋겠다.

소설 앞에서 점점 더 모르는 것이 많아진다. 다만 내 작은 이야기들이, 내가 만든 길을 지우며 나아가고 싶어 한다는 것만은 분명히 알겠다. 도망치는 일은 영원히 없으리라 이제야 겨우 수줍게 다짐한다.

2007년 여름
정이현